LA ESTACIÓN DE LOS MILAGROS

Barbara Chepaitis

La estación de los milagros

Traducción de
Cristina Pagès

Argentina • Chile • Colombia • España
Estados Unidos • México • Venezuela

Título original: *Feeding Christine*
Editor original: Bantam Books, una división de Random House, Inc., Nueva York
Traducción: Cristina Pagès

Aribau, 142, pral. - 08036 Barcelona
www.umbrieleditores.com

ISBN: 84-95618-15-X
Depósito legal: B. 40.937 - 2001

Fotocomposición: Ediciones Urano, S. A.
Impreso por Romanyà Valls, S. A. - Verdaguer, 1 - 08760 Capellades (Barcelona)

Impreso en España - *Printed in Spain*

A Marietta y Angelina Ranalli,
Teresa y Emilia DiRosa,
con gratitud por su coraje

Y a mi madre.
Ni nombres, ni fechas
pueden demostrar nada.

Los gestos sencillos, que tienen lugar en la superficie
de la vida, pueden ser de una importancia vital para el alma.

TOMÁS MORO
El cuidado del alma

La cocina

Lo mejor de la gente es su manera de relacionarse, y para Teresa DiRosa la mejor manera de relacionarse con los demás era a través de la comida que, en su opinión, debía hacerse *alla famiglia*, con la ayuda de cuentos y canciones. Por eso las mujeres que trabajaban con ella en su servicio de catering, *Pan y Rosas*, siempre cocinaban juntas para la fiesta navideña.

Era un gran acontecimiento. En el curso de la velada, más de doscientas personas pasaban por la casa de Teresa, donde ella insistía que se llevara a cabo la celebración. Ella era la cocinera, decía, y una buena cocinera ha de servir en su propia casa a sus invitados.

Durante las semanas previas, Delia Olson, la amiga de infancia de Teresa, que no sabía cocinar pero que se encargaba de la contabilidad y las relaciones públicas, se ocupaba de las invitaciones, los boletines de prensa y la carga adicional que en esa época suponía llevar las cuentas. Amberlin Sheffer, la repostera, no lo tenía nada fácil para hacer suficientes galletas de pasas y algarroba, con la esperanza de que fuesen lo bastante saludables como para contrarrestar los *dadalucci*, galletas cargadas de huevo y azúcar que Teresa insistía en servir. Mientras que Christine DiRosa, sobrina de Teresa, o sea, hija de su hermana Nan, dedicaba mucho tiempo extra a los planes de decoración y al orden de los cubiertos.

Aquel fue un diciembre frío. El hielo se había instalado muy pronto en el aire, dispuesto a quedarse. Nevaba, pero sólo lo justo para espolvorear céspedes y ramas con un cambiante centelleo. Las mujeres tenían el acostumbrado ajetreo que se suele conocer como vida cotidiana. Delia equilibraba con alegría las exigencias de hijos y marido, amistades y trabajo; era una persona de talante jovial. Amberlin, más solemne, afrontaba públicamente una relación seria que avanzaba hacia el compromiso. Teresa conservaba el orgullo pese a su reciente divorcio y se enfrentaba con estoicismo a una casa vacía, ahora que su hijo iba a la universidad. Christine daba los últimos retoques al regalo de bodas que iba a ofrecerle a su prometido: la maqueta de un castillo hecha con vidrios de colores.

Era la estación de los milagros en casa de Teresa, aunque ninguna de estas mujeres los esperaba ni pensaba que los pudiera necesitar.

Pero se equivocaban.

Jueves

La cocina de Teresa

En su cocina, sobre la larga encimera que había junto al fregadero, Teresa DiRosa trabajaba la masa y miraba por la ventana. El olor a ajo y aceite de oliva competía con el del café recién hecho. En la radio, el villancico *Los doce días de Navidad* apenas había llegado a la sexta jornada, lo que la irritaba.

—Entrega los regalos de una vez y cállate —masculló en dirección al aparato. Prefería *Gesù Bambino*, sobre todo cuando amasaba.

Llevaba gran parte del día haciendo pan para la fiesta de *Pan y Rosas*. Ya tenía listos los *focaccios* y ahora preparaba el pan italiano sencillo. No se ocuparía del de uvas toscanas hasta el sábado, pues no aguantaba tanto como los otros. Habría otros panes, claro, pero Amberlin los traería: el de amaranto, el de maíz, y algo con muchas semillas que llamaba «Pan a tu salud».

Amberlin solía agitar la cabeza y decir:

—Teresa, usa la máquina, es más práctico.

Pero Teresa prefería sentir el tacto de la masa en las manos en vez de la eficacia, al menos cuando tenía tiempo.

Una nieve ligera bailoteaba fuera del gran ventanal del rincón de la cocina donde acostumbraban a desayunar. Hoy hacía apenas un poco más de calor que ayer, y todos los árboles de esa manzana en la periferia de la ciudad se hallaban envueltos en hielo, que cubría sus ramas como capas de cristal. Si saliera de su cocina al jardín, sentiría que la nieve, igual que azúcar en polvo, dejaba paso al hielo que, en forma de finas y crujientes capas de caramelo, revestía la hierba;

en verano, Teresa había dejado que el césped creciera tanto que la brigada de jardines le había llamado la atención. Estaba cometiendo un delito, le dijeron, al no controlar el crecimiento de su césped, y esto suponía una multa de 350 dólares y un plazo de quince días para cortarlo si no quería ir a la cárcel.

Cortó el césped sin ganas, y sólo después de que su hijo le dijera que se sentiría sumamente abochornado si, en ese último verano antes de ir a la universidad, la detenían por no cortar el césped. Tuvo la impresión de estar rapando la cabeza de un preso al ver que, bajo las hojas afiladas de la segadora, desaparecían flores azules, amarillas y doradas. Cuando cortaba el tomillo y la menta silvestre, desprendían aromas penetrantes, aromas que llamaban su atención como si le susurraran su nombre al oído. Una vez acabada la tarea, se tumbó sobre los rastrojos, sintiéndolos tan secos y tristes como ella misma.

Apretó un dedo contra el rincón de la ventana y derritió la escarcha que se había acumulado allí. El verano quedaba lejos. Pronto, los tonos violáceos y dorados del atardecer se fundirían con el granate oscuro de la noche. Las lucecitas rosas de Navidad parpadearían en el salón. La casa estaba silenciosa y vacía. Teresa se dijo que debería disfrutar la quietud mientras pudiera.

Mañana su enorme cocina se llenaría de actividad y de gentes que meterían y sacarían panes de los hornos, llenarían platos de galletas y pequeños *crespollini*, fina ternera y costillitas en salsa verde, y los trece pescados tradicionales de Nochebuena, aunque para ese día aún faltaran dos semanas.

Pero, como además quería rememorar a su abuela este año, serviría ostras y almejas crudas que se deslizarían garganta abajo; crujientes gambas frías para mojar en salsa; salmón y mejillones ahumados, así como arenque en salsa de mostaza. Luego, entre los pescados fritos serviría los esperlanos más pequeños que encontrara, aros de calamar y tacos de trucha al jengibre junto a lenguado frito bañado en salsa verde. Por supuesto, habría también ensalada de marisco, con langostinos, cangrejos y caracoles de mar.

Amberlin, Delia y Christine se quedarían a dormir mañana, como hacían siempre la noche antes de la fiesta. Delia no estaba segura de que sus hijos vinieran, pues Jessamyn, a sus nueve años, prefería pintarse las uñas con sus amigas en vez de pasar el tiempo en compañía de su madre y otros adultos. A sus doce años, Anthony se encontraba inmerso en el universo infranqueable de su preadolescencia: le gustaban los videojuegos y se pasaba el rato hablando en voz baja. Por otra parte, estaba claro que el hijo de Teresa no estaría disponible ese año. Eso estaba claro.

Chasqueó la lengua. Sus pensamientos seguían derroteros que ella no deseaba y tenía que tratarlos como a esos perros a los que hay que llamar antes de que caven agujeros en el jardín del vecino. Centró su atención en la masa del pan que, habiendo dejado de estar pegajosa, ya había alcanzado ese punto que en los libros de cocina se califica como «elástico y suave». Le dio varias vueltas, la envolvió sobre sí misma, presionó con las manos en su suave centro y volvió a darle la vuelta. Siempre que pensaba en Donnie lo mejor que podía hacer era centrarse enseguida en la comida. La comida era más fácil de comprender y le hacía menos daño.

Metió la masa en un cuenco y la cubrió con un trapo de cocina; allí la dejaría reposar una hora. Ojalá pudiese meterse también ahí dentro para que luego alguien le hiciera recuperar la energía a golpes.

Un estrépito metálico en la puerta trasera le hizo mirarse las manos: tendría que limpiárselas antes de tocar el pomo. No hizo falta, pues la puerta se abrió y Delia apareció, riendo y sacudiéndose el pelo, rojizo y rizado, para quitarse la nieve.

—¡Eh! —Su potente voz entró acompañada de una oleada de frío—. Traigo los folletos para la mesa y el mantel que Christine quería. Ya sabes, el mantel de encaje de mi tía Lucy. Me pareció buena idea traerlo todo hoy y dejarlo en el salón, para que no se mezcle con los trapos de cocina. —Esbozó una sonrisa pícara, alzó dos bolsas de la compra, y restregó varias veces los pies contra el felpudo, moviendo las piernas, largas como troncos de árbol.

—Buena idea. No te preocupes por la nieve, es igual. Me imagino que el cajón del aparador es seguro.

Teresa dejó las bolsas y se limpió las manos en la pernera de su mono. Delia se acercó y le dio un ligero manotazo.

—¿Cuándo vas a acabar con esa mala costumbre?

Teresa se observó el pantalón y se encogió de hombros. Las huellas de pintura, comida y jardinería constituían indicios indelebles acerca de la naturaleza de su vida. Nunca se acordaba de lavarse las manos antes de ponerse el delantal o coger un trapo. En un acto reflejo se dirigían siempre al pantalón y allí se las frotaba. Continuamente llevaba en la ropa alguna huella de su paso por la cocina o el jardín. Sin embargo, Delia conseguía evitar que la vida se le quedara pegada, o al menos que se le pegara a la ropa, característica que Teresa envidiaba o desdeñaba, según el momento. Estaba segura de que Delia sentía lo mismo por ella.

Se apartó un mechón de oscuro cabello que se había escapado del pasador. Su piel aceitunada y su cabello negro ya estaban veteados de harina, por lo que sus grandes ojos resaltaban como parches de cielo nocturno asomándose entre las nubes.

—Al menos he aprendido que hay que usar ropa de trabajo.

—Y eso, ¿cuándo lo aprendiste... el año pasado?

Delia dejó sus bolsas, se quitó el abrigo y lo echó sobre el respaldo de una silla. Se cubrió las mejillas con las manos. El frío había dado a su tez, normalmente blanca como el papel, un tono de vino tinto, y había borrado temporalmente sus pecas. Cuando apartó las manos, los dedos se le quedaron marcados en la piel unos instantes, pero al momento desaparecieron, engullidos por el color.

—¡El frío! ¡Dios, cómo lo odio!

Se quitó cuidadosamente los zapatos, los dejó sobre el felpudo y le acercó las bolsas a Teresa.

Había sido idea de Delia celebrar una fiesta de puertas abiertas en Pan y Rosas. Bueno, para favorecer las relaciones públicas, había dicho, sobre todo en sus primeros años de existencia. Y ahora, por mucho que hubiese crecido el negocio y que ya no les hiciera falta la publicidad, Teresa insistía en celebrarla; pero en su casa y no en el local de la Lark Street donde solía preparar los menús para los grandes eventos. Si daba una fiesta en el local, a pesar de que se hallaba en el centro de la ciudad, a pocos kilómetros de su casa, y tenía un espacio para el café que se podía transformar en lugar de recepción, no podía alejarse de la idea de que se trataba de trabajo; en su casa, en cambio, parecía una fiesta de verdad.

Además, su casa era lo bastante espaciosa, poseía una cocina certificada por las autoridades, más de lo que los agentes inmobiliarios definían como cocina de *gourmet*, que solía limitarse a un frigorífico y congelador, un asador Jenn-Air y papel pintado con patitos en las paredes.

No. Ella tenía dos hornos y dos juegos de fogones, un refrigerador doble y un congelador de buen tamaño en el sótano, además de un mueble central con asador integrado y, debajo de este, otro horno, más pequeñito, rodeados de una encimera tan grande que en ella podía pasar el rodillo y extender las pastas mientras otras dos personas cortaban y preparaban verduras. Los armarios estaban abiertos, de modo que todo quedaba a la vista y era accesible, y todas las ollas y cazuelas colgaban de ganchos a la altura perfecta para cogerlas simplemente levantando los brazos.

En el espacio dedicado a los desayunos, más allá del mueble central, cabían seis personas. La sala de estar y comedor constituía un ancho espacio abierto al otro lado de la pared del horno, y el gran fuego que chisporroteaba en la chimenea no dejaba de animar a la gente, incluso cuando la nieve del norte de Nueva York se ensuciaba y tornaba gris.

No había patos ni vacas en el papel pintado, solamente un antiguo retrato de su bisabuela Emilia Campili con el marco de latón, en el que se la veía sentada y muy erguida con su hija en el regazo. Teresa la conocía como la abuela DiRosa. Todas la miraban fijamente mientras cocinaban; esos ojos ancestrales supervisaban cualquier movimiento en el sagrado reino de la cocina.

—¿Qué tal te va? —preguntó Delia mientras pasaban bajo la mirada de las antepasadas a la sala-comedor, en cuya chimenea chisporroteaba el fuego.

—Como siempre. El pan está casi listo y ahora lo único que me preocupa es si el pescado llegará fresco y las flores en buen estado… y cosas por el estilo.

Delia arqueó una ceja con aire de complicidad.

—No creo que haya problema con las flores. ¿Tú, sí? Después de todo, ¿no es Rowan quien va a traerlas?

—No empieces —advirtió Teresa.

Según afirmaba Delia, Rowan Bancroft, propietario del vivero y la tienda donde Teresa compraba flores para las fiestas y plantas para su propio jardín, estaba interesado en ella. Según Teresa, en cambio, sólo se comportaba como lo hacen los buenos hombres de negocios con una buena clienta; Delia le dijo que si de verdad se creía lo que decía, era señal de que estaba perdiendo facultades. Teresa replicó que llevaba menos de un año divorciada y que tenía todo el derecho a estar un poco despistada. Tonterías, dijo Delia. Sam, su ex marido, había hecho oficial lo del divorcio el año anterior, pero el matrimonio había muerto mucho antes y ya era hora de que Teresa se divirtiera. Rowan no era su tipo, alegó Teresa. Llevaba el pelo gris en una cola de caballo, tenía demasiada barba y unos ojos demasiado vistosos. Delia dijo que le sorprendía que se hubiese fijado en sus ojos y, ¿Verdad que tenía unas manos maravillosas? Demasiado grandes, manifestó Teresa automáticamente, y Delia contestó con sorna, Sí, sí, así que te has dado cuenta.

En realidad, Teresa no se había fijado en nada hasta que Delia lo mencionó y ahora se sentía incómoda con Rowan. Aun sin su presencia, sintió que se ponía colorada. Se acercó a la chimenea y añadió un tronco; pero Delia se dio cuenta y, como conocía a Teresa desde que iban al colegio, no le costó nada interpretar las señales ocultas.

—¿Qué te pasa? —preguntó con una expresión que evidenciaba su sed de noticias—. ¿Acaso él…, acaso tú…? Venga, ¿qué pasa?

Teresa la señaló y luego su mano partió el aire varias veces.

—Nada. *Niente, niente e più niente. ¿Capisce?*

Delia esbozó una sonrisa maliciosa.

—Soy irlandesa y sabes que no *capisce.*

Teresa levantó ambas manos a modo de rendición.

—Eres tan sutil como un tren de mercancías. —Fue al aparador, abrió el cajón superior y apartó unas viejas tarjetas y papel de carta—. Los folletos aquí. El mantel, arriba, ¿te parece?

—Claro. De acuerdo. —Delia sacó los folletos de la bolsa y los amontonó cuidadosamente en el rincón del cajón. Extrajo el mantel, lo alisó pasándole por encima las manos suavemente—. Pensaba dárselo a Christine como regalo de boda —comentó en tono levemente nostálgico.

—¡Oh, no, Delia! —protestó Teresa—. Tiene que ser para tu hija, quítatelo de la cabeza.

Su tía Lucy había traído el mantel desde Irlanda. Era uno de los dos manteles hechos a mano, de auténtico encaje irlandés, en torno a los cuales se habían reunido sus antepasados para hablar de lo que harían cuando llegó la hambruna y no les quedaba nada que comer. Era lo único que la abuela de Delia se negó a vender, e insistió en que, llegado el momento, se lo llevaran consigo. Entre sus hilos se hallaban trenzadas las conversaciones que habían traído a la familia de Delia hasta Estados Unidos, hambrienta y atemorizada, pero aferrada a las anécdotas entretejidas en sus encajes.

—Jessamyn recibirá el que tiene personas bordadas... lo llama el mantel del cuento porque se pasa la vida contando cosas sobre esas personas. Pero se me ocurrió que Christine debería quedarse con este, el de las flores. Le gusta mucho... y, bueno, Teresa, después de tanto tiempo ya es de la familia.

En el rostro de Teresa se dibujó una sucesión de complejas emociones que no fue capaz de expresar en voz alta. Siempre se comunicaba mejor a través de la cocina que con las palabras. El lenguaje de la comida era elemental, inconfundible; con la pasta o el pan resultaba difícil interpretar mal lo que se intentaba decir.

—Bueno —propuso—, ¿qué te parece si primero vemos si se celebra la boda?

—¡Oh, no! ¿Problemas en el país del amor?

—Creo que sí.

—Podrías al menos fingir que te da pena, ¿no? —sugirió Delia.

—¿Qué? ¡No me digas que he puesto cara de felicidad! No me alegro cuando veo que Christine está triste.

—No, pero sí te ha cambiado la cara y de verdad creo que tienes prejuicios, Teresa. No te gusta James porque es psiquiatra y crees que todos los psiquiatras son brujos.

—No. No creo que sean brujos. Si lo creyera, confiaría en ellos.

—Nan tenía unos cuantos amigos que lo eran. Estaba aquella mujer... Sandy. Sandy te caía bien, ¿no?

—Sí —reconoció Teresa—. Sandy me gustaba. Tenía buenas intenciones.

—Pues James también. Cuida a mucha gente.

—Puede que ese sea el problema. Cree que tiene que cuidar a Christine.

Delia sujetó a Teresa del codo y se inclinó sobre ella.

—Deja que te cuente un secreto. Por si no lo habías notado, tú también lo crees.

Teresa gruñó y se zafó; se inclinó sobre la chimenea y añadió más leña; se arrodilló y observó las llamas, que empezaban a despedir calor.

—No es sólo eso, Delia —insistió—. Su familia es tan… tan…

—¿Normal? ¿Rica? Papi metido en política de altos vuelos y mami en las páginas de sociedad.

—Sí. A eso me refiero.

Delia se rió.

—No tienen nada de malo el dinero y la posición social, Teresa. Hablas como si fuera una enfermedad.

—No es a lo que estamos acostumbradas. Somos más… no lo sé… más sencillas.

—Sencillamente terca —convino Delia en tono afable.

En la discusión respecto a la aceptación de James Tyrol en la familia DiRosa, Delia se había puesto firmemente a favor: Christine se merecía su propia vida y, si no funcionaba, ¿qué mejor que divorciarse de un psiquiatra? Le entregaría una muy buena pensión. No veía nada malo en él, aunque fuese diferente de los miembros de la familia de Teresa, aunque perteneciese a una antigua y tradicional familia adinerada cuyos antepasados habían llegado al continente muchas generaciones antes de las que Teresa podía reseguir en su propio árbol genealógico. El primer domingo que vino a comer, James le había preguntado dónde solía pasar las vacaciones de verano, y ella se había limitado a señalar el jardín y el montón de abono. Él la observó boquiabierto. Luego empezó a mirar con malos ojos el retrato de su abuela y de su bisabuela. Ella, a su vez, también empezó a mirarle mal a él. El campo de batalla se había delimitado y, como decía Delia, Teresa era terca. Quizá fuera cierto que le ofendían su dinero y el que no hubiera tenido que trabajar nunca para algo que no fuera su gloria personal. Acaso le molestaba también su actitud paternalista con

Christine. Pero nada de eso implicaba necesariamente que estuviera equivocada.

—Tal vez sea verdad que quiero cuidarla, pero al menos no quiero convertirla en algo que no es.

—¿Y crees que James si quiere?

—Sí.

Christine había llamado por teléfono hacía menos de una hora y le había preguntado si sabía si en la familia había otra persona que se hubiera vuelto loca, aparte de su propia madre. No quiso explicar por qué lo preguntaba, pero su voz sonó tensa y enojada, y Teresa dio por sentado que tenía algo que ver con James. «Tiene miedo de llevarse un saldo», pensó con acritud.

—Vamos a tomarnos un café —sugirió—. Te contaré lo que sé.

Alimentarse de luz

Sentada en la elegante butaca color malva de la sala del piso de James, Christine jugueteaba ansiosamente con un cigarrillo, dudando entre encenderlo o no.

—No te lo fumes —sugirió James—. Mejor come algo.

—Te pareces a Teresa —dijo Christine, aunque no encendió el pitillo.

Teresa solía decirle que comía como un pajarito y Christine le recordaba que las aves comen mucho. Los colibríes, por ejemplo, requieren más calorías que cualquier otro animal de sangre caliente. Sí —contestaba Teresa—, claro que sí. Pero, de todos modos, no comes lo suficiente. Estás demasiado delgada.

Christine suponía que tenía razón. A menudo, después de un día entero, justo al acostarse, se acordaba de que se le había olvidado comer. No le causaba ningún dolor; más bien al contrario, el hambre la limpiaba, la dejaba vacía y ligera.

Existen especies de mariposas que nunca comen. Hay enormes ballenas del tamaño de un edificio que comen únicamente el plancton que filtran a través de la boca mientras nadan. Hasta los colibríes reciben todas las calorías que precisan del néctar de las flores, de la savia de los árboles y de diminutos insectos, comida ligera pero suficiente para poder cubrir volando, sin parar, los ochocientos kilómetros del golfo de México. Y encuentran alimento al buscar la belleza; sus ojos se fijan en dulces y alimenticias corolas rojas y naranjas, rosas, asalmonadas. Sándalo de jardín, madreselva, fucsia, castillejas, jazmín trompeta, dondiego de día, gordolobo. En los más de tres mil kilómetros de su migración de México a Alaska, estas avecillas van siguiendo su floración.

Christine admiraba profundamente a una criatura capaz de mantenerse con algo tan poco sustancial como es el néctar. Era como alimentarse de luz. Extraer la energía del aire mismo. Comparado con el modo en que comen los seres humanos, atiborrándose de pesadas carnes y panes densos, tragando alimentos consistentes como piedras y luego preguntándose por qué no pueden moverse, la vida del colibrí tenía mucho más sentido.

Ella prefería alimentos que no le fueran pesados en el estómago. Le gustaban las ensaladas y las verduras, o el pescado con salsas de colores brillantes, como la trucha al jengibre, o el brécol cubierto de ensalada de zanahorias japonesa. Hasta para el postre prefería el sorbete de frambuesa al helado de vainilla con plátano y jarabe de chocolate. No le agradaba conservar el sabor de los alimentos en el paladar una hora después de haber comido.

Y cuando algo la inquietaba, ni siquiera quería comer y, para consternación de su tía y su prometido, a menudo fumaba en lugar de alimentarse.

Pidiéndole disculpas a James con la mirada, encendió el cigarrillo, inhaló el humo, sintió que la tranquilizante nicotina penetraba en su corriente sanguínea y exhaló, con un suspiro de alivio. Se había enganchado al tabaco a los diecinueve años, después de registrar por última vez a su madre en el pabellón de desintoxicación del hospital estatal de Adelaide.

—¿Estarás bien aquí, Nan? —le había preguntado. Nunca la llamaba madre, siempre Nan.

—Claro —contestó ella, y le entregó el paquete de cigarrillos con el que había llegado—. Ten, coge esto. No los voy a necesitar.

—Aquí puedes fumar —dijo Christine.

—Sí, pero puede que yo no quiera.

La mano que sostenía el paquete de Virginia Slims mentolados le temblaba. Ya empezaba el mono. Christine cogió los cigarrillos y se fue a rellenar algunos formularios más de los muchos que se exigían para formalizar el ingreso.

Antes de llegar a la zona de las enfermeras, se detuvo en el balcón que había en el exterior de la sala comunitaria; la barandilla se alzaba por encima de su cabeza, en forma de arco, para evitar que alguien pudiera arrojarse al exterior. Permaneció de pie junto a una joven que estaba sentada en una silla de plástico, acurrucada bajo una manta a cuadros pese al calor que hacía en Los Ángeles, y contempló un paisaje que se le antojó ajeno, si bien era del sur de California, donde había pasado muchos años de su infancia.

Se aproximaba la Navidad, y las luces y adornos propios de esas fechas brillaban, incongruentes, en aquel paisaje seco. Sin percatarse de lo que hacía, como si fuera algo que hubiese hecho toda la vida, Christine sacó un cigarrillo con un pequeño golpe y lo encendió. El frescor mentolado y el insoportable aliento de la ciudad penetraron en su corriente sanguínea al mismo tiempo. Al acabar el cigarrillo, entró de nuevo y firmó más impresos, se despidió de su madre y se alejó de todo lo que significaba esa noche, excepto de los pitillos. Al menos eso había creído.

Pero esta noche Nan había regresado.

—¿Qué te ha dicho Teresa? —inquirió James, y con un gesto de cabeza señaló el auricular sobre el cual descansaba todavía la mano de Christine.

Christine soltó el humo.

—Nada. Nadie en la familia tiene historial de locura, excepto Nan. Yo ya tengo todos sus papeles y ya sabemos lo que dicen.

A petición de James, acababa de hablar con Teresa acerca de los antecedentes familiares. Casi pudo oír la desaprobación que en su tía despertaban sus palabras mientras le hablaba de su pasado, y de nuevo se sintió atrapada entre aquello de lo que provenía y aquello hacia donde intentaba avanzar. Al principio se molestó con Teresa, pero cuando colgó, había decidido que resultaría más satisfactorio enfadarse con James.

James apartó el humo de un manotazo, acercó una silla y se sentó junto a ella, al lado del teléfono. Le puso una mano sobre el brazo y le alisó el jersey.

—¿Estás enfadada?

Ella se apartó.

—No.

James rió, pero dejó de hacerlo cuando ella se le encaró bruscamente. Le ofendía que guardara tanta calma cuando discutían, que se mantuviera tan distante. Era la actitud del psiquiatra, y ella no era su paciente. Le había explicado que no se sentía amenazado por los conflictos, que los veía como una herramienta para profundizar en un saludable entendimiento entre ellos dos. Podía permitirse esa tranquilidad porque no creía que fueran a herirlo. Pero había prometido respetar las necesidades de Christine en relación con su pasado, y las promesas están para cumplirlas.

—Lo siento —dijo, arrepentido—. No me estaba burlando de ti, pero sí creo que es importante que conozcamos todos los detalles. ¿Estás de acuerdo?

Christine apagó violentamente el cigarrillo en el cenicero que había al lado del teléfono, se puso de pie y se fue al dormitorio. Él la siguió y se sentó en la cama, mientras ella iba a la cómoda, cogía un cepillo y se lo pasaba, inquieta, por el pelo. Por lo de Nan, James quería que Christine se sometiera a unas pruebas, a una revisión genética, a una terapia. Una oportunidad para el crecimiento personal, lo llamaba, para examinar y resolver los traumas residuales de su infancia. No era descabellado, alegaba, en vista de la elevada correlación entre las enfermedades psiquiátricas y el alcoholismo.

—Supongamos que tu madre sufriera una enfermedad... incluso puede que esquizofrenia... oculta por el alcoholismo...

Christine hizo ademán de mostrar su desacuerdo. Habían sostenido esta conversación tantas veces que se había convertido en un guión que ambos se sabían de memoria. Ahora ella protestaba y él le pedía que lo dejara hablar.

—Déjame acabar —exigió James—. No es nada de lo que avergonzarse. Es una enfermedad. Sencillamente, un trastorno genético exacerbado por factores ambientales.

—Para empezar —dijo Christine tragándose la furia que ya sentía subir por la garganta—, para empezar no era, de ninguna manera, esquizofrénica. No oía voces, simplemente su ánimo tenía altos y bajos. En segundo lugar, ¿qué has pensado hacer si resulta que es cierto? ¿Cambiarme por un modelo nuevo?

—Por supuesto que no. No seas tonta. Puede que fuera una maníaco-depresiva, entonces. En su época solían equivocarse en el diagnóstico, pero hoy en día existen algunos fármacos muy buenos. Desde mi posición...

—¿Qué posición es esa? ¿Te inclinas y te besas el culo?

James torció el gesto.

—Eso ha sido innecesario, Christine.

Se sintió avergonzada al instante. Aquellas eran palabras de Nan... o de Teresa. Venía de una familia cuyas mujeres poseían una mente vulgar y una lengua afilada. Cuchillos y tablas de trinchar para cortar el mundo a dados. Ni siquiera estaba segura de hablar en serio cuando decía esas cosas. Sólo sabía que tenía que decirlas, y las decía. Sin embargo, era consciente de que a James le preocupaba que lo tildaran de arrogante o pomposo, más que nada porque ese era el estereotipo asociado a su profesión.

Sin embargo, había veces en que James no entendía lo de Nan. No había llegado a conocerla, por lo que para él no era más que un caso interesante... y un problema en su vida de pareja, un problema que había que solucionar. De acuerdo, su actitud era positiva y eso la había ayudado a superar momentos muy difíciles, pero para él Nan no representaba otra cosa. No la veía como un espíritu que se niega a desaparecer, una risa capaz de elevar el alma al cielo, una sucesión de sueños perdidos, y, finalmente, un pesar con el cual Christine ya no podía seguir conviviendo.

—Lo siento —dijo secamente, con un tono que sonaba a mezcla de enfado y vergüenza.

Él aceptó sus disculpas con un movimiento de cabeza, aunque se notaba que aún estaba dolido.

—Podría tener un consultorio privado, una ocupación muy fácil recetando pastillas a ancianitas; pero estoy en las trincheras, y trabajo de verdad. Y sé de lo que hablo —añadió, tratando de contener su irritación dentro de los límites razonables de lo que debería ser una conversación civilizada.

De verdad sabía de qué hablaba. Se había esforzado por investigarlo y así había conseguido ser director del Instituto del Norte para Trastornos Mentales, el hombre más joven que había ocupado ese puesto en el instituto, y estaba orgulloso de ello.

—Lo sé —comentó Christine con tono más suave—. Lo siento.

James suspiró.

—¿Es por Teresa por lo que estás así?

La joven se encogió de hombros.

—Ya sabes cómo es. No quiere que se hable de Nan.

James se mordió la lengua. A su modo de ver, Teresa no quería saber nada de nada. Tenía una enorme vena de terquedad que a Christine solía contagiársele cuando pasaba cierto tiempo con ella, como si la absorbiera con la comida que le daba. La hacía volver al pasado, cuando lo que necesitaba era ir hacia el futuro. Probablemente hablar con Teresa la había puesto de mal humor; antes de eso se había mostrado ligeramente angustiada y resentida, pero no del todo irracional.

Christine empezó a cepillarse con más fuerza; su cabello crepitó por la electricidad estática generada, se levantó y se quedó pegado al cepillo. Era un pelo claro y fino como el de un bebé. «Como ella misma —decía James—, frágil y lleno de luz». Cuando vio las fotos, le costó creer que perteneciera a la misma familia que Teresa y Nan. Eran tan morenas, y ella, tan rubia. Sólo en sus ojos se percibía algún rastro familiar. El resto pertenecía a su padre, fuera quien fuera.

—Averigüemos lo que averigüemos sobre el resto de la familia de mi madre —indicó Christine—, seguiremos sin saber nada de la influencia paterna, como tú la llamas.

James se tumbó en la cama y se cruzó las manos en la nuca.

—Hacemos lo que podemos, cielo —contestó él con gentileza—. Sobre todo si queremos formar una familia. ¿No crees que es justo?

Ella se atragantó y tosió para ocultarlo.

—¿Te has atragantado?

Christine tardó un momento en contestar. Inmediatamente después sintió que se le cerraba la mano con fuerza sobre el mango del cepillo.

—¿Justo? —exclamó—. ¿Justo?

¿Qué sabía él de la justicia? Había nacido con todas las facilidades, y hablaba de la justicia como si esta fuese posible. ¿Era justo que la familia de él fuese rica y lo hubiese protegido toda la vida, mientras ella pasaba la infancia preocupándose por cómo comerían ese día y dónde vivirían al día siguiente? ¿Era justo que su madre hubiese sido una borracha, que hubiese muerto exactamente siete años antes?

Pero no iba a enfadarse. No iba a alzar la voz. Los gritos violaban las normas frente a los desacuerdos que habían establecido al principio de la relación. Nada de insultos. Nada de gritos. Nada de palabras que culpabilizaran.

—Sí —respondió él en tono juicioso—, justo.

Ella arrojó el cepillo al otro lado de la habitación; rebotó contra la pared, fue a dar en la cama y le golpeó en el pecho.

Él abrió los ojos como platos, se incorporó y se apretó el pecho, como si sangrara.

Christine se sintió muy mal. Horrorizada por lo que acababa de pasar y que ya no podía deshacer.

Se levantó, tumbando la silla hacia atrás, y salió del dormitorio a trompicones. James se puso de pie y la llamó.

—¿Christine? —gritó—. Christine, ¿qué te pasa?

Pero ella no le hizo caso. Hurgó en el armario para buscar su bolso y su abrigo; los encontró y se los puso, luego abrió la puerta del apartamento y se marchó.

Mientras andaba pasillo abajo, esperaba oír abrirse la puerta. Pero no fue así. James la dejaría en paz un rato. Qué bueno. Necesitaba estar sola, se dijo. Estaba más que harta.

Salió del edificio, recorrió la calle flanqueada por árboles que llevaba hasta la vía principal y siguió andando en esa fría noche de invierno. Necesitaba estar sola y sentir el frío, para congelar lo que quedaba en ella de sangre, lazos familiares, pasión y calor.

Caminó rápidamente, aunque parándose sin cesar para mirar por encima del hombro, como si alguien fuese a seguirla. Como si al volverse, pudiera ver a James o a Teresa, o incluso a Nan corriendo para alcanzarla. Nan, probablemente, pisándole los talones, su fantasma convertido en una extraña brisa caliente que le soplaba en la nuca.

De Nan no se podía escapar. Era inevitable. Se interponía en su relación, con el rostro cubierto de oscuros mechones y la boca abierta de la que salía una melodía embriagada; el fantasma de una suegra que movía sus torpes alas para perseguir a un espantado James.

Salió del conjunto de edificios que formaba parte de un barrio de gente con pretensiones, y se dirigió a las calles más ruidosas del centro. Lo penetrante del aire la impulsaba a moverse y el frío cortante la atravesaba como el sonido de una flauta, sustituyendo su sangre por agua clara. Se paseó por las avenidas de la ciudad, y contempló los faros de los coches que pasaban de largo y convertían los árboles de las aceras en filigranas de plata. Las farolas formaban redes redondas de tonos verdes y rojos sobre los árboles. El viento se alzó, como un aliento, y los árboles se desprendieron de su magia, arrojando pedazos de hielo como huesos a los pies de Christine.

Se detuvo en la calle Harry Howard esquina con Central y sacó un cigarrillo de la cajetilla que se había guardado en el bolsillo, mientras se preguntaba qué iba a hacer a continuación. Podía ir a su apartamento en taxi, ir a casa de Teresa en autobús, o ir a ver a Amberlin, que no vivía muy lejos, o bien ir andando hasta su estudio, a escasas manzanas de allí. Sí, eso era lo mejor. Encontrarse a solas y observar la luz que traspasaba el cristal la tranquilizaría; ver lo cerca que estaba de terminar su mayor proyecto hasta la fecha la alegraría. Al pensar en el cristal, todos los demás pensamientos pasaron a un segundo plano, y el ronroneo de alarma que oía en su interior cesó.

Los coches tuvieron que frenar cuando cruzó en rojo, luchando por encender el cigarrillo contra el viento, y un taxista le soltó una buena retahíla de insultos. Ella no respondió. Sus pensamientos se perseguían los unos a los otros, en círculos, ascendían hasta lo alto del cráneo en busca de una salida, sin hallarla. James tenía razón. Los dramas de una familia no desaparecían con la muerte de uno de sus miembros. Su madre seguía viva en ella.

James le había dicho que la esquizofrenia en las mujeres se manifestaba habitualmente poco antes de cumplir los treinta años. Christine iba a cumplir veintisiete. James también le dijo que podía saltarse una generación y manifestarse en sus hijos. ¿Acaso no sabía que oír eso la aterrorizaría?

Y había sido horrible con él. Horrible. ¡Mira que arrojarle un cepillo! Debía estar loca. Seguro que sí.

Dio una calada al pitillo con tanta ansia que seguro que el humo le entró hasta el fondo de los pulmones. Le pareció oír la voz de Teresa que le hablaba, preocupada, desde su cocina.

—Deja el tabaco, *bella*. No es bueno.

Y a Amberlin, que se ponía de su parte:

—No sé cómo alguien tan inteligente como tú puede caer en la trampa que las grandes compañías de tabaco tienden a las mujeres... engendrando la adicción en los que menos poder tienen, en los pobres.

Delia apareció con una sonrisa tímida medio avergonzada:

—¿Puedes soltar el humo cerca de una ventana, cielo? El humo de segunda mano, ya sabes.

Luego, por supuesto, James también dio su opinión, tumbado en la cama; estaba muy guapo con aquellos calzoncillos negros que resaltaban su cuerpo fibroso. Hablaba con aire de preocupación:

—Por tu propio bien, te diría que dejaras de fumar antes de que nos casemos.

—Prefiero esperar a que se acabe el estrés de la boda —dijo Christine en voz alta según soltaba el humo, que se mezcló con unos tímidos copos de nieve que habían empezado a caer. Un hombre mugriento, que llevaba varios abrigos y guantes con los dedos recortados, asintió con la cabeza cuando pasó a su lado.

—No te culpo, nena —dijo con voz quebrada—. Yo quisiera hacer lo mismo.

Christine agachó aún más la cabeza y apretó el paso.

Como su madre, pensó. Ahora hablaba sola. Arrojaba objetos a su amante. Alcohólica, esquizofrénica, maniaco depresiva, loca. ¿Qué importaba el nombre? Infeliz, esa era la palabra que mejor la describía.

Llegó a su estudio y abrió la puerta con manos temblorosas. Una vez dentro, experimentó cierta quietud. Sí, mejor aquí que en su casa, que con cada día que pasaba, a medida que más y más cosas suyas iban a parar al piso de James, daba menos la impresión de que alguien viviera allí. Mejor aquí que con Amberlin, que se daría cuenta de que le pasaba algo y la destrozaría con sus preguntas amables. Mejor aquí que bajo la perspicaz mirada de Teresa, que captaría de inmediato que se había peleado con James. No es que le importara que lo supiera, pero sí ver los pequeños destellos de victoria que se ocultaban tras esa expresión comprensiva de ella. Además, no le apetecía comer.

Deseaba volverse ligera. Lo bastante ligera como para que la Tierra se le despegara de los pies y poder alzar el vuelo, alcanzar la Luna que viajaba con tanta calma muy por encima del azote de los vientos que todo ser vivo prisionero en la Tierra ha de sufrir. Lo bastante ligera para poder volar lejos de la mirada de los oscuros ojos de la noche.

Se quitó el abrigo y lo sacudió un poco. Se frotó las manos. Se acercó a la mesa y tiró lentamente de la tela que ocultaba algo y lo protegía del polvo; así reveló, centímetro a centímetro, el azul profundo de los muros del castillo, el plata y turquesa de la torre, el verde musgo del puente levadizo que caía sobre la corriente azul cobalto del foso.

Había tardado meses en hacer este castillo. Primero lo había dibujado en un sinfín de papeles, buscando la perfección, algo cuya mera forma alegrara la vista, aun antes de escoger los vidrios, la combinación idónea de colores y texturas. Por fin, había empezado el lento y delicado proceso de unirlo todo.

Lo único que faltaba era añadir una torrecilla en la muralla de poniente. Entonces podría presentárselo a James. Sería su castillo, el castillo de los dos, perfecto y agradable a la vista. Un lugar en el que todas las paredes fueran ventanas abiertas que dejaran entrar la luz hasta lo más recóndito de su interior.

Pasó un dedo por la torre, donde tanto se había esforzado para que los ángulos salieran bien sin sobrecargar el vidrio. Se aguantaba, y con firmeza. Accionó el puente levadizo arriba y abajo; suspiró satisfecha. Que Teresa se guardara su comida, hecha, consumida y evacuada en cuestión de horas. Christine prefería la satisfacción más permanente del vidrio y la luz, devorados sólo por los ojos, que podían consumirse una y otra vez sin que hiciera falta volver a hacerlos.

Se frotó la mano en el pantalón y cogió el vidrio que había preparado para la torrecilla; su mirada se detuvo cariñosamente sobre los ondulantes azules de la muralla de poniente. Qué azules tan sutiles, acuosos, pero atravesados por suficiente plata para que, con el reflejo de ciertos tonos de luz, se los confundiera con piedra. Con piedra líquida. Las líneas se fundían sin esfuerzo bajo la vista.

Verlo le provocó una sensación de calma y de esperanza. James estaría enfadado, pero la perdonaría. Lo entendería. Eso era lo que le encantaba de él: se mostraba muy comprensivo con su dolor, su confusión y sus temores. Después de todo, conocía muchos pasajes de su intimidad; le había ofrecido gran cantidad de palabras tranquilizadoras cuando había vivido períodos de desequilibrio emocional. Hablarían nuevamente de lo que le pasaba, ella haría lo que él le sugiriera. Se casarían y tendrían la vida que había soñado desde niña. Podría no ser perfecta, pero estaría rodeada de luz, claridad y espacio. Sería una vida sin altibajos. James la ayudaría a crearla. Era un experto.

Christine acarició el castillo y su dedo captó con deleite la frialdad sedosa del vidrio. Entonces, algo detuvo el movimiento de su mano; levantó el dedo.

Sangraba. Parecía que se había cortado la punta con papel. Se había cortado.

Tocó otra vez el castillo. La sangre entró por una fina grieta que se había producido donde el dedo había presionado el vidrio; se había quebrado y levantado ligeramente.

Al fijarse mejor, la expresión de su mirada se endureció, y mostró en el rostro una mezcla de incredulidad y horror.

Había una grieta en el vidrio.

—No —susurró—. No.

Imposible. Había sido tan cuidadosa; lo había planeado con tanta meticulosidad. Había trabajado tan duramente.

Pero era cierto. Una grieta en el vidrio. Una fractura por sobrecarga en su vidrio perfecto, una fractura que descendía por el centro de la pared. La tocó y apartó la mano, como si se hubiese quemado.

—No —volvió a susurrar, aunque en aquel momento lo dijo en tono imperativo, pues sabía lo que estaba a punto de hacer. Casi creyó que lograría contenerse. Sin embargo, no lo consiguió.

»No —se ordenó, mientras observaba cómo su brazo retrocedía y se abalanzaba, dibujando un arco perfecto, sobre la mesa.

»No —rugió con ira.

El sonido que salió de su boca era más antiguo que el estruendo de una tormenta descargando en la cima de una montaña polvorienta. Levantó el castillo de la mesa y lo dejó suspendido en el aire.

¿Lo había hecho queriendo? ¿O es que su brazo había adquirido de repente una voluntad propia, había expresado su ancestral capacidad para los gestos ostentosos? El castillo se alzaba en el aire a su izquierda y justo encima de ella, suspendido por la incertidumbre que ella experimentaba, como si esperara a conocer su decisión final. Christine permanecía inmóvil.

Pensó primero en los colibríes, en su fragilidad y su fuerza; en lo improbable de su vuelo; en el letargo casi mortal al que se retiraban cada noche; en la resurrección diaria del latido de su corazón. Luego recordó la última vez que había visto un colibrí.

Había ido a la empresa de Rowan, Paisajismos Bancroft, a por un pedido de plantas aromáticas para Teresa. Estas, junto con las plantas anuales, se encontraban en los largos invernaderos con tejado de plástico y Christine buscó entre filas de geranios y petunias, rodeada de sus estridentes y profusos colores. Por encima de su cabeza colgaban cestas de fucsia en flor, con sus llamativos tonos violetas y rojos. Y, aleteando entre sus capullos, vislumbró aquella piedra preciosa con alas: un colibrí.

Volaba de arriba abajo, de una punta a la otra del tejado de plástico. Lo contempló hasta marearse y se dirigió a una mujer que llevaba una blusa verde con su nombre grabado en una chapa y que estaba regando las plantas.

—¿Qué hace? —preguntó, señalando al diminuto pájaro.

La mujer arrugó la nariz y miró a Christine con expresión miope a través de los gruesos cristales de sus gafas.

—¿Qué?

Christine señaló aquel destello verde que volaba rápidamente de un lado a otro por debajo de las ondulaciones del techo blanco. La mujer siguió el dedo de Christine.

—¿Ah, él? Probablemente no puede. Ocurre de vez en cuando.

Cogió una caja de petunias rojas y salió.

El colibrí se detuvo a medio vuelo, justo encima de Christine.

—No es un él —dijo, sin dirigirse a nadie—. Es una ella. No tiene el cuello rojo.

La increíble maquinaria de las alas mantuvo suspendido al pájaro a unos tres metros del rostro de la joven, tras lo cual apuntó directamente hacia arriba y chocó contra el techo de plástico.

Christine se asustó y esperó a que cayera muerto a sus pies. Pero no sucedió. En lugar de caer, continuó golpeándose contra el plástico, riñéndolo con su trino, tratando de abrir un agujero hacia el cielo. A través del techo. A través del techo. A través del techo.

Christine se puso a temblar. La mano se le agitaba cuando se cubrió la boca para contener la bilis que le subía por la garganta.

—¿Christine? —inquirió una voz a sus espaldas—. ¿Eres tú? ¿Te encuentras bien?

Se volvió y vio a Rowan Bancroft, cuyos ojos oscuros la observaban con solemnidad. Ella hizo un gesto indicando al colibrí.

—¡Oh! —Rowan se rascó la cabeza—. Sí. A veces lo hacen. Qué raro, ¿verdad? Un pajarito de nada y un enorme techo, y sigue arrojándose sin parar contra él, como si pudiera hacer un agujero y huir. A veces creo que hay algo que se me escapa.

—¡Pero se matará!

Rowan negó con la cabeza.

—No. Ya lo he visto muchas veces. Lo que ocurrirá es que se agotará y se rendirá. Entonces bajará. En cuanto baje, verá la puerta y saldrá.

Christine miró el castillo suspendido en el aire. En las entrañas percibió el movimiento de la desesperación, la última pared que separaba el pesar y la aceptación, una pared contra la que se había arrojado repetidamente desde que era una niña. Desde la muerte de su madre. Era una pared contra la cual ya no quería volver a hacerse daño.

Soltó un largo suspiro, dejó caer el brazo a un lado y vio cómo el castillo caía, cómo las astillas de vidrio chocaban contra el suelo y se elevaban en una tormenta de belleza y de intolerable rabia.

La cocina de Teresa

—Vaya —dijo Delia al ponerse el abrigo, dispuesta a marcharse—. Si va a dejarla porque le preocupan los genes de Nan, voy a tener que tragarme todas las cosas buenas que he dicho de él.

Teresa cogió unos cubiertos de la encimera y se los tendió:

—Espero que tengas mucha hambre.

—No, no, ahora no. Probablemente sean los nervios previos a la boda. Nos vemos mañana.

Abrió la puerta. Una bocanada de aire frío entró en la casa y con él lo hizo *Tosca*, la gata de Teresa, que corrió a enroscarse en las piernas de su ama.

—Te dije que no te gustaría el secreto —le dijo a Delia, mientras volvía a dejar los cubiertos en su sitio y se agachaba para acariciarle la carita negra a la gata y escuchar sus quejumbrosos maullidos. Donnie le había puesto el nombre de *Tosca* cuando demostró que era una más de la familia al pasarse maullando toda el aria *Vissi d'arte*, creando una asombrosa armonía con la soprano.

Teresa puso más comida en el cuenco de *Tosca*, que no dejó de ronronear de satisfacción mientras comía. Antes, al llegar Delia, había apagado la radio, y ahora la cocina había quedado de pronto sumida en el silencio. Demasiado silencio; producto no de la paz, sino de la ausencia. Teresa volvió a encender la radio, echó agua tibia y una cucharada de azúcar en un cuenco y añadió levadura. Observó cómo se formaban las burbujas.

Desde la pared de la cocina, la bisabuela Emilia seguía observándolo todo, con su robusta hijita sobre el regazo y un amago de sonrisa en el rostro. Teresa había visto esa misma expresión en la cara de su abuela; significaba orgullo y una alegría demasiado profunda para poder comunicarla con palabras. Mejor cocinar algo y expresar así la alegría.

Teresa no había conocido a Emilia, que se quedó en su país, en los Abruzos, cuando sus hijos se fueron a Estados Unidos. Se preguntaba a menudo lo que se sentiría si los hijos de una se fueran tan lejos, a sabiendas de que quizá no volvería a verlos. Un océano entre una y ellos y, en esos tiempos, sólo unas cartas para mantener el contacto. Al menos Donnie se encontraba a sólo unas horas de allí, en Boston, si bien en aquel momento los sentimientos los mantenían aún más separados que la distancia que impone un océano. Él estaba en una edad en la que necesitaba marcar las distancias, y además en su caso todo se había complicado con el divorcio, algo que aún no había terminado de asumir. Hacía poco había decidido echarle la culpa a ella. Con un poco de suerte, al año siguiente se la echaría a su padre.

Fuera como fuese, se había marchado; había iniciado la aventura de su propia vida y no regresaría hasta que formara su propia familia, momento en que el pasado atraería al futuro, como la costa al agua.

La abuela de Teresa, que de adolescente había abandonado su país para venir a ese nuevo mundo tan extraño, le enseñó cómo se vivían estos cambios tan importantes en la vida de una persona. Se había manifestado con las sufragistas, se había cortado el cabello muy corto, había conseguido un trabajo y se había casado. Aprendió a conocer bien el nuevo país que la acogía, pero nunca renunció al suyo de origen, ni siquiera cuando su propia hija se esforzaba por encajar en el mundo en que había nacido, adoptando diferentes costumbres culturales como el pastel de carne y los bocadillos de salchichón de Bolonia, y hasta las comidas congeladas ya preparadas, eso que llamaban cenas-TV.

Sin embargo, cuando ella formó su propia familia con el padre de Teresa, construyeron una casa en la misma parcela de dos mil metros en la que se había criado desde pequeña. Por consiguiente, Teresa pasaba tanto tiempo en casa de su abuela como en la de su madre, y fue de su abuela de quien aprendió los guisos y los platos más secretos. Fue en su cocina donde absorbió la lección de que la comida es sagrada, una experiencia comparable a la de los alquimistas, una fuerza central que mueve a las personas en su entorno.

Recordaba una ocasión en la que se encontraba sentada en un taburete alto frente a la encimera, cerca de los fogones. Su madre lavaba los platos, su abuela preparaba masa para la pasta, rompía un huevo en el centro de un volcán hecho de harina e iba incorporándola hacia el centro, a la vez que cantaba una extraña canción italiana llamada *Carne di cane*, carne de perro.

También Nan, sentada a la mesa de la cocina, cantaba, pero otra canción, una de Dionne Warwick, *Do You Know the Way to San José*, y algo en la melodía hizo que la abuela moviera la cabeza en señal de desaprobación.

—Anunziata —le dijo—, ven a comerte una galleta.

Todos la llamaban Nan, todos menos la abuela. Nan, según ella, era «Merigan»; lo pronunciaba como si tuviera una uña en la boca. Demasiado americano. A veces, incluso, lo pronunciaba «Merdegan», y la madre de Teresa le reñía por usar esa clase de «lenguaje» delante de las niñas.

Teresa veía a Nan a través del espacio que quedaba entre la cocina y la gran mesa donde se preparaba la masa de pasta, la misma en la que los domingos el tío Henry hacía en voz alta predicciones políticas mientras el abuelo Donato bebía vino en vasos grandes, y la tía Angelina iba golpeando la superficie de formica con su anillo de casada para bendecir el lugar donde todos comían.

Nan parecía pequeña y solitaria, sentada allí, a pesar de ser varios años mayor que Teresa. Cantaba con una voz aguda y dulce, alzando las manos hacia la luz que entraba por las ventanas. Sus bonitos dedos, con las uñas pintadas de rosa, bailaban en el aire, tejían algo sustancial extraído del sonido y de la luz. Teresa los contemplaba, fascinada, hasta que su abuela le dio un ligero codazo.

—No le hagas caso —susurró—. Mira esto.

La atención de Teresa volvió a las manos de su abuela, gruesas y nudosas como viejas raíces. Sin embargo, sus dedos poseían el delicado conocimiento de los movimientos más precisos para doblar la masa, levantarla y darle vida de la forma más adecuada.

Unos pasos lentos que producían crujidos en la vieja madera del suelo interrumpieron la danza silenciosa de las manos de la abuela. El abuelo Donato entró con un apestoso puro entre los dientes. La abuela levantó la cara, lo miró, y después a Nan.

—*Che fa?* —preguntó el abuelo.

—*Niente* —contestó ella mientras golpeaba violentamente la masa sobre la encimera.

La atmósfera de la estancia cambió. La madre de Teresa dejó de lavar los platos y se secó las manos con una toalla. Nan había vuelto a meterse en problemas. Teresa no lo entendía, tenía algo que ver con un chico y con salir, pero le resultaba familiar, porque últimamente Nan se metía en muchos problemas. Su padre le había gritado a principios de la semana, y ahora, supuso Teresa, le tocaba al abuelo. Pero el abuelo no gritó.

Permaneció quieto un momento, dando caladas al puro, del cual salía una voluta de humo que parecía perezosa, poco dispuesta a subir. El abuelo fue hacia Nan y le acarició la mejilla una vez. Dos veces. Tres veces.

Nan dejó de cantar y le sonrió.

—*Dove?* —inquirió el abuelo—. *Dove tu'angelleti? Ascolte gli'angelleti, sì?*

Nan seguía sonriendo y se tapó la boca con una mano.

El abuelo sacudió la cabeza y se quitó el puro de la boca. Se dirigió hacia Teresa, le puso las grandes manos rojas sobre los hombros, como si cogiese una camisa, y casi pegó su cara a la de ella.

—Tu hermana —dijo con su inglés de fuerte acento italiano—, tu hermana no escucha a sus ángeles.

—Papa —pidió la madre de la chiquilla—, no hagas eso. Vas a asustarla.

Él se enderezó y le contestó en italiano, señalándola con el puro, casi tocándola.

—*Parla Julia. Ascolta me. Mi dice bene.*

Y se marchó. La abuela se volvió hacia la madre de Teresa, que negó con la cabeza.

—No, mama, no lo haré. No me importa lo que diga. Nan no necesita a Julia.

Teresa arrugó la nariz. Julia era una anciana que vivía calle abajo. Poseía muy pocos dientes y un aliento como de perro, sólo que peor. A veces venía a cenar, y la abuela DiRosa le servía la primera y lo mejor de lo que hubiera. Después de cenar, Julia cogía uno de los viejos cuencos de esmalte y lo llenaba de agua, pronunciaba unas palabras y añadía aceite. Las mujeres observaban el aceite que daba vueltas en la superficie y esperaban a que ella hablara. Lo hacía en un dialecto que Teresa era incapaz de descifrar, aunque conocía muchas de las palabras que usaban sus abuelos. Las otras mujeres la escuchaban atentamente, hablaban largo rato y acababan por ponerle dinero en las manos.

El nombre de Julia se pronunció otra vez. De nuevo la madre de Teresa hizo gestos de negación. En la mesa, Nan volvió a cantar. Teresa observó en los gestos de sus manos y en las expresiones de sus rostros todas las palabras que no decían. La conversación concluyó cuando la madre de Teresa cortó el aire con una mano. La abuela suspiró e hizo girar el taburete de Teresa para tenerla cara a cara.

—No te preocupes —sugirió—. Toma una *dadaluce*.

Levantó una galleta de una redondez perfecta, cuyo suave glaseado blanco estaba salpicado de rosa y azul. *Dadaluce*. Galletitas ligeras. Teresa abrió los ojos como platos. La galleta avanzó hacia su boca abierta. Cerró los ojos y la aceptó.

Cuando los abrió nuevamente, Nan se encontraba de pie a su lado con la boca abierta, pidiendo también una galleta. Detrás de ella, su madre sonreía, aunque tenía los ojos anegados en lágrimas.

La galleta lo había provocado. La *dadaluce*. Teresa alzó una y la examinó. Aquel dulce había hecho que Nan dejara de cantar y que su madre sonriera y llorara al mismo tiempo. Podría pensarse que cuando la abuela te daba una galleta, penetraba en la boca un regalo con todos sus mejores pensamientos.

En ese instante, Teresa aprendió una lección vital. Aprendió que la magia de la cocina era muy poderosa. Era capaz de transformar malos sentimientos en sentimientos buenos, alegrar el corazón y tranquilizar la mente. Lo aprendió cuando aún no llegaba a la altura de los fogones y nunca lo olvidó.

Ahora, en su propia cocina, mientras la levadura burbujeaba en el cuenco con agua, murmuró unas palabras. Luego, cogió la bolsa de harina y echó un poco en el cuenco. Lo revolvió, susurró más palabras, añadió nuevamente harina y volvió a revolver. La mezcla se hizo más espesa y se transformó en masa. Se limpió las manos en el pantalón y las introdujo en la pegajosa masa, la manipuló y añadió harina, canturreando con la radio mientras la obra progresaba.

Cuando oyó el timbre, tenía las manos recubiertas de aquella sustancia pegajosa. Las levantó.

—Vaya —exclamó, y fue a la puerta. Miró a través de la ventana y vio a Rowan Bancroft. Escondido entre su gorra de lana y la bufanda, apenas se le veían los ojos oscuros y la barba.

Teresa trató sin éxito de hacer girar el pomo con las muñecas.

—¿Puedes abrir tú? —pidió.

Él se levantó un lado del gorro y ella alzó las manos para enseñárselas. Rowan asintió, hizo girar el pomo y entró.

—Hola —dijo, a la vez que se quitaba la nieve de los zapatos y se despojaba del gorro. Su cabello cobró vida, como si se tratase de un ser animado.

—Hola —contestó ella, le tendió una mano y la apartó—. Estoy hecha un asco.

Rowan asintió con la cabeza.

—¿Pan?

—Sí.

Mientras se quitaba la bufanda y se desabrochaba el abrigo, Teresa se frotaba las manos y devolvía al cuenco la masa que se le iba desprendiendo.

—Ya veo. ¿Para la fiesta?

Ella asintió con la cabeza.

—Será una noche muy fría si se parece a esta.

Ella volvió a asentir.

—¿Te apetece un café u otra cosa? ¿Whisky?

—Mezclaré los dos, si no te importa.

—No, no, ningún problema —mintió Teresa, porque sí que le importaba.

Al menos eso le parecía a ella, por el modo en que él se apoyaba con los codos en la encimera y la manera de sonreírle, prestándole toda su atención. Aún no se le había ocurrido preguntarle a qué había venido. La gente solía venir de visita porque sí, y una no le preguntaba sus motivos, sino que le daba algo de beber o de comer.

Sin embargo, probablemente Delia tuviera razón, después de todo. Solía tenerla, solía ver cosas que a Teresa se le escapaban. A Delia no le pasaban por alto, aunque tampoco la afectaran tanto. Teresa, en cambio, dejaba pasar las cosas por no querer meterse en problemas.

—Ningún problema —repitió, y dejó la masa a un lado para poder servirle café en una taza, ir a por la leche y una botella de whisky de las que tenía en la sala de estar, y dársela a Rowan. Este permaneció junto a la encimera y se preparó la bebida—. Siéntate —Teresa señaló la mesa—. Relájate.

Él envolvió la taza con las manos para calentárselas. Eran manos grandes, pero sostenían los objetos con delicadeza. Teresa se había fijado en ello en el vivero. Hojas, pétalos y tazas de café descansaban suavemente en sus manos.

—¿Te sentarás tú también? —preguntó.

Ella apartó la mirada de sus manos y parpadeó. Sentía la cara más caliente que de costumbre.

—Tengo que acabar con el pan. Pero puedo hablar mientras trabajo. ¿Qué te trae por aquí?

Los ojos de Rowan se mantuvieron fijos largo rato en la cara de Teresa, aunque apretó los labios y guardó silencio un momento. Mientras tanto, ella empezó a trabajar con fuerza la masa en el cuenco.

—Iba camino de casa —dijo Rowan, por fin. La suya era una voz queda y a menudo hacía una pausa antes de contestar a una pregunta, como si de verdad se lo estuviese pensando—. Me pareció buena idea comprobar lo de tus flores. Sólo quieres rojas y blancas, ¿verdad? ¿En floreros distintos?

—Sí, eso es… exactamente.

Él dio un sorbo de café y asintió.

—Pensaba en eso hoy, mientras miraba la rosa de la paz. ¿Sabes?, tienen un tono melocotón y se me ocurrió que podría sugerírtelo, pero luego me dije que no, porque la única flor que me gustaría ver ahora es la de la calabaza.

—¿La de la calabaza?

—Sí. Entonces, sabría que es verano.

Teresa sonrió. En el verano, grandes copas doradas de sol se extendían sobre el huerto de su casa; Teresa las había visto el año pasado cuando fue a recoger esquejes de las fresas del bosque que crecían bajo su roble; se había maravillado por la cantidad de calabazas y le había preguntado para qué quería tantas, a lo que él contestó que no era que quisiera muchas, sino que le gustaban sus flores.

De modo que había llenado un cesto de capullos y, como le habían enseñado a ella, le enseñó a freírlos y añadirlos al *risotto*, a la sopa, a la *pasta primavera*.

—Pero yo diría que en verano el whisky y el café no saben tan bien —comentó ahora.

—Tienes razón. En un día como hoy, reconfortan. Mi padre solía beber esto en las noches frías. Café irlandés.

—No tan irlandés. A mi abuelo también le gustaba. Y a mi padre. Seguro que los irlandeses se lo robaron a los italianos.

Rowan dejó escapar una risa que resonó con fuerza, como un alud de piedras que rodaran colina abajo.

—No les robamos nada a los italianos, excepto, tal vez, sus mujeres.

Teresa sostuvo la masa y la golpeó contra la encimera, le dio la vuelta y volvió a golpearla. Rowan carraspeó, como cuando uno se dispone a iniciar un discurso, y Teresa sintió que se le tensaban cada uno de los músculos de los hombros y la espalda.

—Teresa... sé que tu hijo está en la universidad y... bueno, con lo del divorcio... pues, me preguntaba... —hizo una pausa y, aunque ella percibió su mirada, mantuvo la cabeza gacha, concentrada en la masa, levantándola y dejándola caer. Rowan continuó—: Me preguntaba si necesitarás ayuda este año. Sé que has trabajado mucho para preparar esta fiesta y pensé que, sin tu familia, quizá necesitarías a alguien que te echara una mano, o un chófer, o algo así.

—Oh —exclamó Teresa. Presionó la masa y se quedó quieta. No se esperaba esto, en absoluto—. Es muy amable de tu parte, Rowan. Puede que sí necesite a alguien que haga lo que Sam solía hacerme.

Vio una sonrisa pícara dibujarse en la cara de Rowan y volvió a experimentar calor en las mejillas.

—No lo decía en ese sentido —añadió a toda prisa—. Quiero decir que no quería decir nada... ay, mierda, ya sabes lo que quiero decir.

—Me lo tomaré de la mejor manera posible. —Los labios de Rowan dejaron de sonreír, pero no así sus ojos. Tomó otro largo sorbo de café y dejó bruscamente la taza sobre la mesa—. Tengo que irme. Mi hija llega de la universidad el domingo y no se me ha ocurrido limpiar la casa desde que se fue. Probablemente la tendré conmigo sólo unas cuantas noches antes de que empiece a salir con uno u otro de sus amigos. Extraño, ¿verdad? Cuando se hacen mayores.

Teresa metió la masa en el cuenco y la cubrió con un trapo. Se lavó las manos en el fregadero y se las secó en el pantalón.

—Sí, es extraño.

Una intimidad tan sorprendente seguida de una partida tan inusitada. Teresa aún no se había adaptado del todo a la partida de su hijo, pero ya percibía la ausencia de Donnie como una implacable oscuridad en el corazón. O acaso no fuera su ausencia en sí, sino más bien la de su infancia, que desapareció tan de repente tras tantos años de estar ahí, en su vida. Había intentado explicárselo a Delia, pero esta no quería pensar en esas cosas todavía, alegando, como siempre, que más valía evitar la realidad mientras pudiera. Amberlin aún no tenía hijos, así que lo entendía, pero sólo desde la mente, no desde el corazón. Y Christine todavía estaba intentando madurar y dejar atrás el legado de su madre.

—¿Se va haciendo más fácil con el tiempo? —preguntó en voz queda, con un tono que pretendía despreocupado pero que no lo fue.

Rowan, que estaba poniéndose el abrigo, se detuvo y se giró para mirarla. Hizo una pausa, como preguntándose algo, y contestó con un rápido asentimiento de cabeza. Daba la impresión de tener mucha práctica hablando consigo mismo, en voz muy baja.

—Se vuelve más familiar, como si fuera ley de vida. Y después resulta bastante divertido recuperar tu propia vida. Ya no tienes que preocuparte por los deberes o por la hora a que deben regresar, o dónde tienes que estar. Es como tener veinte años de nuevo, pero con mayor sensatez.

Sonrió al ponerse la gorra y la bufanda y Teresa se acercó a la mesa, esperando para acompañarlo a la puerta. Rowan puso una de sus grandes manos en un hombro de Teresa, con la misma delicadeza con que sostenía una hoja o una taza de café.

—Teresa... lo que te he dicho... acerca de estar dispuesto a ayudar... no es sólo para la fiesta. Quiero que te sientas libre para llamarme en cualquier momento. ¿De acuerdo?

Teresa sintió que algo se le removía en las entrañas. Una advertencia, tal vez. En todo caso, impidió que las palabras le pasaran del cerebro a la boca; esbozó una sonrisa tensa y asintió con la cabeza. Por primera vez en muchos años, deseó más que nada un cigarrillo.

—¿De acuerdo? —insistió Rowan.

—Claro —logró decir Teresa—. Claro que sí...

Él levantó la mano, hizo girar el pomo de la puerta y se marchó.

Teresa se apretó el vientre y aspiró hondo; luego regresó a la encimera y se apoyó en ella.

—*Che fa?* —preguntó—. *Che fa?*

Con aire meditabundo, clavó un dedo en la masa.

En una ocasión su marido —no, su ex marido, tenía que acordarse de que Sam era su ex marido— había dicho que sus manos se volvían muy sensuales cuando amasaba pan. Un día Sam regresó temprano de la escuela, cuando estaba preparando pan toscano de pasas, una receta de los etruscos, y empezó a hacerle cosquillas en la nuca. Tan sensual, había dicho, como una joven diosa etrusca.

Era a principios del mes de mayo y estaba preparando unas alcachofas diminutas. Ella y Sam todavía no tenían hijos, porque ella había sufrido otro aborto espontáneo y se había dado de baja como maestra el resto del semestre para recuperarse. Sam regresó del trabajo temprano y ella estaba golpeando la masa, y una cosa llevó a la otra sobre la larga mesa de madera y, cuando acabaron, ella tuvo que limpiarse los pies de masa y aceite.

Ese pan resultó más sabroso que ningún otro que hubiese preparado, aunque Sam no quería dejar que lo compartiera, como de costumbre, con el repartidor de periódicos.

Se lo contó a Amberlin y a Delia, y ellas esperaron un momento antes de dar un mordisco al pan que acababa de servirles, pero para entonces Sam ya se había marchado. Además, cuando alguien daba el primer mordisco a su pollo con ajo y romero o a su venado en salsa de grosellas, dejaba de importarle mucho quién hubiera hecho el amor en la cocina de Teresa.

Sacó otro trapo de cocina y lo extendió sobre la masa de pan.

—Rowan Bancroft, eres un insensato —dijo con firmeza.

Era viudo desde que lo conocía y, a juzgar por lo que decía, lo era desde que sus hijos eran pequeños. ¿Para qué iba a querer empezar de nuevo con todo ese lío? Con ese compromiso quizá tan lleno de dolor. Una magia que no se sostenía frente a la realidad. Sí, Rowan era un insensato y ella iba a meter la masa en la nevera y a dormir un rato.

Sonó el teléfono y descolgó.

—¿Hola?

—Hola —contestó la voz masculina al otro lado.

—¿Donnie? —se puso tan contenta al pensar que podía ser él que hasta recobró el color.

—¿Teresa?

—Oh. —El rostro de Teresa perdió su brillo y se tornó más sombrío al reconocer la voz—. James.

—Estoy buscando a Christine. ¿Está ahí?

A Teresa le pareció tenso, distraído.

—¿Habéis discutido?

Discutir era una palabra equivocada, dijo él. Habían estado hablando de ciertos asuntos.

—Por supuesto —convino Teresa y puso los ojos en blanco—. Debería haberte preguntado si habíais aprovechado la oportunidad para resolver conflictos e incrementar la comprensión mutua. Pues ha de estar resolviéndolos en otra parte, porque no está aquí.

—Si llama…

—Le diré que te preocupa su madurez personal.

—Sólo dile que me llame, Teresa —espetó James y colgó.

Aguardó un momento con el auricular en el oído, escuchando el tono de marcar y volvió a colocarlo en su sitio. En la radio, Judy

Garland cantaba *Have Yourself a Merry Little Christmas*, villancico que le dejó un sabor triste en la boca. Apagó el aparato.

Levantó el trapo de cocina y pellizcó un pedacito de masa antes de guardar el cuenco en la nevera. Arrancó un poco de romero de la planta que había en el alféizar de la ventana, apagó la luz de la cocina y fue a la sala de estar, en cuya chimenea las llamas se retorcían hacia el cielo. Arrojó al fuego la masa y el romero, que se ennegrecieron y chisporrotearon, transformados en calor, gas y aire.

Una vez pronunciadas sus oraciones para su cocina y para sus seres queridos, subió a acostarse y a soñar con pan.

El pan

De muy pequeñita, a Christine le enseñaron que, durante la misa, la hostia de la comunión se trasformaba por medios divinos en el cuerpo de Cristo, que era el pan de la vida.

Si bien la fina oblea que el sacerdote le colocaba delicadamente sobre la lengua no guardaba ningún parecido con el pan, entendía que obraba una fuerza mágica.

Creía que un alma pura, sin pecados, debía poseer la misma blancura que la hostia. Un alma pecadora estaría llena de manchas negras que sólo la lavadora del purgatorio podía limpiar. Christine tenía miedo de olvidar las instrucciones del catecismo, de mascar la hostia, cosa que ofendería al cielo. El miedo se hizo realidad cuando la asistencia a misa de Nan se hizo más esporádica e insistía en que Christine fuera a la iglesia y le trajera la comunión a casa.

Ella dejaba la oblea sobre la lengua y, una vez en su banco, se la sacaba de la boca, la partía en dos y guardaba la mitad en una servilleta para llevársela a su madre.

Cada vez que lo hacía, se imaginaba que los gritos de Jesús retumbaban entre la iglesia y el trono del Santísimo Padre que está en el cielo.

—Esto no está bien, Nan —le decía a su madre.

—No pasa nada, cielo. Necesito comulgar.

—Entonces ve a misa y comulga —protestaba la niña.

Nan negaba con la cabeza.

—No puedo, no puedo. Venga, Christine, no es para tanto.

A menudo discutían así, como si, en lugar de madre e hija,

fuesen hermanas. Nan contaba apenas diecinueve años cuando Christine nació, y nunca se sintió lo bastante madura para imponerle una disciplina. Por su parte, a Christine nunca se le antojó que Nan fuese lo bastante fiable como para dejar que lo hiciera.

—¿Qué pasa con mi alma? —preguntaba Christine—. Si Dios oye los gritos de Jesús cuando lo rompo en dos, ¿no iré al infierno?

Su madre volvía a negar con la cabeza.

—No es más que un pecado venial. Cuéntaselo al confesor.

Y eso fue, precisamente, lo que hizo Christine.

—Bendígame, padre, pues he pecado. Ha pasado una semana desde mi última confesión y he desobedecido dos veces a mi madre.

No explicó que ambas veces había echado en el fregadero el contenido de las botellas de whisky de Nan. Había meditado mucho antes de decidir si se trataba de un robo o de un acto de desobediencia, y había llegado a la conclusión de que sólo sería robo si se lo bebiese. Como no lo bebía, se trataba de un caso de desobediencia. No es que sirviera de gran cosa, pues su madre sencillamente salía a comprar más, aunque Christine descubrió que a veces tardaba varios días en hacerlo, y durante ese intervalo comían mejor, dormían más tranquilas e incluso en ocasiones tocaba la guitarra y cantaba, y a Christine esto le gustaba mucho.

—También tuve malos pensamientos dos... no, tres veces —continuó Christine—, e hice que Jesús gritara una vez.

La pausa que seguía al relato de sus pecados la espantaba siempre; se preguntaba si el sacerdote consultaba directamente el veredicto con Dios Padre Todopoderoso. Muchos años después, recordaría la sensación cada vez que esperaba a que una dependienta pasara su tarjeta de crédito por el escáner. ¿Y si la máquina le negaba el crédito y ella se quedaba ahí, con todas sus compras sobre la caja, muerta de vergüenza por su falta de solvencia? ¿Y si Dios le negaba el perdón? ¿Tendría que suicidarse? ¿Convertirse en monja? Dios sabía más que el sacerdote, que nunca pedía detalles concretos. Nunca le preguntaba a qué se refería cuando hablaba de malos pensamientos ni qué había hecho para que Jesús gritara. Christine se imaginó que esto significaba que dejaba que Dios decidiera. Ni se le ocurría pensar que pudiera no estar escuchándola.

En el catecismo tampoco le enseñaron que las primeras hostias eran de pan ázimo, el pan sin levadura de los judíos, el de la aflicción, y que sin duda no era ni blanco ni redondo.

Teresa se lo explicó años más tarde, porque había realizado una investigación sobre los usos rituales de la cocina. También le dijo que la fabricación de hostias era una industria de las monjas contemplativas, quienes en sus silenciosos lugares de oración preparaban con harina y agua esas perfectas obleas blancas que se convertirían en el cuerpo de Cristo. La Eucaristía, que no se les permitía celebrar, venía de sus manos.

Sin embargo, de jovencita, Christine, que no sabía nada de esto, continuó trayéndole la media hostia a su madre, preocupándose por los gritos de Jesús, proyectados por todo el Reino de los Cielos, y confesando su pecado a sacerdotes de todo el país, según su madre la iba trasladando de un lugar a otro, en busca de algo que nunca supo nombrar. Fuera lo que fuese, nada tenía que ver con los trabajos de camarera de los que la despedían al poco tiempo de dárselos. Christine no sabía si buscaba algo o huía de algo o si estaba siempre perdida. Sólo sabía que Nan bebía demasiado y que cada año ese consumo aumentaba un poco más. En ocasiones lo achacaba a su propio pecado: quizá Jesús haría más caso de sus oraciones si no mutilara su cuerpo los domingos.

En una ocasión, cuando iba de regreso de la iglesia a casa, alzó la media oblea a la brillante luz de la mañana para ver si era capaz de encontrar alguna señal de sangre o de alteración en el cuerpo de Cristo. No vio ninguna, pero sí advirtió la calidad de la luz al traspasar la fina masa blanca, casi como un delgado cristal, quebradizo y frágil en sus manos. A través de la oblea vio la sombra de un pájaro que pasaba volando. Era una luz hermosa, y la nítida sombra del ave produjo una oscuridad especial en su nevado resplandor.

Volvió a guardar la media hostia en la servilleta y se fue a su casa. En esa época vivían en un apartamento bastante agradable, pues sus ingresos los complementaba un hombre para quien la belleza morena y la pasión exigente de Nan eran más importantes que su afición al alcohol.

Al atravesar el umbral, supo que algo malo sucedía. Le llegó un olor acre, y lo siguió hasta la cocina, donde vio a su madre, de pie junto a la mesa, que estaba repleta de toda suerte de alimentos. Pollo asado, verduras en salsas, bizcochos, patatas. Todo ello chamuscado, carbonizado, convertido en un montón de negras costras aplastadas.

—¿Nan, qué has hecho? —preguntó Christine con voz tímida.

Su madre apartó la atención de los puntos de luz que arrojaba aquella horrible lámpara de araña, puntos que parecía perseguir por el techo con las manos, y la fijó en su hija. Sus ojos la enfocaron y la penetraron. Llevaba un largo vestido de seda azul sin tirantes, un traje antiguo que había comprado por dos dólares en la tienda del Ejército de Salvación. No llevaba zapatos, y con el pie izquierdo pisaba un trozo de pollo.

—Me olvidé de apagar el fuego —dijo, juntando las palabras—. *Accidente*. Lo odio. No basta con que tenga una que acordarse de cocinar, después tienes que acordarte de apagar el fuego.

De un puntapié lanzó el pollo al otro lado de la cocina, soltó una risita y volvió a fijar su atención en el techo. Christine clavó la vista en aquel esqueleto roto, la carne ennegrecida, las volutas de humo que seguían alzándose desde debajo de su piel.

La risa de su madre, hermosa como una canción, serpenteó por el aire entre ellas.

—¿Quién quiere un pollo como este? Dime. ¡Que coman pastel! ¿Es pastel? ¿Puede que luz? Comamos luz, ¿sí, Chrissy?

Echó la cabeza hacia atrás; su largo cabello negro le llegó hasta las caderas; levantó las manos y aspiró hondo varias veces. Sus manos tocaron los cristales en forma de diamante que pendían de la araña. El polvo bailoteó en torno a sus dedos, gravitando en los rayos dorados de luz.

Christine se fijó en la botella de vino vacía que había en la mesa, cerca de los pies de su madre. Al parecer se le había escapado una. Se preguntó si habría más comida por la casa.

Entonces recordó la hostia. La extrajo cuidadosamente del bolsillo y desenvolvió la servilleta. El pan estaba hecho por seres vivos y mantenía a los seres vivos. Y podía cambiar. Transustanciarse. Convertirse en el cuerpo de un hombre. Convertirse en cristal, roto, masticado y tragado con terrible dolor. Recibir la sombra de los pájaros. Ser luz que nos traspasa como si nosotros mismos fuésemos cristal.

Fue al armario, sacó un plato y un tenedor, puso la hostia en el plato y el tenedor al lado. Lo cogió todo y se lo llevó a la mesa.

—Toma, Nan —le dijo con acritud—. Aquí está tu comida.

Desde ese día, a los doce años, se negó a pisar una iglesia. En lugar de ello, empezó a asistir a una clase de arte donde aprendió a trabajar con vidrio de colores y a expresar lo sagrado mediante el color y la luz.

Los ingredientes

—De hecho, la quinua es un cereal de Sudamérica... data del imperio inca —explicaba Amberlin—. No es sintético, sólo que no contiene trigo.

—¡Oh! —exclamó la mujer, enroscándose en un dedo un mechón de pelo algo grasiento. Amberlin se imaginó que el vello de sus axilas sería largo y espeso. Probablemente lo llevara trenzado. A juzgar por el olor que desprendía, no creía tampoco en los desodorantes. ¿Acaso lo socialmente correcto tenía que ir ligado a la fealdad y el mal olor corporal?, se preguntó—. Entonces, ¿es mejor para la salud? —preguntó.

—Si se es alérgica al trigo, sí.

Amberlin intentó controlar la impaciencia; quería poner el cartel de CERRADO en la puerta de la tienda de la Lark Street, empaquetar sus cosas para la fiesta del día siguiente en casa de Teresa, irse a la suya y dormir. Los dos días siguientes trabajaría sin parar.

Pero la mujer continuó haciendo preguntas acerca del mijo, el amaranto y el cuscús, que, según le habían dicho, estaba cubierto de harina y quería saber si era malo para la salud. Siguió a Amberlin hasta el mostrador, hablando sin parar mientras ella intentaba hacer cuadrar la caja.

—Discúlpeme, pero se me está haciendo muy tarde —comentó.

—No pasa nada —respondió la mujer, y siguió charlando.

A ti no te pasa nada, pensó Amberlin. Detrás de ella, el teléfono sonó y levantó el auricular, sonrió con aire de disculpa a la mujer y habló.

—Hola, Teresa. Estaba a punto de cerrar —declaró con intención para que la clienta se diera por aludida, pero esta se limitó a parpadear—. ¿Qué? Claro. Llevaré las enebrinas. ¿Alguien qué? ¿Un venado? ¡Eso es horrible! ¿Vas a comértelo? No. Olvídalo. No quiero saber lo que haces con el corazón. ¿Tienes noticias de Christine?

Sonrió, tapó el auricular con una mano y, con un susurro, preguntó a la mujer si deseaba algo más. Esta negó con la cabeza, se mordisqueó las puntas del cabello y miró alrededor con aire distraído, para luego dirigirse tranquilamente a la salida y marcharse. Amberlin dejó escapar un largo suspiro de alivio cuando la campanita tintineó al abrirse y cerrarse la puerta. Mientras tanto, desde el otro lado de la línea, Teresa le decía que no, que no tenía por qué saber nada de Christine, que no era su madre.

—Sí que estamos susceptibles hoy. ¿Te ha dado un ataque de SOC previo a la fiesta? O sea, de Síndrome Obsesivo Compulsivo, por si no lo sabías.

—Sí, es más o menos eso —reconoció Teresa, sin más.

A veces, a Amberlin le desconcertaba lo segura de sí misma que se mostraba Teresa y la facilidad con que aceptaba sus puntos débiles. Le envidiaba esa capacidad, aunque no estaba segura de que fuera nada bueno.

—Y Sherry, ¿ya lo tiene todo listo? —inquirió Teresa.

—Sí —respondió Amberlin, en tono menos seguro—. Estará allí, con su guitarra. Dijo que no se lo perdería por nada del mundo.

—No tiene por qué cantar para ganarse la cena. Supongo que se lo has dicho.

—Sí.

Pero Amberlin no le dijo que en realidad había intentado disuadirla. Iba a estar, le había dicho; alguien tenía que asegurarse de que no hubiera desmanes y, aunque Delia era muy buena con las relaciones públicas, no se encargaría de que la cafetera estuviese llena en todo momento. Y en cuanto la fiesta empezara, Teresa iba a dejar todo en manos de los camareros que contrataban para la velada; eran sobre todo Christine y la propia Amberlin las que tendrían que permanecer en estado de alerta.

Sherry dijo que le daba igual, que ella también estaría trabajando, tocando música para la gente. Además, asistir juntas sería como un hito para ellas. Una declaración pública.

Amberlin no le dijo que precisamente de eso tenía miedo.

—Sherry quiere tocar —le comentó Amberlin a Teresa—. Dice que ya ha saboreado tu arte y que ahora debes probar tú el suyo, ya que nunca vas a sus espectáculos.

—De acuerdo. Se lo permitiré. ¿Pasa algo, Amberlin?

Para ser alguien que hablaba muy poco de sus propios problemas y sentimientos, Teresa tenía el oído muy fino cuando se trataba de captar los pequeños cambios de tono en la voz de los demás. Sin embargo, aquella vez, Amberlin no quería hablar de sus problemas.

—No, todo va bien. Es sólo un poco de melancolía navideña, y eso que no soy católica. Debe de ser un infierno para vosotros, los católicos.

Teresa lo reconoció, insistió en que no olvidara las enebrinas y le pidió que de camino recogiera los refrescos. Estaban en Beverage World, a su nombre, y ya los había pagado.

—Si me lo pides amablemente —le contestó Amberlin, medio en broma.

De vez en cuando tenía que darle un toque para que no fuera tan mandona. Tanto ella como Delia tendían a olvidar que no debían tratarla como a una dependienta o, peor aún, como a una hermana menor. Con frecuencia, sus comentarios sobre política, medio ambiente o relaciones personales provocaban una mirada de entendimiento entre ellas y un prudente asentimiento de cabeza. Si les preguntaba a qué se debía, no decían nada. Nada. Amberlin reconocía que se sentía aliviada al ver que hacían lo mismo con Christine, pues al menos no era la única que se sentía incómoda; tenía una aliada. De todos modos, mientras que Amberlin pedía que le explicaran a qué se debía su comportamiento, Christine se limitaba a decirles «basta». Ya era hora de que se dieran cuenta de que la mayoría de edad empezaba a los dieciocho años y no a los cuarenta.

—Por favor —claudicó Teresa en un tono que parecía una disculpa—. De verdad te lo agradezco mucho.

—De acuerdo. Hasta mañana.

Amberlin colgó el auricular, cerró la puerta con llave y dio la vuelta al cartel para que se viera el CERRADO. Inspiró y espiró una buena cantidad de aire y se pasó la mano por el largo cabello castaño claro, como si con eso pudiese liberarse del peso de la jornada. Se vio reflejada en el cristal de la ventana y comprobó que el pelo le había crecido mucho; ya pasaba de los hombros y le llegaba hasta la espalda. Las mechas doradas que se había hecho el año pasado empezaban a desaparecer, y no sabía si iba a volver a hacérselas. De acuerdo, a Sherry le gustaban las cosas naturales, pero no veía por qué tenía que hacerle caso; después de todo era su cabello.

Ironías de la vida: a su ex marido le habría gustado con mechas. Siempre le decía que no le sacaba bastante partido a aquel pelo tan largo. Quería que se lo cortara. Pero a Sherry siempre le parecía guapa, aunque tuviera el cabello grasiento, el estómago inflamado y sufriera de estrés premenstrual. Amberlin no sabía si era porque las mujeres entendían mejor estas cosas, o porque Sherry gozaba de una gran capacidad para ver la belleza en todo. Era muy sensible a la hora de captarla, tenía un corazón siempre dispuesto a abrazarla.

Seguramente se debía a que era músico, y que su vida consistía en crear belleza para enriquecer con ella a los demás. Sherry decía que se consideraba un alimento para su público; el público consumía la música que ella escribía y tocaba. A Amberlin aquella imagen le daba miedo, pero Sherry decía que no le importaba, siempre y cuando siguieran engrosando su cuenta bancaria. Era una mujer a quien la dicha le llegaba con facilidad y con frecuencia. A Amberlin le encantaba eso, aunque no sabía cómo lo hacía. Trabajaba como voluntaria en el teléfono de la esperanza y consiguió que Amberlin se apuntara también, aunque eran muy distintas sus reacciones frente a la gente a quien aconsejaban. Sherry regresaba a casa y preparaba una olla entera de pasta y veía algo estúpido en la tele, contenta de pensar que había hecho algo que merecía la pena; Amberlin, en cambio, llegaba a la suya y hacía gimnasia con frenesí y se preocupaba por no haber hecho lo suficiente.

Amberlin dio un último repaso a la tienda; cerró cajones, ordenó tarros de manteca de cacahuete orgánica, cubrió los alimentos frescos. Debía meter algunas cosas en cajas: la gran cafetera para capuchinos, la batidora que alguien se había dejado fuera, cajas de servilletas de tela. Cosas. Delia la recogería por la mañana y le ayudaría a cargarlas, pero Amberlin creía que el año próximo deberían celebrar la fiesta en la tienda. Aunque sabía que tendría que discutir con Teresa para llegar a un acuerdo. Ya había tenido que pelearse con ella para que alquilaran el local de Lark Street.

Teresa, según Amberlin, se resistía al cambio. Frente a cualquier sugerencia, su primera reacción era negativa, a menos, claro, que fuera ella misma la que lo iniciara. En ese caso lo hacía sin explicarle a nadie lo que pretendía. Igual que le sucedía con su capacidad para ver y aceptar sus propios puntos débiles, Amberlin no estaba segura de si eso era bueno o malo. Se figuraba que obrar sin más para conseguir lo que se quiere daba cierta sensación de independencia, pero a ella se le antojaba injusto que Teresa fuese capaz de actuar así cuando se resistía tanto a que otros lo hicieran.

Cuando Amberlin le dijo que la cocina que tenían en su casa se les había vuelto a quedar pequeña, a pesar de las últimas reparaciones, y que ya no podían asumir el volumen de trabajo que tenían, Teresa se opuso a la idea de cocinar en cualquier otra parte. Dijo que le gustaba cocinar en pijama; que le gustaba que la comida se preparara en su propia casa. Amberlin le dijo que necesitaba su propio espacio para la repostería y que en la cocina de Teresa no lo tenía. Ella rezongó y echó pestes durante una semana, hasta que Amberlin amenazó con abandonar el proyecto, y entonces Teresa dio un giro completo. Al cabo de una semana había alquilado el local en Lark Street, que estaba totalmente equipado con el mobiliario de otro restaurante que se había instalado allí previamente.

Ahora, además de hacer allí los preparativos para la mayoría de los convites, Amberlin había abierto un mostrador en la parte delantera del local desde el que vendía su propia repostería, así como productos naturales para realizarla. Era su creación; lo administraba con mimo, y se enorgulleció cuando vio que beneficiaba al negocio.

Había conocido a Teresa cuatro años antes cuando esta asistió a una de sus clases de cocina nutricional para adultos. Un día llevó panecillos de fresa a clase, Teresa probó uno y, sin pensárselo siquiera, le ofreció trabajo.

—A mí la repostería no me queda así —le dijo—. Tengo que

comprarla. Quiero mi propio panadero-pastelero. ¿Te sale así siempre?

Amberlin se rió y se preguntó, nerviosa, lo que pretendía aquella mujer.

—Claro. No es magia, no es más que repostería.

Teresa levantó un dedo encallecido por el trabajo.

—Es magia. Te contrato, si te interesa.

Más tarde, Teresa diría que había acertado, que había tenido buen ojo con ella, porque siempre hacía las cosas bien, porque siempre se empeñaba en que le salieran bien.

A Amberlin le encantaba la precisión que requiere la repostería. Cuanto más compleja era una receta, más ganas le daban de intentar hacerla. Recordaba bien su primer croissant, la complejidad que suponía poner capas de mantequilla y masa, doblar y volver a doblar siguiendo una progresión geométrica justa, a fin de crear bolsas de aire rodeadas de ligera pasta. Se sintió tan orgullosa como una patinadora olímpica que acabara de aterrizar perfectamente tras un triple axel, cuando los croissants salieron del horno, dulces, ligeros, suaves. Perfectos.

En la universidad había estudiado una ciencia imperfecta, la sociología, y luego se había casado con un corredor de bolsa que sólo le decía que se cuidara más el cabello. Pero aquello no le duró demasiado. Entre tanto, empezó a trabajar en una granja orgánica. No era muy buena jardinera, porque perdía demasiado tiempo en la colocación de las semillas en la tierra, y porque se empeñaba tanto en arrancar todas las malas hierbas que muchas veces acababa eliminando las plantas que intentaba proteger.

Sin embargo, ideaba estupendas recetas para las frutas y las verduras que producía la granja. Los propietarios empezaron a pagarle para que las preparara a fin de venderlas en las tiendas de la zona. Cuando Amberlin se separó de su marido, se fue a vivir a la granja durante un tiempo, pero echaba de menos la vida en la ciudad, por lo que se alegró de conocer a Teresa y poder trabajar con personas en lugar de hacerlo con pollos y maíz.

Alguien golpeó con fuerza la puerta. Amberlin levantó un poco la persiana. Se encontró con el largo y anguloso rostro de Sherry pegado al cristal, con la lengua fuera y los ojos en blanco. Arañó el cristal con los dedos, haciéndolo rechinar.

—¡Idiota! —exclamó Amberlin—. Además, está cerrado.

—No. —El cristal entre ellas amortiguaba la voz de Sherry—. Me moriré si no me como una galleta de amaranto con trocitos de algarroba.

Hizo como que se arañaba la garganta y se frotó contra la puerta. Amberlin dio unas vueltas a la llave y tiró de la puerta; Sherry, que seguía pegada al cristal, se arrojó directamente a sus brazos.

—Hola, ¿qué tal te ha ido el día? —preguntó.

Amberlin se rió y la soltó. Sherry evitó caerse justo a tiempo.

—Mejor que el tuyo —dijo Amberlin—. Al menos todavía estoy cuerda. —Cerró la puerta y corrió la cortina—. Creía que tenías un espectáculo esta noche. En Massachussets.

—Y lo tengo. Voy de camino, pero primero quería venir a traerte algo.

Amberlin cerró los ojos y le tendió la mano. Nada. En cambio, sintió unos cálidos labios presionando los suyos. Notó que le ponía algo en el bolsillo de la chaqueta. Abrió los ojos y metió la mano en el bolsillo. Sacó algo fresco y liso. Una llave.

Amberlin la miró, desconcertada.

—¿Me has comprado un coche?

—No, boba. Es la llave de un apartamento. Uno que sé que estará disponible el dos de enero, porque conozco a la persona que lo deja. Y es barato y es grande y te encantará. Así... ¿qué te parece si nos vamos a vivir allí?

Amberlin volvió a mirar la llave y frunció el entrecejo.

—¿Irnos a vivir allí?

—Tú y yo, nena.

Sherry le apretó los brazos y le hizo dar media vuelta. Pero Amberlin no quería dar vueltas. Quería permanecer quieta.

—¿Quieres vivir conmigo?

—No, quiero que tú vivas conmigo.

Amberlin dio un paso atrás y clavó la vista en la llave que tenía en la mano.

—Me siento... me siento...

—¿Halagada? —sugirió Sherry—. ¿Encantada?

Amberlin guardó silencio.

—De acuerdo. ¿Sorprendida? ¿Aterrada?

Amberlin dejó ir una sonrisa nerviosa.

—No sabía que los tiros iban por ahí, Sherry.

—Después de dos años, ¿por dónde iban a ir? —inquirió Sherry, en voz más baja, una voz cuyo entusiasmo había quedado enjaulado en el silencio.

—¿Tanto tiempo ya? —Amberlin frotó la llave con los dedos.

—Fue justo después del espectáculo de las vacaciones en el Café Open. Me pediste un autógrafo. ¿No te acuerdas?

Amberlin asintió. Sí que lo recordaba. Nunca antes había pedido un autógrafo. Luego fueron a tomar una cerveza en un bar, bailaron al son de la música de una máquina pincha discos, dejando que las miraran boquiabiertos aquellos corpulentos hombres con camisa de franela. A Amberlin le cayó bien; la hacía reír y se sentía a gusto con ella. Sherry no vivía muy lejos, de modo que se reunieron de nuevo, como amigas, para tomar un café, para ir al cine. Luego, Sherry le preparó una cena y Amberlin se puso más nerviosa que de costumbre y se le cayó la copa de mousse de chocolate. Sherry restó importancia al incidente, levantó la mousse con un dedo y se la comió. Amberlin soltó una carcajada y la imitó. Después, sin saber muy bien cómo, acabaron lamiéndose mutuamente la mousse... y probando cada una la *sambucca* en los labios de la otra.

Hicieron el amor, un acto lleno de sorpresas y de placer. Esto, combinado con una cálida y sólida amistad, era más de lo que habría podido soñar. No obstante, la mayor sorpresa fue darse cuenta de que era bisexual.

De acuerdo, se había enamoriscado de otras chicas en el instituto y en la universidad, y siempre había percibido el atractivo de las mujeres, pero se consideraba estrictamente heterosexual. No le disgustaba el sexo con los hombres, siempre que fueran los adecuados, aunque ya antes de casarse se había dado cuenta de que rara vez lo eran. Achacó aquella dificultad a la cantidad de problemas entre personas de distinto sexo, al azote de la cultura en general. Los hombres no sabían ni nombrar ni explorar sus propios sentimientos. Las mujeres no sabían qué hacer para ayudarlos. Si se juntaba a los dos, lo que resultaba era una receta perfecta para el desastre. Suponía que la bisexualidad era el resultado inevitable.

Al menos así se lo explicaba en teoría. Pero las cosas cambiaban cuando se trataba de lo particular, de una persona en concreto cuyo rostro te hacía feliz.

—Oye, si no quieres, no pasa nada —declaró Sherry—. Sólo que has estado diciendo que querías mudarte y que te gustaría tener un apartamento más espacioso.

—Supongo que no se me ocurrió. No me interpretes mal. Suena fantástico, pero es una decisión muy importante. Quiero pensármelo.

—Claro —respondió Sherry, en tono ligeramente envarado—. Oye, me voy corriendo, que llegaré tarde. Nos vemos en la fiesta.

—Vale. —Amberlin se inclinó, le dio un beso en los labios y le puso la llave en la mano—. Ten, guarda esto de momento, ¿de acuerdo?

Sherry salió y la última visión que Amberlin tuvo de su rostro fue la de alguien que se esfuerza por no mostrar su decepción.

—Feliz Navidad —gruñó Amberlin, una vez que desapareció de su vista. Por Dios, cómo odio estas fiestas.

Fue al teléfono y marcó el número de Christine. Con Christine sí podría hablar de esto. La comprendería. Le había confesado los nervios que experimentaba frente al matrimonio y a los compromisos. Christine no se burlaría, no se lo tomaría a la ligera. El teléfono sonó dos veces, tres veces, cuatro, y se disparó el contestador automático.

—Eh… es invierno. Deja un mensaje cálido, pero espera la señal.

—Hola, Cris. Oye, necesito un consejo. Te llamaré a casa de James, y si oyes cualquiera de los dos mensajes, llámame a casa, ¿de acuerdo?

Cuando llamó a casa de James, este le contestó llanamente que no, que no se encontraba allí tampoco. Amberlin cerró la tienda y se fue a casa.

Tras destruir el castillo, Christine se sentó en el suelo y observó largo rato las piezas de cristal. Quizá se había dormido, porque al mirar alrededor y darse cuenta de dónde se hallaba, la luz de la luna había desaparecido y los sonidos del tráfico se habían desvanecido. Barrió los cristales rotos, salió del estudio y se quedó quieta, mirando la calle de arriba abajo. Quería irse a casa.

¿A casa? ¿Y dónde estaba su hogar? ¿En California, donde estaba enterrada su madre? ¿En su piso, medio vacío, sin nada en la nevera, excepto leche cortada, una cerveza y un huevo? ¿Adónde iba, bajo la cúpula de un cielo que parecía un manto blanco esperando el momento de desprenderse convertido en nieve?

¿A través del techo? A través del techo. A través del techo.

La noche profunda resultaba magnífica con aquella nieve silenciosa. Pero la hermosura era un cuchillo con el que cortarse las venas. Todo era precioso, excepto ella. Había destruido lo que más quería. No era mejor que Nan.

Mientras se preguntaba qué hacer, de pie en la esquina, un autobús se paró y abrió las puertas. Supuso que podría tratarse de un presagio, por lo que se subió al vehículo y se fue al norte de la ciudad; se bajó muy cerca del edificio de James para no dormirse antes de llegar a su coche. Fue a su propio apartamento, entró y cerró la puerta.

Ante los insistentes pitidos de su contestador automático, no tardó en pulsar mecánicamente el botón que le permitiría oír sus mensajes, aunque en ese momento no le interesaban en absoluto. Amberlin necesitaba un consejo. James decía que esperaba que se sintiera mejor. Teresa le pedía que recogiera las servilletas que había apartado en la tienda Party Place.

Hacía frío. Al salir había bajado la temperatura de la calefacción para no gastar energía mientras no se encontraba en casa. Pero era su hogar. Tenía que haber algo allí que la hiciera sentirse mejor. Algo que le quitara este dolor de corazón. Entró en la cocina y abrió armarios, nevera y congelador. Todo vacío, desangelado. Fue al cuarto de baño y abrió el botiquín. Aspirinas, analgésicos para la regla, crema con vitamina E. Nada que le sirviera.

Fue al dormitorio y abrió violentamente los cajones de la mesita de noche; quizás unos somníferos, pensó, pero no tenía. Acaso whisky... pero nunca tenía whisky en casa. Y sus cosas, sus preciosas cosas, tampoco la consolaron. Necesitaba un fármaco que no existía.

Nunca se había enganchado a nada, excepto al tabaco, pero ni siquiera este le aliviaba el dolor. «Esto deben de sentir los heroinómanos cuando no consiguen una dosis», pensó, mientras abría el armario, apartaba las perchas en las que colgaba su ropa y descubría las cajas amontonadas detrás.

Había cajas de fotos, cajas de esbozos para proyectos de vitrales, cajas de libros que había empezado a empaquetar, y una caja de cartón marrón con una etiqueta que rezaba HOSPITAL ESTATAL DE ADELAIDE. Era la caja que el hospital le había enviado tras la muerte de su madre. El suicidio de su madre, se corrigió.

Nunca había comentado lo de la caja con nadie. No se la había mencionado a Delia, ni a Teresa ni a Amberlin; ni siquiera a James. Creía que no entenderían por qué la había guardado, cerrada, durante siete años, en la parte trasera del armario. No estaba segura de entenderlo ella misma. Pero sabía que si se lo contaba a James, este querría que la revisara. Amberlin le sugeriría alguna suerte de ritual, con la presencia de todos como apoyo. Delia se estremecería y le diría que la tirara. No te aferres a los muertos, diría. Teresa, que sentía tanto como Christine la muerte de Nan, pero que lo expresaba de modo diferente… Teresa acariciaría la caja; bajaría las cejas oscuras y apretaría los labios; luego le daría la espalda, iría a la cocina y prepararía sopa de pollo. Si Christine le preguntara lo que debería hacer, le diría que la quemara, o que la enterrara y plantara un árbol encima.

Teresa no la habría conservado siete años. La habría abierto o se habría deshecho de ella. Christine, por su parte, no había sido capaz ni de lo uno ni de lo otro.

Siete años bastaban para que todas sus células hubiesen cambiado. Eran suficientes para dejar atrás el pesar por la muerte de su madre. Extrajo la caja y se sentó en el suelo. La caja estaba cerrada con cinta de embalar; tiró de la cinta, la desgarró y se la enroscó en los dedos, como castigándose, hasta que no quedó más que un hilo; lo rompió con los dientes y las lengüetas de la caja saltaron hacia arriba.

Primero vio el camisón de verano y se sintió humillada. Se lo había comprado a su madre en un mercadillo callejero durante su última estancia en el hospital. ¿Acaso no se había dado cuenta entonces de que era de pésima calidad? ¿Es que no se podía permitir comprarle nada mejor? De acuerdo, era preferible a los uniformes que repartía el hospital, y representaba un intento de otorgar normalidad a su estancia allí, pero ahora se percataba del poco consuelo que debió suponer, exactamente igual que las mantas gastadas de la cama de la propia Christine cuando era niña, unas mantas que raspaban y que no la abrigaban nada. Entonces, como ahora, acostarse, agotada, y cubrirse sólo con unas sábanas delgadas le provocaba una inquietud laberíntica que le impedía hasta el más mínimo descanso.

No habría reposo ni nada que le hiciera sentirse mejor. Ningún fármaco, ningún alimento, ninguna oración que aliviara la fealdad de su vida, de la vida de Nan, que permanecía en la caja de cartón que descansaba sobre su regazo. Nada se conecta con nada, pensó. Su arte, James, construirse una vida, todo ello resultaba no sólo inútil sino también incomprensible. Un dios demente había forjado, con distraída maldad, su vida, una vida cuyas partes carecían de sentido y de relación entre sí. James tenía razón cuando decía que podía acabar como su madre. Tenía razón cuando no entendía la belleza de la vida de Nan, porque no existía. Ni tampoco existía belleza en su propia vida, ninguna belleza que ella no acabara por romper, por destruir.

Volvió a meter la mano en la caja. Necesitaba tocar lo que se le estaba clavando en el corazón. Su mano palpó algo pequeño y plano, envuelto en un papel de periódico. Lo desenvolvió sin precaución y vio una foto de sí misma en un marco de latón, una joven sonriente, estúpida y ridículamente arrogante, con la cabeza echada hacia atrás, la boca abierta como si hablara o riera, como si realmente hubiera habido algo de qué hablar o reír.

En aquella época sólo conocía la esperanza, que era cruel e implacable, que le mentía diciéndole que su madre se curaría, que su soledad se acabaría, que la vida bastaba mientras esperabas que lo bueno fuera a tu encuentro. Arrojó la foto al otro lado de la habitación y no hizo caso del cristal que se rompió al dar contra la pared, sino que continuó hurgando en la caja. Sus manos, nerviosas, fueron desenvolviendo una bolsa de agua caliente, unas zapatillas, un cepillo de dientes, una baraja de naipes y un loro de vidrio de colores, un objeto horrible que había hecho en un momento de furia y culpabilidad, emociones que se evidenciaban en los ojos y en el pico curvado del ave. Luego unas gafas de leer, cuya montura estaba atestada de imitaciones de diamantes, dos coronas doradas, dos pinzas de tender ropa convertidas en muñecas, un fajo de cartas y un montón de prendas de ropa interior. Lo revisó todo, su inútil herencia, hasta que sólo quedó un objeto envuelto y supo, finalmente, que si había abierto la caja era para encontrarlo.

Era la pistola.

Pequeña, plateada. Su madre la metió furtivamente en el centro de rehabilitación dentro de una Biblia de páginas recortadas. Nadie buscaba armas en la Biblia. Además, Nan estaba de buen humor cuando se registró, bromeando y diciendo que esta vez lo conseguiría y nunca más tendría que pasar por ello. Cuando el hospital llamó para decirle que Nan se había suicidado con una pistola, a Christine se le ocurrió por un momento que debía demandarlos, pero eso significaría que tendría que regresar a California y permanecer allí, tanto emocional como físicamente. No lo soportaría.

—¿La quiere? —le había preguntado la enfermera, el día después de que la madre de Christine se la metiera en la boca y apretara el gatillo—. Cuando los forenses hayan acabado con ella... Podemos mandársela con el resto de sus cosas.

¿Quererla? Christine ni siquiera era capaz de entender la pregunta, y mucho menos de formular una respuesta.

—Mándemelo todo —contestó por fin—. Mándeme todo lo que tenía.

El arma se había quedado en la caja cerrada que Christine no había revisado hasta hoy.

Sorprendentemente, pesaba mucho y era muy suave al tacto. Cuando la levantó y miró a través del cañón, el pesar se escurría de su alma por ese diminuto pasaje negro. El revés del nacimiento, pensó. Regresar al túnel y, tal vez, salir por otro lado y volver a empezar. Tal vez no. Daba igual. Con la pistola en la mano, se sintió ligera. El arma era pesada, y ella, ligera. Su madre se encontraba con ella, calmada, como en esas raras ocasiones en que de verdad habían compartido algo, como un cuento a la hora de dormir o un helado.

A los seis años, Christine había traído a casa un pajarito que había caído de su nido. Consiguió un cuentagotas para darle pan bañado en agua, salió a buscar gusanos y los aplastó con el pan, pero, hiciera lo que hiciera, el pajarito se negaba a comer. Murió al día siguiente y ella lloró sobre ese cuerpecito que aún no tenía plumas y que no sabía volar.

—No te preocupes —le dijo Nan—. El pajarito está bien ahora.

—¿No ha sufrido? —preguntó la niña.

—Morir es fácil. Lo que cuesta es vivir.

Sentada bajo la limpia luz que desprendía una farola, una luz que entraba en ángulo por la ventana de su dormitorio, con la pistola fría en las manos, Christine se sintió ligera y vacía. Las palabras de su madre le llegaban, libres y fáciles, susurradas por un ángel de grandes alas y voz suave. Morir es fácil. Christine habitaba ahora un espacio lleno de luz y ahora entendía por qué se sentía tan animada Nan al registrarse en el centro de desintoxicación.

El alivio estaba a su alcance. Una salida. Ella, sin embargo, no lo haría como su madre, sin explicaciones ni adioses. Lo haría bien. Escribiría algo, cartas a Teresa, a Amberlin, a Delia y a James. Iría a despedirse de Teresa. Iría a verla y pensaría en algo que significara «adiós, no es culpa tuya», pero sin decirle lo que pretendía hacer. Después se iría lejos, a la montaña, a un lugar donde no la encontraran. De hecho, podía redactar las cartas de tal forma que no supieran si se había suicidado o si había decidido marcharse. No tendrían por qué sentirse culpables y desgarrados. Se la imaginarían lejos, feliz e independiente.

Aquel pensamiento le pareció correcto y sintió que el dolor se desvanecía. Ya se había separado de su propia vida. Desconectada. El cordón entre ella y su dolor se había segado limpiamente, liberándola de la vida y de todas sus emociones excesivas.

Cogió pluma y papel y escribió dos cartas, una para James y otra para Teresa. Las metió en un sobre y añadió la dirección. La de James la apoyó contra el espejo de su cómoda. La de Teresa se la metió en el bolso.

La noche se deslizó hacia la mañana como un patinador vestido de negro que regresara a casa sobre una cinta blanca de hielo. El día llegaría, con o sin la presencia de Christine. Cargó la pistola, la guardó en el bolso, junto a la carta. Se levantó y salió de su casa.

El amor y las alas

Christine tenía una muy buena razón para recurrir a Teresa en las dos mayores crisis de su vida, cuando Nan murió y cuando quiso suicidarse. Christine sabía que Teresa era la única persona que amaba a Nan sin preguntas y sin límites. Lo sabía todo de su vida y la quería no pese a sus problemas, sino a causa de ellos, a sabiendas de que tenían el mismo origen que su propia fortaleza. La bendición de Nan era también su cruz, y ambas sabían cuál era.

Nan nació con alas.

Las alas son estupendas porque te llevan tan alto como te atrevas, a explorar mundos que pocos verán. Cuando regresas, la gente que te rodea respira mejor, porque mientras mueven el aire, tus alas traen el recuerdo de lo que has experimentado, el aroma de las visiones que has presenciado.

Pero las alas no encajan con estos tiempos modernos. Se quedan atascadas en las puertas. Los cinturones de seguridad no las tienen en cuenta. Cuando entras a votar se salen de la cabina, y también molestan a la gente que hace cola detrás de ti en el banco. Y aunque siempre se las representa como apéndice ligero y suave, en realidad son afiladas como cuchillos.

Se puede aprender a lidiar con estos problemas, pero quienes hubieran podido enseñárselo a Nan no hablaban el mismo idioma y habían olvidado muchas experiencias al emigrar a su nuevo país. Quizá si hubiese ido a hablar con Julia, la vieja bruja le habría explicado el mejor modo de colocar los hombros para que el peso de las alas no le doblara la espalda. Cómo usarlas. Cuándo usarlas. Cuándo enseñarlas. A quién ocultárselas. Las viejecitas como Julia poseían esa clase de conocimientos, porque en sus aldeas de origen la gente estaba acostumbrada a ver a personas con alas. Las aceptaban, las recogían y les sacudían el polvo si se tropezaban con ellas, les ayudaban a levantar de nuevo el vuelo y disfrutaban de las ventajas de estar cerca de un ser alado. Sin embargo, Julia nunca habló de alas con Nan y, aunque el abuelo Donato y la abuela DiRosa hicieron lo que pudieron, no se los oía por encima de la televisión y de los coches y del ruido en general del Nuevo Mundo.

Así que Nan bebía para matar el dolor que le traspasaba desde los omóplatos hasta el centro del corazón, que es donde están sujetas las alas. Periódicamente perdía su mundo; no sabía cómo hacer para llevarlo consigo y volar al mismo tiempo; tampoco sabía cómo reprimir el vuelo, pues formaba parte de su naturaleza.

Teresa y Christine, por muy enojadas que estuvieran con Nan, o por muy tristes que se sintieran por ella, reconocían que poseía alas y la querían por ello.

Cuando se encontraba sobria, cocinaba, limpiaba y se mostraba cariñosa, aguda y divertida. Aun cuando no tenían dinero, sabía cómo hacer de la comida un festín. Christine evocó la imagen de Nan saliendo al parque que había cerca del apartamento que habían alquilado en Cheyenne, Colorado, y recogiendo todas las flores comestibles que encontraba a su paso. Tiernos dientes de león y violetas, capuchinas y borrajas que robaba de alguna jardinera. Después las disponía en un plato para Christine formando un ramo comestible. O bien salía temprano y cortaba flores de calabaza en el jardín de un vecino, las rebozaba y las freía para el desayuno.

Cuando Christine era muy pequeña y Nan cantaba todavía en cafés y bares, la arropaba en la cama las noches en que no tenía actuación, se tumbaba a sus pies y cantaba o le contaba anécdotas de su infancia, la casa grande y la casa chica. Le explicaba que su madre cocinaba siempre el mismo menú cada semana: pollo el domingo; el lunes, pollo a la cazuela con salsa de champiñones; el martes, bocadillos calientes de pollo; el miércoles, rollo de carne picada, y el viernes, pescado. Los únicos días impredecibles eran el jueves y el sábado, que era cuando comían en casa de su abuela.

Esto conducía a elaboradas anécdotas sobre la bisabuela Di-Rosa, cuyo recuerdo permanecía, decía Nan, en la forma de los ojos de Christine y en su manera de levantar la barbilla.

—Tienes su barbilla —decía.

A los cinco años, Christine se tocaba la barbilla, trataba de averiguar si eso, eso de tener una parte del cuerpo que pertenecía a otra persona, estaba bien, o si tendría que devolverla.

—Es por tu manera de levantarla —insistía Nan—, y también tienes sus ojos. No son del mismo color, pero tienen la misma forma, el mismo modo de ver las cosas. Lo veía todo.

A veces, en lugar de anécdotas de la familia, su madre inventaba cuentos acerca de castillos y hadas con alas tan brillantes que si las mirabas te volvías ciega. Pero sí que podías pedirles un deseo, y tal vez te concedieran tu propio castillo. Christine era muy joven cuando empezó a concebir con exactitud el castillo que escogería si pudiera.

A medida que fue creciendo, se dio cuenta de que su madre hablaba cada vez más despacio y con más dificultad. A veces no llegaba a todas las notas de una canción, o se detenía en medio de una frase y se ponía a roncar, allí, al pie de la cama de Christine, hasta la mañana siguiente.

—Mamá bebe —aprendió a decir—. Bebe otra vez. ¿Qué se le va a hacer?

Se convirtió en una condición normal, porque tenía que serlo. Si vomitaba, Christine sabía cómo limpiarlo todo. Si se quedaba dormida al pie de su cama, su cuerpo le mantenía los pies calientes. No pasaba nada, siempre y cuando no perdiera el empleo y no tuvieran que mudarse de nuevo. Pero siempre lo perdía, y siempre tenían que mudarse.

Christine no empezó a enfadarse por ello hasta que llegó a la adolescencia, y a partir de ese momento su furia resultó sumamente hiriente. Estaba siempre enfadada con ella por todas las mudanzas, los novios y la escasez de cosas tan primordiales como dinero, comida y cordura. Le dijo, de tantas formas como pudo, que la odiaba, que odiaba la vida que llevaban, que ojalá hubiese tenido una madre normal en lugar de ella.

Cuando Christine cumplió los diecisiete años, habían vivido en veintitrés estados con otros tantos hombres, o casi, y habían regresado a California detrás de ese nuevo novio que supuestamente se quedaría con ellas. Nan no tenía ninguna duda. Tocaba el violín e iban a crear un dueto. A insistencia suya se marcharon de Wyoming, porque tenía contactos en California, pero al final se largó con la guitarra preferida de Nan y su televisor.

Christine le gritó a su madre. Le escupió a gritos su odio y su rabia y todo lo que sentía desde las plantas de los pies hasta la coronilla.

Sentada en un sillón, cuyo tapizado de colores estaba todo andrajoso, Nan la escuchó, con las manos en el regazo y los grandes ojos absorbiéndolo todo, en silencio. Luego sacó un periódico y se puso a leerlo.

—¿Me estás escuchando, Nan? —jadeó Christine, y dio un manotazo al periódico—. ¿Oyes algo de lo que te digo? Has dejado que ese imbécil te hiciera eso, y ahora estamos en la ruina y ni tú ni yo tenemos empleo, y no tenemos nada que comer, excepto unos cereales rancios.

Nan alzó la mirada hacia su hija y se le iluminó el rostro.

—Ponte tu mejor vestido, cielo. Vamos a una boda.

Christine no pudo sino parpadear. Nan le señaló un párrafo en el periódico referente a una boda de la alta sociedad que se iba a celebrar esa velada en Malibú. La lista de invitados incluía al menos quinientos comensales y tendría lugar en el hotel Blue Wave, uno de los más exclusivos en una zona ya de por sí lujosa.

—Me estás tomando el pelo. Nos arrestarán nada más llegar a la puerta.

—¿Por qué? —preguntó Nan, con un brillo pícaro en los ojos—. Somos las primas de la Costa Este que no han visto en años. Años y años.

Su entusiasmo, su picardía, resultaban contagiosos. Sin dejar de rezongar, Christine fue a ponerse su único vestido bueno, uno de tafetán negro salpicado de diamantes falsos que habían comprado en un momento de bonanza del verano anterior, en una tienda de segunda mano. Nan sacó uno de seda rojo que hacía que sus ojos parecieran negros como el carbón. Se rizaron mutuamente el cabello, se pintaron los labios y se probaron un montón de tonos de sombra de ojos y se rieron. No tenían suficiente dinero para un taxi, por lo que tomaron un autobús hasta el final del trayecto e hicieron el resto del camino a pie. Al llegar, las admitieron sin problemas a la mejor fiesta de la ciudad.

Nan habló con todo el mundo. Se acercaba, como si nada, a gente que nunca antes había visto, tendía las manos y exclamaba:

—¡Ay, Dios mío!, ¿eres tú? ¡Ha pasado tanto tiempo!, no te reconocía.

Y la persona, sin excepción, le estrechaba las manos, con expresión nerviosa por no poder recordarla, y acababa por proporcionarle tanta información que ya no le hacía falta fingir.

Aquella noche volvió a casa con un arquitecto, que terminó quedándose casi medio año con ellas. Gracias a él, durante mucho tiempo después de su partida continuaron comiendo bien.

Así era Nan.

Christine sabía que tenía alas, porque había visto muchas veces cómo subía a lo más alto… y cómo caía. Y sabía que Teresa era la única persona que también lo había visto.

Teresa recordaba el orgullo que experimentó cuando sus padres informaron a toda la familia de que Nan dejaba el instituto un año antes para ir a estudiar música en la Universidad de Harwick, con una beca completa. Esto pareció redimirla e incluso, quizá, hasta explicar los problemas que había tenido en el pasado, y despertó las esperanzas de todos en relación a su futuro. Teresa contó a sus amigos que su hermana mayor era casi famosa.

Tras un año en la universidad, Nan decidió que lo que de verdad le convenía a su carrera era una estancia en California. Allí estaba la verdadera música y eso, verdadera música, era lo que ella quería hacer. Música de verdad. Como Joan Baez, Joni Mitchell y Janis Joplin. Tenía que ir a Berkeley.

Consiguió otra beca, y durante el año en que asistió a clases, mandó a casa largas cartas describiendo las laderas de los montes que rodeaban la bahía, salpicadas de pequeñas torres, y la danza a ras de cabeza de los colibríes que llegaban volando hasta las orejas para ver si eran flores. Describía el aroma de los eucaliptos, que se derramaba en contacto con un sol fragmentado en mil prismas de luz. Decía que la luna era más grande en California, que la gente era estupenda. Explicaba que People's Park estaba lleno de personas tocando y haciendo música. Decía que se sentía como si tuviera alas y pudiera volar.

Llamaba a casa a cobro revertido y hablaba con Teresa, diciéndole lo libre que se sentía caminando por la montaña. Le hablaba de las focas en San Francisco y de las gentes, que se reunían todas allí para tocar y cantar y hacer el amor. Sí, los años sesenta ya habían pasado, pero el corazón de las personas no había cambiado tanto. Todo era hermoso todavía. A su manera.

Empezó a cantar en cafés. Escribió que un gerente de la RCA había ido a escucharla y le dijo que poseía la voz de un ángel. Iba a salir de la residencia universitaria para irse a vivir con él y no le importaba que la rechazaran. Estaban enamorados.

Luego, en otra carta, contó que quizá no fuera un gerente, pero que lo sería, y que eran felices. Pronto los de la RCA lo ascenderían en el escalafón y tendría suficiente poder para firmar un contrato con ella. Un contrato.

No mucho después, escribió que el gerente se había marchado de la ciudad para probar suerte en Nueva York. Luego ya no envió más cartas.

Sus padres se pusieron frenéticos. Teresa recordaba que se desvelaban, sentados a la mesa de la cocina, y hablaban entre susurros. El abuelo Donato había muerto ese mismo año, la abuela estaba pensando en vender la casa grande, y Nan había cortado el vínculo. Llamaron a su apartamento y les contestó una grabación de voz que les anunciaba que el teléfono había sido desconectado. Consiguieron hablar con el casero, que les explicó que Nan se había marchado sin pagar el alquiler. No, no había dejado su nueva dirección, porque, si se la hubiese dejado, él la habría perseguido para que le pagara lo que le debía.

Unas semanas más tarde recibieron una llamada de Nan, a cobro revertido. Fue su madre la que contestó la llamada, y Teresa, que se encontraba en casa, vio cómo le temblaba el labio, como si estuviese a punto de romper a llorar.

—Diga —dijo con cortesía. Y luego, frenéticamente, como si

tuviera que soltar rápidamente todas las palabras—: ¿Dónde estás, cielo? Ya veo. No, no estamos enojados. Sólo preocupados. Bien, quizá tu padre sí que lo esté, un poco. ¿Qué? ¿Estás segura, cielo? ¿Es eso lo que quieres?

Trajeron a Nan a casa el año en que Teresa contaba con doce años. Sus tristes ojos conservaban todavía las estrellas de la Costa Oeste. Se quedó seis meses y le explicó a Teresa anécdotas sobre hombres y playas por la noche y porros y música salvaje y amor desenfrenado. Le prometió que la llevaría a California cuando fuera mayor. Consiguió un trabajo de camarera en un restaurante y tocaba un par de noches en algunos cafés. Luego, cuando acumuló suficiente dinero, se compró un billete de avión a Denver, porque allí era donde se estaba trasladando el mundillo de la música.

Escribía de vez en cuando, llamaba si necesitaba dinero. Les llamó para decirles que estaba embarazada y volvió a llamar para comunicarles que había tenido una niña. La llamó Christine Emilia DiRosa. El padre... bueno, no quería saber nada de él, pero ¿no era maravilloso que la niña llevara el nombre de la familia...? Por cierto... ¿podían mandar algo para ella?

Después de aquello, les mandaba postales para informar de sus cambios de dirección, y fotos de Christine que mostraban cómo iba creciendo. Teresa las miraba y se preguntaba si Christine heredaría las alas de su madre. De vez en cuando sentía que esas alas tiraban de su espalda, pero, después de ver lo que habían hecho las de Nan, no se atrevía a hacerlas batir. Había aprendido que las alas creaban problemas y que, si las poseías, convenía no enseñarlas.

Su madre parecía más vieja cuando leía las tarjetas de Nan. A su padre se le apretaban los labios y la cara se le ponía roja. Continuaban mandándole dinero, pero ya no le enviaban su amor, y como la abuela DiRosa había muerto también, ya no quedaba nadie que se lo hiciera llegar, excepto Teresa, que le escribía cartas en las que pegaba flores silvestres del jardín trasero, aplastadas y secas.

Teresa decidió ir a la universidad, para ser maestra, profesión que se le antojaba bastante segura; hizo otras amistades, conoció a mujeres que le cayeron bien y a otras que le cayeron mal y conoció cosas que no tenían nada que ver con su familia. No volvió a ver a su hermana hasta que se graduó, y entonces decidió ir en coche a Nuevo México, a la comuna donde Nan residía con otra pareja, un veterano de la guerra del Vietnam que estaba en tratamiento de metadona y una ex monja. Christine poseía la torpeza típica de la transición entre la infancia y la adolescencia, y hacía gala de aburrirse con los adultos que la rodeaban. Su rostro resultaba frágil y delgado, y su tez, sorprendentemente clara, pero la expresión de sus ojos era vieja ya, y cínica.

Durante una cena que consistía en sémola de trigo sarraceno y sopa de verduras con sabor a quemado, Nan se emborrachó con vino barato. Christine la llevó pacientemente al cuarto de baño para que vomitara, y cerró la puerta a sus espaldas.

—Es una chica tan buena —dijo la ex monja, mientras daba una profunda calada a un porro—. Me gustaría tener una hija como ella.

—Mmm —contestó Teresa, mientras veía que la ex monja observaba al veterano de Vietnam.

Se disculpó, fue al cuarto de baño, se apretujó con su hermana y su sobrina y se arrodilló con ellas junto al inodoro.

—¿Estás bien? —preguntó a Nan.

—Bien —contestó por ella Christine—. Estará bien en cuanto vomite.

—Yo también. Vaya cena —comentó Teresa.

Por primera vez desde que Teresa había llegado, Christine sonrió, se volvió y miró a Teresa sin reproche.

—¿No te gusta el trigo sarraceno?

—No me gusta el carbón.

—Estoy bien —gritó Nan de repente, y levantó la cabeza. De sus labios se escurría un hilillo de saliva—. ¿Teresa? ¿Eres tú?

—Soy yo, Nan. —Reflexionó un minuto e inquirió—: Nan, ¿te molestaría que Christine viniera a visitarme una temporada? No he pasado mucho tiempo con ella y me gustaría que…

—Está bien conmigo —respondió Nan—. Pregúntaselo.

Se volvió hacia el inodoro y vomitó otro poco.

Christine posó en Teresa sus grandes ojos castaños. El hombre con el que se había acostado Nan debía de ser sueco, decidió Teresa, para lograr blanquear el moreno de los DiRosa.

—¿Quieres venir? —le preguntó Teresa—. Voy a empezar a dar clases en otoño, pero entonces puedes quedarte conmigo o volver aquí.

Christine continuó con la vista clavada en su tía, para luego mirar a Nan y agitar la cabeza.

—Mejor no. Al menos todavía no. ¿En otro momento, quizá? O sea, ¿puedo escribirte y decírtelo?

Teresa asintió.

—Cuando quieras. Tienes una familia. No lo olvides. Cuando quieras.

Teresa se marchó al día siguiente, sintiendo un tirón entre los omóplatos y el corazón. No era Julia. No poseía la magia que ayudaría a Nan. No poseía la magia que ayudaría a Christine. Y no sabía a qué ángeles dirigirse para pedirles que las protegieran.

Viernes

El equipo

—Descubrieron que la desesperación era mujer —declaró Delia, con sarcasmo.

—¿Qué? —preguntó Amberlin al mismo tiempo que pisaba hasta el fondo un freno imaginario.

La nieve caía lenta y pacientemente, conocedora de su propia capacidad para acumularse y sabedora de que no había prisa. El hecho de que Delia no prestara atención a lo resbaladizo de las calles ponía nerviosa a Amberlin. Además, aunque el tráfico no era denso al ser viernes por la mañana, los conductores daban muestras de torpeza.

—La desesperación es una mujer —repitió Delia, tan paciente como la nieve—. Ya sabes, la capilla Sixtina.

—¡Oh! Claro.

Delia había pasado a recogerla y mientras metían las cosas en el coche le explicaba algo acerca de un programa especial en la cadena PBS que había visto con sus hijos sobre la restauración de la capilla Sixtina. Desde entonces habían hablado además de muchas otras cosas, sobre todo del negocio, pero Delia había vuelto nuevamente al primer tema, como si nunca lo hubiese abandonado. Amberlin creía que la explicación a aquellos diálogos tan intermitentes estaba en sus hijos, pues en los últimos doce años nunca había sido capaz de seguir el hilo de una idea hasta el final sin interrupciones.

—¿Y qué hicieron para averiguarlo? —preguntó Amberlin—. ¿Rasparon la pintura?

—Eso. La ropa. Hubo un momento en que la Iglesia se preocupó porque todas las figuras en la capilla Sixtina estaban desnudas, así que les pintaron ropajes.

Delia adelantó hábilmente a otro coche para meterse en la nevada rampa de entrada a la carretera que las sacaría de la ciudad y las llevaría a casa de Teresa.

Amberlin se asustó y casi traspasó la carrocería con los pies.

—Cuidado, Delia.

—No pasa nada —dijo Delia, mirando por encima del hombro izquierdo a fin de unirse al tráfico—. Estoy tratando de ganarle al mal tiempo.

—El tiempo nos va a ganar a nosotras —susurró Amberlin, y esperó a que se hubiese acomodado en el carril del medio antes de recuperar la respiración y el habla normales—. Así que, ¿cómo supieron que la figura se llamaba Desesperación?

—Sabían cuáles iban al cielo y cuáles iban al infierno. Se les nota en la cara.

—¿Las que van al infierno parecen malévolas?

—No, más bien molestas. Como si se hubiesen equivocado de autobús. Así que empezaron a quitarle la ropa a la Desesperación y... sorpresa, sorpresa... es una mujer.

—No me sorprende —comentó Amberlin—. No me sorprende en absoluto.

Delia viró bruscamente para esquivar a un perro que cruzaba la rampa de salida. Se lo quedó mirando unos instantes por el retrovisor: sus cortas patas marrones se movían frenéticamente.

—Ese perro tiene un deseo subconsciente de morir. —Metió la mano en una bolsa de papel que había a los pies de Amberlin y sacó uno de los pastelillos ecológicos que esta había traído para desayunar—. ¡Vaya! —exclamó—. Estupendo.

—¿Te molesta si te pido que no hagas más de una cosa a la vez? —se quejó Amberlin, apretándose contra el respaldo—. Como conducir. Limítate sólo a conducir, Delia.

—Oye, que sé lo que hago. Soy mayor que tú.

—No mucho.

—Casi diez años. Y tengo dos hijos, lo que te da una ventaja de unos veinte años por hijo y te enseña a hacer más de cinco cosas a la vez. Dicen que los hombres son los mejores cocineros. ¿Sabes por qué? Porque se concentran. Una cosa a la vez. Quiero decir que sólo pueden concentrarse en una cosa a la vez. Michael, por ejemplo, está obsesionado con su padre. Es un hombre maravilloso, no me da ningún problema, menos en este punto.

Amberlin, por su parte, estaba concentrada en no perder la vida durante aquel trayecto y no le respondió. Ya lo había oído todo acerca del padre de Michael y su ataque al corazón, debido al cual no podía hablar muy bien, aunque su estado general era bueno. Michael quería que fuera a vivir con ellos, y llevaban un mes hablando del tema.

—¿Así que seguís con eso?

—Sí. No sé. Me cae bien el viejo, así que probablemente cederé. Pero me da escalofríos. Imagínate que se muera y que yo me encuentre en casa sola. —Se estremeció—. De todos modos, no creo que los hombres sean los mejores cocineros. Mira a Teresa. Mírate a ti. ¿Cómo lo hacéis?

—Yo sigo las recetas.

Cuando Amberlin todavía era muy pequeña, en su casa, la repostería constituía un ritual todos los domingos por la mañana, un acontecimiento familiar que sustituía a la misa. Al amanecer, su hermano mayor regresaba de repartir los periódicos y empezaba a preparar la masa con levadura para el pan y los pasteles. El preferido de Amberlin era un pastel de chocolate y coco recién salido del horno. Tan reconfortante como una almohada de plumón. Tan dulce como el sueño.

Al principio, su hermano sólo le dejaba observar cómo la levadura burbujeaba y el chocolate se fundía. Aquella transformación siempre la fascinaba. Las cosas que se convertían en lo que no eran. ¿Cómo ocurría? ¿Significaba que esas cosas habían perdido su yo?

Más tarde se preguntaría lo mismo acerca de la reencarnación. ¿Por qué no podías recordar una vida en la siguiente? Y, si tenías un cuerpo diferente, cerebro, corazón y ojos distintos, ¿seguías siendo la misma? ¿En qué momento se completaba la transformación y ya no podías decir, por ejemplo, «yo soy Amberlin» o «esto es levadura»?

Contemplaba las tabletas de chocolate moverse de un lado a otro en un cazo puesto al baño María y presenciaba cómo empezaban a gotear igual que un oscuro charco de seda en torno a la sustancia cada vez más menguada, hasta que el chocolate se volvía líquido del todo, y su hermano lo sacaba y lo echaba sobre el azúcar de pastelería para la cubierta que preparaba. Ella probaba el chocolate antes de que se derritiera. Lo probaba una vez derretido. El sabor era el mismo. Suponía, pues, que seguía siendo chocolate.

Cuando era un poco mayor, su hermano la dejaba ayudar, y un día ella lo sorprendió: cuando llegó a casa después de repartir los periódicos, la masa ya se estaba levantando. Él se rió, orgulloso, despertó a sus padres, y les dijo:

—Amberlin me ha quitado el puesto. Ahora es ella la repostera.

Y lo era. La transformación se llevó a cabo con facilidad, con sólo pronunciar las palabras. Como el chocolate que se derrite en el cazo. Como los huevos, el azúcar y la harina que se unen y se vuelven mezcla pastelera. Ella era la repostera.

—Oye, ¿vas a hacer esas galletas? ¿Las planas con dibujos? —preguntó Delia.

—*Pizzelle.* Sí, claro. Teresa siempre las sirve.

A Amberlin no le entusiasmaba la idea de preparar galletas con ocho huevos y una taza de azúcar, y, para colmo, Teresa no le dejaba usar harina de trigo integral pero, como era una tradición...

—Estupendo. Hay una mujer de la revista *Good Living...* ya sabes, esa revista cara con artículos que explican cómo hacer todo tipo de cosas, queso artesanal y todo eso... se interesó mucho al oír que Teresa usa recetas de su abuela. Recuérdame que la llame y le insista en lo de la fiesta. Espero que venga.

—Es una buena revista.

—Lo sé. Hace unos dos años que trato de captar su atención. No sé por qué, pero lo que les interesó fueron los *pizzelle* y los *dadalucci.* ¿Quién entiende la mente del público?

Amberlin sonrió.

—Tú.

Delia se encogió de hombros, pero Amberlin de dio cuenta de que se había puesto colorada por el cumplido. A Delia le gustaba quitarle importancia a sus dotes. Nunca hablaba de su trabajo para Pan y Rosas. Se limitaba a hacerlo, sin más, como si fuera la cosa más normal del mundo.

—¿Le has dicho a Teresa lo de la revista?

Delia negó con la cabeza.

—Nunca le digo estas cosas hasta el último momento. Teresa está en su elemento cuando improvisa. Además, tenía las manos llenas de pan y la mente llena de preocupación por Christine.

—¿Ah, sí?

Delia asintió con la cabeza y lanzó a Amberlin una mirada cómplice.

—Los tortolitos han tenido una discusión.

—¿Sobre qué?

—Probablemente nada importante. Nervios por lo de la boda, seguro.

Amberlin negó con la cabeza. Había algo más. Lo sabía porque había hablado con Christine. No lo tenía claro.

—¿Crees que James está llevando bien la situación?

Delia soltó una risita.

—¿Bien?

—Quiero decir que podría ser... no sé... más fuerte. Christine necesita que le den seguridad. ¿No crees?

—Cariño, todas lo necesitamos.

—No, lo digo en serio, Delia. James es terapeuta. Debería usar ahora sus capacidades para ayudarla, no para ponerla aún más nerviosa. A fin de cuentas, es su trabajo. Y es un buen profesional, así que debería saberlo.

—Debería —convino Delia—. Pero eso no significa que lo sepa. Probablemente lo solucionen. Teresa se preocupa más de lo necesario.

—Se preocupa por Christine para no tener que preocuparse de sí misma —sugirió Amberlin.

—¿Sí? —Delia esbozó una sonrisa de oreja a oreja—. ¿Por eso es que tú te preocupas por ella?

Amberlin luchó un instante contra la furia repentina, se dio cuenta de que lo que la molestaba era precisamente lo cierto del comentario y se echó a reír. Delia tenía la virtud de decir cosas desagradables de tal modo que tenías que reírte, del mundo absurdo, de ti mismo.

—Probablemente —admitió. Reflexionó un minuto al respecto y luego se aferró a los lados del asiento mientras el coche giraba en una curva y patinaba un poco.

—¡Vaya! —exclamó Delia, una vez acabada la maniobra, y miró de reojo a Amberlin, cuyos labios estaban firmemente apretados—. Me alegro de que no hubiera nadie detrás. De todos modos, me preocupa más Teresa que Christine. Entre el divorcio y Donnie, que se ha ido a la universidad, estas fiestas serán muy duras para ella.

Amberlin apartó los labios y se obligó a relajar los músculos de la cara.

—Por lo que decías, su matrimonio ya llevaba mucho tiempo muerto.

—Y menos mal que se acabó. Ahora puede encontrar a alguien que sea bueno para ella. Pero la marcha de Donnie... eso sí que es duro.

Delia sintió un escalofrío al imaginarse su propio futuro. Creía que podría manejarlo mejor que Teresa, sobre todo si su matrimonio continuaba siendo tan bueno como hasta ahora. Ella y Michael podrían divertirse, no tener responsabilidades. A menos que tuvieran a su padre en casa, claro. De todos modos, para entonces el viejo podría haber... bueno, no quería seguir pensando en eso.

Todo iría bien, se dijo. Disfrutaría de su libertad y de sus hijos adultos. Además, Teresa había tenido siempre unos agujeros negros en los que de vez en cuando se refugiaba, cosa que Delia nunca había entendido. Eran lugares a los que iba y donde nadie, ni siquiera Delia, su mejor amiga, la encontraba. Delia se había acostumbrado a esperar cuando esto ocurría, o a devolverla a la realidad contándole una anécdota o un chiste.

—Debería hablar más de ello —dijo Amberlin—. Le haría mucho bien.

—Habla de ello, sólo que no usa palabras.

Amberlin estuvo a punto decirle que no estaba de acuerdo, pero el coche patinó ligeramente hacia la valla protectora y ella se apretó contra el respaldo, temiendo un impacto. Sin embargo, Delia enderezó la trayectoria del vehículo y siguió su camino, como si tal cosa.

—Están muy mal las carreteras —comentó Delia—. ¿Has traído la máquina para hacer capuchinos? Me encanta el capuchino.

—Está atrás. —Amberlin se relajó un poco.

—¿Cómo hacían antes para que la leche tuviera espuma sin estos aparatos? ¿O es que no se hacían capuchinos? No sé cómo se podía comer sin todos los aparatos que tenemos ahora. Tostadoras, microondas, licuadoras, batidoras. Claro que mi máquina preferida para cocinar es el coche —añadió, y le dio una palmadita cariñosa al volante.

—¿Qué?

—Para traer comida china, para recoger comida rápida y para ir a por pizza.

Amberlin hizo palanca con el brazo en el salpicadero.

—¿No nos estamos acercando demasiado al coche de delante?

—Vaya, por poco. —Delia frenó hasta casi pararse.

Más adelante, unos coches de policía detenían el tráfico. Una luz roja parpadeaba, sirviendo de advertencia, en medio de la nevada.

—Oh, oh —dijo Delia—. ¿Qué pasa?

—Un accidente —contestó Amberlin, secamente—. La gente conduce fatal. Deberían ir más despacio, como nosotras.

El tráfico se ralentizó. Delia metió la mano en la bolsa y sacó una barra de pan, arrancó un trozo con los dientes y volvió a dejar el resto en la bolsa.

—¡Diooos mío! Este pan está delicioso. Es auténtico. ¿Utilizas una máquina para hacerlo?

—Sí. Teresa se niega, pero a mí me gusta. Frena.

Delia pisó a fondo el freno cuando un policía agitó los brazos. Un plástico parecido a un gorro de ducha le protegía la gorra de la nieve. Con un gesto les pidió que bajaran la ventanilla.

Amberlin se fijó automáticamente en el nombre inscrito en su placa. Agente López. Delia se dio cuenta de inmediato de que era muy guapo, a pesar de la gorra.

—¿Qué pasa, agente? —preguntó Delia.

—Ha habido un accidente y vamos a tener que pedirles que cambien de ruta, pero tardaremos unos minutos. Acabamos de llegar. Por favor, no intenten adelantar ni dar media vuelta.

Tras este discursillo oficial se mostró más humano y dirigió a Delia una sonrisa. Ella le sonrió también. El agente dio una palmadita a la puerta del coche y se incorporó para regresar al lugar del accidente.

—Agente —le gritó Delia. Él se detuvo y se dio la vuelta, pero no regresó—. ¿Es grave?

—Muy grave.

Delia sacudió la cabeza.

—Qué mala suerte, ¿verdad?

—No creo en la suerte. Sólo en la mala conducción.

Se tocó el ala de la gorra cubierta de plástico y se alejó.

—Alguien habrá muerto —comentó Amberlin mientras Delia cerraba la ventanilla.

Esta última cogió el pan y arrancó otro trozo.

—Probablemente.

—¿Sabías que antes contrataban a alguien en los funerales para que comiera pan sobre el cuerpo del difunto? Era como comerse sus pecados para que su espíritu se pudiera ir al cielo.

—Caray —respondió Delia con voz apagada por la comida—. Seguro que a la Desesperación no le habría venido nada mal.

Evocó los funerales a los que había asistido. Las típicas ceremonias irlandesas en las que el whisky era, junto con la cerveza, el ingrediente primordial. Y se acordó de cuando se había muerto el abuelo de Teresa y las ancianas del barrio acudieron armadas con latas de *ziti* y cuencos llenos de albóndigas. Al parecer, cuando se moría alguien siempre había que consumir algo. Pecados, whisky o salsa.

—Sí —continuó Amberlin—, y en los días más sagrados, los judíos echan pan al agua, para liberarse de los pecados del año.

—¿En serio? ¿Tú lo hacías?

—Lo hice un par de veces.

El agente López apareció de nuevo y con una señal del brazo les indicó que avanzaran por el arcén. Delia puso el coche en marcha y avanzó a paso de tortuga. Pasaron junto al lado totalmente destrozado de un Firebird negro con una franja roja. Las ventanillas eran demasiado oscuras para ver el interior.

Delia respiró hondo y contuvo el aliento mientras dos hombres subían a una ambulancia una camilla en la que se intuía un cuerpo sin vida dentro de un plástico negro. Una vez cerradas las portezuelas de la ambulancia, suspiró con fuerza.

Amberlin no dijo nada. Durante los siguientes cinco kilómetros guardaron silencio y Delia condujo despacio. El letrero que indicaba el desvío a la calle de Teresa estaba cubierto por la nieve. Parecía una lápida.

Christine salió de su apartamento mucho antes de que Delia y Amberlin se pusieran en marcha, de modo que logró recoger su coche y llegar a casa de Teresa a las nueve de la mañana. Hacía un día bonito, lleno de luz, y recordó vagamente que al día siguiente iba a haber una fiesta, aunque no le importaba. Dejaría la carta, a Teresa le diría que no se sentía bien, que no podía quedarse, y proseguiría con su plan.

Sumida en un éxtasis de ligereza, subió por el camino que conducía a la casa y entró por la puerta trasera. Teresa ya estaba trabajando, sacando finas y lisas láminas de la máquina de hacer pasta.

—Entra, entra —dijo y, en cuanto la vio en el umbral, agitó una mano cubierta de harina en señal de bienvenida—. Cierra la puerta. Hace frío. —Miró a su sobrina—. ¿Quién se ha muerto?

Christine dejó escapar una sonrisa.

—Nadie, todavía.

—Oh. Tú estás rara. ¿Va todo bien?

—Bien. Así que ya has empezado. ¿Puedo tomarme un café?

—Pero si tú no tomas café.

—Té, quería decir té.

Teresa sacudió la cabeza mientras salpicaba de harina las láminas de pasta; luego se limpió las manos en el pantalón.

—Tienes que comer. Si no comes bien, se te baja el azúcar y te pones rara.

Con unos movimientos rápidos y precisos en cocina y armarios, hizo aparecer un plato de sopa delante de Christine, que contemplaba la luz que pasaba a través de la ventana.

La joven parpadeó, sorprendida al ver la comida. Esa sopa le resultaba conocida, con sus trocitos de pimienta negra y de hierbas verdes flotando en el espeso y profundo líquido rojo.

—No puedo tomar eso.

—¿Por qué no?

—Porque es sopa. No se toma sopa en el desayuno.

—Yo sí. Está buena.

Christine volvió a negar con la cabeza.

—No puedo —insistió.

Teresa miró la sopa y colocó el plato y la cuchara en una disposición más atractiva a la vista.

—Sí que puedes. La he hecho hoy.

—¿Qué es?

Christine sintió que volvía inexorablemente a un lugar que estaba hecho de recetas, de comida y de deseos de permanecer vivos.

—Sopa roja: pimientos asados, tomates, ajo, caldo. Sopa roja. —Teresa se encogió de hombros—. La abuela la hacía, era una de las recetas preferidas de tu madre.

El regreso de los sentimientos fue rápido, impreciso, como un viento helado que le atravesó el corazón. Christine vio que uno de sus brazos pasaba sobre la encimera, llevándose el plato consigo, y lanzándolo contra la pared. El rojo encendido chocando contra el blanco inmaculado. Teresa dio un paso atrás y frunció el ceño; movió la cabeza intentando seguir el recorrido del plato y se volvió bruscamente hacia Christine. Las dos vieron que el bolso de Christine se caía lentamente de la encimera, se abría y dejaba escapar el contenido, empezando por el objeto más pesado. Teresa clavó la vista en la pistola. Christine también. Luego se miraron.

—No —dijo Teresa.

—Sí —contestó Christine.

Se bajó de un salto del taburete y fue a coger el bolso, pero Teresa la agarró de la muñeca y luchó por impedírselo. Así permanecieron, en silenciosa lucha, sin necesidad de explicaciones, hasta que Christine logró coger el arma.

Teresa gritó y empujó violentamente a Christine. A ciegas echó mano a una sartén que tenía detrás, la levantó muy alto y dibujó con ella un amplio arco que acabó en un lado de la cabeza de su sobrina.

Christine cayó al suelo y se quedó inmóvil. Teresa alzó los ojos hacia la pared, vio a su bisabuela y su abuela, que le sonreían.

—¿Algún consejo? —les preguntó—. Porque no me vendrían nada mal.

Le temblaban las manos; se inclinó y tocó el cuello de Christine. Sintió el pulso, fuerte y regular, y Christine empezó a gruñir. En ese momento, Teresa dejó de pensar y se dejó llevar por el instinto. Levantó el bolso, metió la pistola dentro y subió corriendo a su dormitorio con él en la mano. Bajó a toda prisa, se detuvo al pie de la escalera y subió de nuevo a por una almohada y una manta. Corrió a la puerta del sótano, la abrió y las arrojó dentro. Regresó al lado de Christine, le pasó las manos por las axilas y empezó a tirar de ella. Christine no pesaba mucho, lo que hizo que no le costara tanto arrastrarla por el suelo y bajarla por la escalera del sótano hasta dejarla apoyada en una pared que había junto al fregadero grande.

Cuando llegaron a su destino, Christine ya parpadeaba y sacudía la cabeza. No había vuelto en sí del todo, pero tampoco había perdido del todo la conciencia. Teresa seguía sin pensar. Arrancó una cuerda de tendedero que colgaba de un gancho en la pared y rodeó con él la tubería del fregadero y las piernas de Christine.

Esta se miró primero las piernas y luego a Teresa.

—¿Qué haces? —Se sentía confundida, no estaba segura de lo que decía ni de dónde se encontraba.

—*Niente. Niente.*

Teresa cogió un alargador de otro gancho y rodeó con él un brazo de Christine y lo ató a un tubo que asomaba detrás de la joven. Cogió un trozo de cordel y le ciñó el otro brazo. A continuación lo pasó por el torso de la joven y lo fijó lo mejor que pudo al tubo que había directamente detrás de ella, y después al poste del techo.

Nada más acabar, se agachó.

—¿Estás bien? ¿Te he hecho daño?

Christine negó con la cabeza. Parpadeó. No sabía muy bien lo que sucedía. Tenía un plan, pero ahora se hallaba atada a un fregadero en un sótano.

—¿Qué haces? —susurró.

—Te vas a quedar aquí. Vas a vivir.

—No funcionará.

—¿Ah, no? Estás aquí, ¿no?

Christine trató de tocar las cuerdas que le rodeaban las piernas, pero el brazo no las alcanzó. Intentó moverlas con las piernas y se dio cuenta de que estaban tensadas y bien atadas. Se mordió el labio durante un minuto y agitó la cabeza. Aquello no tenía sentido.

Teresa levantó una mano por encima de Christine, por encima de las cuerdas; en su mente y en sus labios se formaron palabras en italiano, aunque no las pronunció en voz alta y ni siquiera estaba segura de su significado. Examinó a su sobrina.

—Quédate aquí. Nada más… quédate aquí.

Christine la miró, parpadeando.

—¿En el sótano? ¿A oscuras?

Teresa se tensó; en la oscuridad el perfil de su delgado cuerpo no era sino un alambre con algo que centelleaba en lo alto. Durante largo rato no dijo nada y, cuando habló, lo hizo con palabras precisas y breves.

—Te quedarás aquí. Viva.

Dejó la manta y la almohada junto a Christine. Esta dejó escapar un profundo suspiro, se volvió hacia ellas, se estiró cuanto pudo y cerró los ojos. «Bien —pensó Teresa—. Se quedará dormida. Eso la ayudará.»

Se volvió en la semioscuridad y se dirigió a las escaleras como si estuviera flotando.

Le llegó la voz de Christine.

—¿Me darás mis cigarrillos, al menos?

—No. Te hacen daño.

Subió poco a poco y se detuvo al llegar arriba. Oyó ruidos fuera de la casa. Voces. Risas.

Amberlin se limpió enérgicamente las suelas de las botas en el felpudo e irrumpió en la cálida cocina.

—Hola, Teresa —gritó.

—Hola —repitió Delia detrás de ella.

Teresa salió del sótano. El cabello se le había salido del pasador y se lo estaba trenzando con torpeza, llenándolo de trocitos de masa harinosa.

—Eh, hola —dijo, y cerró firmemente la puerta del sótano—. Es hora de empezar, ¿no?

El corazón y los sesos

De las cuatro mujeres que constituían Pan y Rosas, probablemente fuera Teresa la que se sintiese menos a gusto en el siglo XX. Las otras lo entendían y por lo general lo aceptaban. Amberlin, la más preocupada por la ecología, se daba cuenta de que muchas cosas que formaban parte de su estilo de vida eran buenas para la Tierra y lo aplaudía. Delia, que recordaba el día en que, estando en segundo curso de secundaria pasó por casa de la abuela de Teresa y vio una masa gris de sesos remojándose en un cuenco blanco, había aprendido a no palidecer cada vez que Teresa troceaba corazones y mollejas de pollo para sus salsas. Christine, por su parte, se negaba con delicadeza a ayudar a preparar salchichas, y a James le provocaban todavía cierto recelo las cenas dominicales en casa de Teresa, pues nunca se sabía lo que serviría. La mitad de las veces, por toda explicación, se limitaba a pronunciar una críptica retahíla de nombres en italiano que se negaba a traducir.

Aunque James no quería decírselo a Christine, estaba dispuesto a creer que Teresa cocinaba lo que cocinaba con el único propósito de ofenderlo. En realidad, lo que pasaba era que a Teresa no le gustaba desperdiciar alimentos. Era una mujer enjuta, sin exceso de carnes en los huesos, y no le gustaba el exceso ni de palabras ni de comida, y tampoco le gustaba desperdiciar nada, porque en su opinión eso suponía una afrenta contra un universo que sí lo aprovechaba todo. Esto era cierto sobre todo en asuntos de cocina.

En su casa, lo que no se cocía iba al recipiente de abonos, que para ella era otra forma de cocinar. Los trozos de verduras, la pasta rancia y la carne se iban transformando en una tierra perfecta, que alimentaba el terreno y creaba un espacio para que pudieran crecer más alimentos. Ya de mayor, le parecía que el proceso de descomposición y de reducción de los desperdicios a sus elementos esenciales era incluso elegante. Hermoso. Una transformación inesperada de lo no deseado en necesario.

Esto se lo había enseñado su familia, que tenía por costumbre comerse todas y cada una de las partes de los animales, bien preparando un *fritto misto*, hecho a base de sesos e hígado; bien un plato de mollejas (páncreas y timo) con limón y alcaparras; o tripa y riñones con verduras en una salsa de ajo y perejil, sin contar todas las formas de aderezar los sesos. Debían ser muy frescos, por supuesto, y, como eran muy blandos, se cocinaban a fuego lento para que se volvieran firmes, antes de asarse, hornearse, freírse o formar parte de una *frittata*.

Teresa no se imaginaba desperdiciando órganos como los sesos o el corazón. Se acordaba de que su abuelo traía corazón de ternera y lo ponía a macerar en el fregadero. Hacía falta remojarlo mucho tiempo, porque es un músculo duro y seco. A veces lo picaban y lo usaban para preparar salchichas. A veces lo ataban con un cordón y lo cocinaban al horno. A veces lo cortaban en rodajas y lo servían con verduras y una salsa que contenía mucho limón.

Mientras el corazón se maceraba, Nan se subía a una silla y lo observaba. Después lo sacaba y metía los dedos en los ventrículos. Traía la enciclopedia de la sala, la abría al lado del fregadero y repetía para sí misma los nombres de las partes, mientras daba vueltas al músculo. Luego, sacudía la cabeza y se marchaba, y si Teresa trataba de seguirla, le decía que la dejara en paz, que estaba pensando.

Teresa dejó de preparar ciertos platos cuando se casó, porque a Sam no le gustaban. Se había criado en una granja y recordaba que sus padres limpiaban los dientes de una cabeza de ternero antes de quitarle las orejas, los ojos y el hocico. La cabeza desecada y descuartizada se maceraba, a la espera de convertirse en una carne gelatinosa llamada queso de cabeza, que a él le daba asco. Cada vez que tenía que comerla evocaba la mirada del ternero.

A Teresa, en cambio, no le molestaba saber que sus alimentos habían andado a cuatro patas. Podía matar y destripar un pollo sin el menor remordimiento o repugnancia; de hecho compraba sus pollos en una granja ecológica, y allí se los daban baratos porque hacía precisamente eso: los mataba, desplumaba y destripaba ella misma, lo cual constituía otro modo de evitar desperdicios.

En una ocasión, cuando tras una de estas sesiones, llegaba a casa con una bolsa llena de pollos y el mono salpicado de sangre, se encontró con que James y Christine estaban aparcando en el camino de la entrada. Había pensado que dispondría de tiempo para asearse antes de que acudieran para llevarla a cenar, cosa que James insistía en hacer al menos una vez al mes.

—Lo siento —dijo—. Tardé más de lo que había previsto. Uno de ellos se escapó y tuve que perseguirlo.

Christine la miró de arriba abajo.

—No quiero oírlo.

Los labios de James palidecieron y por un momento pareció que iba a desmayarse.

—Cuidado —advirtió Teresa a Christine, que lo agarró del brazo, lo llevó a la cocina, lo sentó y le obligó a poner la cabeza entre las piernas mientras Teresa se cambiaba rápidamente.

Esta se disculpó, aunque en sus ojos Christine leyó un «te lo dije». En otras palabras, que a James le gustaba darse aires de grandeza, parecer fuerte, pero que era todo apariencia. Este era el auténtico James, incapaz de enfrentarse a la sangre y a los pollos muertos. En opinión de Christine, sin embargo, su reacción no hacía sino demostrar lo sensible que era. Pero ella sí sabía el verdadero motivo de su reacción.

Cuando empezaron a salir, James le había explicado por qué había escogido la psiquiatría como profesión. Su padre era un médico que se había hecho rico e incluso había llegado a alcanzar cierta notoriedad (salió en la revista *Time*) perfeccionando ciertas técnicas para el transplante de hígado. Como quería imitarlo, James entró en la Facultad de Medicina; pretendía ser un gran cirujano, pues se daba cuenta de que aquella era una de las especialidades más importantes, el campo en el que se jugaba, literalmente, con la vida y la muerte. Sabía que como cirujano podía llegar muy lejos.

No obstante, resultó que le costaba aceptar la idea de cortar a la gente, de introducir las manos en el interior de una persona, sostener con ellas el corazón. Era un gesto tan íntimo que, cuando observaba alguna operación, la cabeza le daba vueltas. Las sesiones de estudio con cadáveres empezaron también a suponerle un problema. Metía la mano en intestinos fríos y pensaba en la última comida del difunto, la última defecación. Se imaginaba al paciente sentado en la taza del retrete, leyendo el *National Geographic* y decidiendo adónde ir a comer o qué calcetines se pondría con el nuevo traje gris. Sin embargo, en lugar de ir al trabajo, la persona acababa en el depósito de cadáveres, en manos de James, porque el corazón le había fallado mientras defecaba. Y ahora él tenía que abrirlo y leer el pasado en sus entrañas, puesto que el muerto ya no tendría un futuro del que preocuparse.

De modo que James revisó sus planes y decidió cambiar de carrera el día en que practicó la autopsia de un hombre que pesaba 180 kilos y que se había matado con una sobredosis de barbitúricos. Abrió el estómago del hombre y encontró casi una docena de donuts rellenos de mermelada y parte de los barbitúricos, todo sin digerir, y un relicario en forma de corazón.

Cuando su mano tocó el relicario, no supo lo que era. Lo extrajo poco a poco de la masa pegajosa, lo limpió y lo abrió. En el interior estaba la foto de una mujer, y, aunque nunca averiguó si se trataba de la madre, la hija o un amor secreto, se fijó en que su rostro emanaba fuerza y bondad.

Cara en forma de corazón, ojos grandes y oscuros, cabello moreno que enmarcaba una tez perfecta y una boca cuya sonrisa apenas esbozada parecía decir: «Te conozco. Sé lo que piensas y sientes y que a veces tienes miedo por la noche y que en el fondo de ti hay un alma limpia y pura que desea volar». Era un rostro capaz de ver en ti y amarte, a pesar de ello. A pesar de tus mezquinas ambiciones. A pesar de tu tendencia a estar siempre alerta para la menor oportunidad. A pesar de tu incapacidad para pensar en alguien que no seas tú.

Ese fue el rostro que halló en un relicario en forma de corazón, en el interior de un hombre obeso que se había suicidado. Y fue entonces cuando se le ocurrió que había secretos que se podían abrir sin necesidad de bisturí. Fue entonces cuando decidió dedicarse a la psiquiatría.

En ocasiones, se preguntaba si debería haber sido psicólogo, teniendo en cuenta que el sistema empujaba a menudo a los psiquiatras a ser traficantes de fármacos. Eso, en todo caso, fue lo que dijo su padre cuando le anunció que iba a cambiar de cirugía a psiquiatría. Su padre nunca estuvo de acuerdo con aquella especialidad.

Pese a ello, James sí creía en la psiquiatría. Era en la bioquímica del cuerpo donde se podía efectuar un cambio mediante medicamentos. Había visto a suficientes esquizofrénicos capaces de llevar una vida normal gracias a la medicación, por lo que sabía que su trabajo como médico era importante, pues con él podía conseguir la curación de sus pacientes. Y en su consultorio privado había visto suficientes casos de personas que se sobreponían al estupor de la depresión gracias a sus recetas, lo que le hacía comprender el poder de la medicina, que obraba milagros allí donde las palabras fallaban.

No se creía capaz de permanecer sentado, día tras día, escuchando los problemas de las enfermedades mentales y emocionales, sin ofrecer más solución que las palabras. Quería proporcionarles algo sólido. Quería ver resultados. Quería ayudar en serio. Incluso con Christine, sobre todo con Christine, posiblemente lo único que quería era ayudarla. Nada más.

James se había mostrado sensato tras la riña. Pensó en ello y se dio cuenta de que la presión de la inminente boda estaba creando tensiones en su relación. Llamó a casa de Christine, le dejó un mensaje conciliador, se acostó y se durmió. Suponía que habría ido a pasar la noche con alguna de sus amigas, probablemente Amberlin, la que más se le parecía en temperamento y que sólo le llevaba cuatro años. Eso estaría bien. Amberlin, al igual que Delia, estaba encantada con el compromiso, pero conocía mejor que Delia los asuntos de la psique. Lo único que le preocupaba era que Christine hubiese ido a casa de Teresa y se hubiese alterado aún más.

Por la mañana, volvió a llamar, pero no hubo respuesta. No dejó mensaje, porque no quería molestarla y aceptaba que necesitara más tiempo. Se vistió y se fue a trabajar, aunque sintiéndose nervioso y algo ansioso.

Miró su propio reflejo en la superficie reluciente de uno de los escritorios que había en su bien equipado y decorado despacho del Instituto. Tenía que revisar tres peticiones de beca, asistir a una asamblea del consejo de administración esa tarde y participar en una reunión de planificación con el personal docente de un programa de arte que quería poner en pie. Le esperaba un informe sobre un paciente, un esquizofrénico paranoico que decía ver guerreros. No eran guerreros malvados, insistía, pero no le creían digno de unirse a ellos, y él quería hacerlo. Si los médicos pudieran darle algo que le hiciera merecedor de ser admitido entre ellos, se lo tomaría. James estuvo de acuerdo. Lo que fuera para que volviera a tomar los medicamentos, que había abandonado porque echaba de menos su enfermedad. Muchos pacientes echaban de menos a los guerreros con los que hablaban, a los ángeles, las conversaciones con Jesús, María y Dios. James no los culpaba. Debía de ser agradable.

Se revisó la corbata en el reflejo del escritorio y dirigió un chasquido de lengua a la foto de Christine, que consistía en un perfil de su rostro que él había encargado a un profesional como regalo de cumpleaños. En él sus delicados rasgos señalaban pensativamente un punto en la distancia. Vestía una blusa de muselina blanca y llevaba el cabello suelto que le llegaba hasta los hombros. Podría haber sido un retrato de hacía un siglo, uno clásico, al igual que el rostro mismo.

Sin embargo, no parecía encajar bien en el marco. Estaba torcido. James movió uno de sus ángulos hacia la derecha. Luego a la izquierda. Y vuelta a la derecha. Lo pusiera como lo pusiera, la joven no parecía feliz. James suspiró.

Camino de su consultorio, se había detenido en el estudio de Christine, pero ella no se encontraba allí. Miró a través de la ventana que había encima de la puerta y vio que el local se hallaba vacío. Y vio también que había desaparecido el castillo de vidrio en el que había estado trabajando.

Quizá fuese una buena señal. Tal vez lo había terminado e iba a dárselo antes de la boda para hacer las paces. Supondría un cambio repentino respecto a su posición anterior, pero no le sorprendería.

Las mujeres eran seres que cambiaban de humor sin razón, pensó. Daba igual en qué términos lo describiera la psiquiatría, eran sencillamente caprichosas y no había modo de entender sus cambios de humor.

Decidió que telefonearía una vez más y, si no contestaba, iría a su casa. A la hora de la comida.

No. Había quedado para comer con alguien del despacho del gobernador. Alguien influyente y con capacidad de decisión en el nombramiento de directores en el Instituto del Norte del Estado. No podía cancelarla.

Además, Christine no habría llegado a casa al mediodía. Estaría con Teresa, preparando esa ridícula fiesta que celebraban cada año. Mucho trabajo no remunerado, cuando Teresa ya no necesitaba promocionarse. No planeaba expandir su negocio, conceder franquicias ni hacer alguna de las cosas sensatas que pudieran suponerle ingresos realmente interesantes. Sólo quería cocinar. Se dio cuenta de que empezaba a sentirse mezquino y cortó por lo sano. Llamaría a Christine de nuevo. Si no estaba en casa, llamaría a casa de Teresa después de la comida. Para entonces ya estaría allí.

Descolgó el auricular y marcó el número.

Cuando acabó el mensaje del contestador automático, carraspeó.

—Hola —dijo, con un tono de alegría forzada—. Sólo llamaba para decir… bueno, que espero que te sientas mejor. Y… mmm… si… quiero decir, si dije algo sin querer que interpretaste como paternalista, no lo era. Y espero que encuentres las razones que te llevan a interpretarlo así, porque es importante que lidiemos con esto y…

El clic y el zumbido le dijeron que se le había acabado el tiempo. Colgó y clavó la vista en la foto. Pero esta no le dijo nada.

Llamó a su secretaria.

—Que pase el paciente. Tenemos que enfrentarnos a unos guerreros.

Y se dijo que ya lidiaría con las brujas más tarde.

La cocina de Teresa

—¿Quieres una copa? —preguntó Teresa, a la vez que sacaba del armario la botella de whisky—. Yo voy a tomar una.

Delia dejó sus bolsas sobre la encimera, se quitó el abrigo y se encogió de hombros.

—Es muy temprano, ¿no? —Echó una mirada alrededor—. ¡Dios santísimo! ¿Qué ha ocurrido aquí?

Teresa dio un respingo.

—¿Qué?

Delia señaló las salpicaduras de sopa roja en la pared.

—¿Han disparado a alguien?

—Sí. —Teresa fijó una sonrisa, trató de que los latidos del corazón se calmaran y soltó una carcajada, con la esperanza de que no sonara falsa—. Disparé contra una sopa que no me salía bien.

—Muy chistoso. ¿Qué ha pasado?

—Iba demasiado deprisa y se me derramó. Ya sabes cómo son estas cosas. ¿Whisky?

Delia negó con la cabeza.

Amberlin abrió la puerta, entró con una caja y la dejó sobre la mesa.

—Faltan dos y creo que ya está. Por cierto, llamé a Christine, pero no estaba en casa. ¿Has hablado con ella?

—Más o menos.

Teresa clavó la vista en el whisky; durante un momento tuvo la impresión de que iba a contarles lo sucedido, pero entonces se dio cuenta de que no iba a decir nada. No sabía por qué, pero le parecía mejor no contárselo, al menos por el momento. Tal vez más tarde. Ya vería.

Por supuesto que si Christine decidía ponerse a gritar y patalear, la descubrirían, pero si permanecía quieta y guardaba silencio, Teresa lo mencionaría en su momento y a su manera.

—Llegará tarde —dijo—. Necesitaba un poco de tiempo. Amberlin, ¿quieres algo? —Sirvió un poco de whisky en un vaso grande y lo engulló. Amberlin la observó, boquiabierta, y dirigió una mueca interrogante a Delia, que se limitó a encogerse de hombros.

—¿Estás bien, Teresa? —preguntó.

Teresa tragó en seco, se estremeció y posó bruscamente el vaso sobre la encimera.

—Estoy bien —contestó con voz ligeramente quebrada. Se encaminó hacia el horno, metió una bandeja con dos barras de pan y puso una olla sobre los quemadores—. Dame los huevos, ¿quieres? —pidió.

—¿Tienes zumo de naranja? —quiso saber Delia.

Amberlin fue a la nevera, sacó el tetrabrick de zumo para Delia y se lo dio. Delia cogió un vaso, se sentó a la mesa y se bebió un sorbo.

—Ahora viene lo bueno —comentó—. Me toca ver cómo trabajan los demás.

—Sólo unos minutos —replicó Teresa—. Ya te tocará a ti dentro de un rato.

—Lo sé. Pero ahora mismo, no.

Delia descansó las piernas en una silla. Para ella, lo más duro venía antes de la fiesta y no tenía por qué asistir a esta etapa de los preparativos. Sin embargo, no se podía imaginar ausente, de modo que, según la tradición, se le asignaba la tarea de limpiar lo que ensuciaban la repostera y la cocinera, ayudar a Christine con la decoración y encargarse de las últimas entregas. También invitaría por teléfono a los clientes especiales y a la prensa que, sin su alegre recordatorio de último momento, podrían haber olvidado la fiesta en medio de tanto ajetreo.

—Debe de ser agradable —dijo Amberlin, a la vez que cogía los huevos y los ponía en la encimera, junto a Teresa. Observó atentamente mientras esta echaba harina en un cuenco, agitaba el montículo que se había formado, lo calculaba, y añadía otro puñado.

El whisky se abrió un camino ardiente en el aparato digestivo de Teresa, que se sintió un poco mejor. Menos temblorosa. Christine estaba a salvo. Probablemente dormía a pierna suelta. Dormiría y cambiaría de opinión. Más tarde, cuando las otras dos mujeres estuvieran ocupadas, Teresa iría a ver cómo se encontraba.

—No estás midiendo —apuntó Amberlin. Teresa se rió.

—Sabes que prefiero el caos.

—No entiendo por qué —repuso Amberlin, sonriente—. ¿Has acabado con la harina? Tengo que empezar con las *pizzelle*.

Teresa asintió con la cabeza, mientras alisaba una depresión en el montículo de harina, y Amberlin fue al armario a por los otros ingredientes que precisaba. Midió meticulosamente la harina, a la vez que consultaba un recetario. Las dos mujeres trabajaron codo con codo; cada una seguía el ritmo de sus propios movimientos, sin dejarse llevar por los de la otra y sin molestarse mutuamente. En la radio, Pavarotti cantaba *Panis Angelicus* y Teresa canturreaba con él al mismo tiempo que revolvía la masa. Amberlin se concentró en medir cucharadas rasas de sal y en mezclarla bien con la harina y la levadura en polvo que había cernido y metido en un cuenco.

—Eso a mí me volvería loca —comentó Teresa, rompiendo huevos y añadiéndolos al montículo—. Siempre tienes que detenerte y pensar. ¿No tienes miedo de equivocarte?

—No puedes equivocarte si sigues las instrucciones. Por eso es tan fácil. Lo que yo quiero saber es cómo te sale tan bien si no tienes instrucciones que seguir.

—Si no hay instrucciones, ¿cómo puedes equivocarte? Delia, ¿podrías por lo menos hacer ver que haces algo?

—Estoy haciendo algo. Estoy tomando apuntes para cuando escriba vuestras memorias —respondió Delia, y sonrió cuando Teresa y Amberlin le dirigieron la misma mueca—. Lavaré las sartenes y las cacerolas en un ratito.

—Entre tanto —sugirió Teresa—, ¿podrías vigilar la salsa? —y señaló la cocina.

Delia se levantó, echó una ojeada a la gran cacerola donde unos tomates cortados se freían en aceite de oliva virgen y despedían un aroma de ajo y albahaca.

—¿Para qué es esto? —preguntó.

—Para el *ahogacuras* —contestó Teresa, al mismo tiempo que echaba un montón de puré de patatas en la harina para la masa de los *gnocchi*. Después lo revolvía todo y se lo pasaba entre los dedos, mezclándolo con la harina y formando una masa sedosa, suave, aún tibia.

—Creí que el *ahogacuras* era una galleta —dijo Delia—. ¿No hicimos algo con ese nombre el año pasado? ¿No eran galletas?

Teresa ralló queso Romano sobre la masa de los *gnocchi*.

—Eso es. Hay varias recetas que llevan ese nombre. Todas diferentes. Supongo que se puede ahogar a los curas de muchas maneras.

—Qué curioso. Pareces tener muchas ganas de hacerlo —declaró Delia.

—Sí. También hay dedos de apóstol y nueces de Papa y…

—Percibo cierto resentimiento —interrumpió Amberlin.

—Díselo al Papa —replicó Teresa—. ¿Cómo va la salsa, Delia?

—No lo sé. ¿Se supone que tiene que hacer algo?

—Se supone que no debe quemarse —contestó Teresa por encima del hombro mientras formaba una especie de serpiente con la masa y empezaba a cortarla por los extremos.

Amberlin enchufó la plancha de *pizzelle* y dejó que se calentara mientras mezclaba la masa. Delia vigilaba la cacerola y le daba vueltas a la salsa con una cuchara de palo. Teresa cortaba y formaba, con los pulgares, pequeñas conchas. La radio emitía *El Mesías* de Haendel.

—¿Por qué tocan eso en Navidad? —inquirió Amberlin—. Es música para Semana Santa.

—Yo siempre creí que era música para la escuela —comentó Delia—. Algo que tenías que aprender para el cole y los niños te daban un golpe en la espalda cuando tocaban las notas agudas para que las fallaras. ¿Puedo dejar de vigilar la salsa?

Teresa dejó su cuchillo, se acercó a los fogones y la removió un poco con la larga cuchara de palo. Cuando cocinaba, era mujer de pocas palabras. Su mente se mantenía firmemente concentrada en las temperaturas y el tiempo. Levantó la cuchara hasta la boca, tocó la salsa roja con la punta de la lengua y cerró los ojos. Volvió a meter la cuchara en la cacerola, murmuró algo, bajó el fuego y pasó la mano por encima de la salsa.

Oyó a Delia reírse a sus espaldas. Se volvió hacia ella y arqueó una ceja.

—¿Qué?

—Ahora me has recordado a tu abuela. ¿Te acuerdas de cómo la observábamos cuando hervía tomates en verano y creíamos que era una bruja?

Una media sonrisa se asomó a los labios de Teresa.

—Sí. Pero, ¿verdad que todavía no parezco tan vieja?

—Tan vieja, no. Pero igual de mala.

Teresa cogió un trapo de cocina y se lo arrojó; Delia se apartó corriendo. Teresa regresó a la encimera y a los *gnocchi*; con movimientos repetitivos, mecánicos, sus manos rizaban la masa y producían bocados de pasta perfectamente formados.

—Alguien va a tener que ir a la tienda pronto —anunció Amberlin—. Sólo nos quedan dos docenas de huevos.

—¿Ya? —exclamó Delia—. Qué rápido. Ya iré yo.

—No, tú quédate y moléstanos un poco más. Que vaya Donnie cuando llegue. ¿A qué hora se va a presentar? —preguntó Amberlin.

El pulgar de Teresa se detuvo a medio rizo y luego acabó el gesto.

—No va a venir.

—¿Qué?

—Que no va a venir a la fiesta.

—No me digas que va a ir a casa de su padre. —Amberlin estaba atónita—. ¿Delia, tú sabías algo de esto?

—Sí, lo sabía. Creía que Teresa te lo había dicho.

—No me dice nada, si no se lo extraigo con cuchara. Teresa, Donnie debería venir.

—Puede ir Delia a comprar las cosas que faltan.

—Ahora sí, pero después estará ocupada ayudando a Christine. Donnie siempre la ha sustituido.

Teresa sintió un escalofrío, pero lo disimuló encogiéndose de hombros.

—Está bien, Amberlin. De verdad. Sólo necesita distanciarse un tiempo. Poder hacer en paz sus travesuras —dijo Teresa, dando la espalda a sus amigas—, sin que un puñado de mujeres le ponga un mandil y le pellizque las mejillas.

Delia miró a Amberlin, que negó con la cabeza. Delia asintió, convencida. Amberlin suspiró.

—Teresa —manifestó, en un tono calmado, de esos que anuncian que la persona está a punto de dar su opinión sobre algo—. Delia y yo creemos que necesitas hablar más de esto, pero ella no quiere preguntarte nada porque no quiere que te enfades. Las dos sabemos cómo es Delia con la gente que se enoja con ella. Así que quiere que te lo pida yo, de esa manera podrás irritarte conmigo, cosa que no me molestará en absoluto, porque soy un ser muy desarrollado psicológicamente. —Se volvió hacia Delia—. ¿Verdad, Delia?

—Más o menos. —Delia le hizo una mueca.

Teresa se volvió hacia ellas y les señaló una cuchara de madera; sus labios esbozaron algo que casi llegó a ser una sonrisa.

—Os agradezco vuestra preocupación, pero no hay nada de qué hablar.

Era verdad, aunque no toda la verdad. También era cierto que no le apetecía hablar de ello. Tenía el silencio por hábito. En ocasiones le sucedía que lo que más bullía en su interior era aquello de lo que estaba menos dispuesta a hablar, como si un peso se hubiese posado encima y le impidiera salir. A menudo se percibía totalmente incapaz de encontrar las palabras para envolver sus sentimientos. Los describía con las manos o con ruidos, pero no con palabras. Las palabras eran sosas y pesadas, piedras en sus entrañas, cubiertas de arena.

En aquellas ocasiones, se encontraba más a gusto en silencio. Se había entrenado en la costumbre de su familia de comunicarse sin palabras. Cierto ademán insignificante con la cabeza de un extremo de la mesa al otro. La mano de su madre que cortaba el aire. La mano de su abuelo que golpeaba el brazo del sillón. Estas palabras sí que las entendía. Las otras requerían más tiempo, como algo que se cociera a fuego lento.

Sin embargo, Amberlin no apartó la mirada. Quería palabras. Teresa suspiró.

—Mira, estoy preocupada por eso, pero, ¿qué puedo hacer? Tiene que encontrar su propio modo de enfrentarse con esto. Además, si necesitamos ayuda, Rowan dijo que podía pedírsela.

—Vaya, vaya —Delia sonrió—. ¿Y cuándo te lo dijo?

—Pasó por aquí anoche... y no empieces, Delia. No empieces, ¿vale? Tengo que concentrarme. —Teresa se limpió las manos en el pantalón y miró el reloj con los ojos entrecerrados—. De acuerdo. Empecemos con la trucha al jengibre. Queda mejor si se deja marinar en su jugo durante la noche.

Abrió la nevera y sacó un voluminoso paquete blanco, lo llevó a la encimera y cortó el papel con un cuchillo.

—Mmm —exclamó Delia—. Mi plato preferido. Y me encanta el modo que tiene Christine de disponerlas en la fuente, como si se tratara de un banco de pececillos. ¿Dónde está, por cierto? Dijiste que llegaría tarde, no que no vendría. Son más de la doce.

A Teresa se le abrió la mano de golpe y dejó escapar unos lomos de trucha plateados, que acabaron en el suelo.

—Mierda —exclamó—. Mierda y recontramierda.

Amberlin se apresuró a ayudarla y Delia se levantó y alzó una mano, pidiendo silencio.

—¿Qué ha sido eso? —susurró.

Las mujeres se interrumpieron en mitad de sus últimos movimientos: la mano de Amberlin se aferró a un pescado y la de Teresa quedó inmóvil encima de un filete.

Arañazos. Arañazos al otro lado de la puerta del sótano. Arrodillada en el suelo de su cocina sobre un montón de pescados, Teresa palideció.

La radio emitía el aria para contralto *He shall feed His flock* [Alimentará a su rebaño]. El reloj hizo tic-tac. Teresa parpadeó, mirando a Delia. Les llegó un lastimoso maullido.

—La gata —susurró Teresa—. Está encerrada en el sótano. Huele el pescado. —Su rostro recuperó el color y su mano volvió a moverse.

—Caray —dijo Delia, mientras amontonaban las truchas en el fregadero para aclararlas—. No sé por qué me he asustado tanto. —Y se sobresaltó cuando sonó el teléfono.

—Déjalo —pidió Teresa—. Para eso está el contestador.

Escucharon la voz de Teresa en el aparato, luego a alguien que carraspeaba y, finalmente a James.

—Teresa —decía, en un tono que aún a Delia le sonó falso—. Supongo que no contestas porque estás demasiado ocupada preparándolo todo para la celebración, así que nada más os desearé felices fiestas a todos y que Christine me llame cuando saque las manos de la harina un minuto, ¿de acuerdo? Gracias.

Teresa puso los ojos en blanco.

—¿De qué iba eso? —preguntó Amberlin.

—James y Christine —respondió Teresa por encima del hombro—. Han discutido.

—Te lo dije —declaró Delia—. ¿Ha empeorado la situación?

—Sí. Creo que no se hablan. Al menos ella no le dirige la palabra. Por eso quería tomarse un tiempo para sí misma.

—¿Tiempo? —Delia parecía haberse dejado llevar por el pánico—. ¿Qué quieres decir con eso? Tiene mucho que hacer aquí.

—Sólo que... quería un poco de tiempo a solas para pensar. No es nada del otro mundo. Venga, ¿qué sería lo peor? ¿Que no se casaran?

—Es la Navidad —manifestó Amberlin, en tono serio—. Demasiada presión. No dejamos que la gente sienta lo que siente. No os imagináis cuántas veces suena el teléfono de la esperanza en esta época del año. La tasa de suicidios se dispara muchísimo.

Teresa dio un respingo y soltó la cuchara con la que estaba revolviendo algo. Se le escapó un taco al ver que se hundía por debajo de la espesa línea de polenta que burbujeaba en la olla. Cogió la punta para recuperarla.

—¿En serio? —preguntó, en tono desenfadado.

—Absolutamente —repuso Amberlin, como quien sabe lo que dice.

Solía agasajarlas con estadísticas y anécdotas del teléfono de la esperanza; normalmente, a Teresa le gustaba escucharla y a Delia le provocaba una satisfacción morbosa. Amberlin se sentía ligeramente culpable por usar anécdotas para entretener a sus amigas... después de todo, se trataba de personas de carne y hueso... pero se decía que así se desahogaba, era como una terapia. A veces James le daba consejos sobre cómo tratar a diferentes tipos de personas.

—Estaría allí esta noche, si no fuera por esto. Llamamos a todos los voluntarios. Sherry está haciendo doble turno para sustituirme.

Teresa esbozó una cálida sonrisa.

—Qué amable.

—Me imagino que no es más que miedo —opinó Delia.

—Casarse con un loquero es mala idea. Siempre sacan a relucir tus problemas.

—Sí —convino Delia—. Te casas con un médico, y siempre tienes síntomas de enfermedades.

—Eso no es justo —espetó Amberlin—. Y entonces, ¿qué dices de tu matrimonio, Teresa?

Una corta pausa en el ritmo de la conversación indicó a Delia que no le agradaba la pregunta. Teresa sacó la polenta del fogón y la pasó a una bandeja, en tanto contestaba en tono ligero:

—Estuve casada con el director de una escuela de chicas. Siempre me sentí como una virgen.

Delia dejó ir una risita y Amberlin gruñó.

—Trabajad, *signorine*. Trabajemos un poco —Teresa agitó la cuchara por encima del hombro—. Christine llegará cuando se haya calmado. Y mientras esperamos, tú puedes hacer algo, Delia.

Esta suspiró y apartó los pies de la silla.

—¿Como qué?

—Los cubiertos. Limpiarlos y contarlos.

Amberlin ocupó su lugar en la encimera, mezclando y midiendo, mientras Teresa iba al fregadero. La radio tocaba música navideña y la cocina estaba calentita, alegrada por los movimientos y los cantos con que acompañaban el trabajo. Era normal que el día anterior a la fiesta Teresa pareciera tensa y distraída. Todavía quedaba mucho que hacer y mucho que ordenar; en la parte derecha de la encimera cortaban cebollas para un guiso y en la izquierda, lavaban y molían hierbas aromáticas para otro, por no hablar de los *gnocchi* que se estaban secando en medio y las latas de pasteles de zanahoria preparados por Amberlin que todavía tenían que hornearse y decorarse.

Amberlin había colocado algo de picar en la mesa, para que las mujeres pudieran comer algo mientras trabajaban. Así no tendrían que preparar ni comida ni cena. Descansarían de tanto en tanto para degustar un *cannoli*, un trozo de fruta o unos bocadillos en forma de muñeco de nieve que había traído Delia, de jamón picante sobre pan blanco con ojos de aceituna negra y sonrisa de pimiento.

Así, la tarde fue avanzando hasta acercarse la hora de la cena, e incluso Delia tuvo que esmerarse para mantener el orden pese al constante movimiento. Teresa cortaba pimientos, y Delia barría los restos y los metía en el cubo de abono. Amberlin partía huevos y los echaba en un cuenco, para la masa; Delia lavaba de inmediato el cuenco para Teresa, que estaba preparando salsa verde.

Sacaban la batidora y la usaban. Delia la lavaba y la guardaba en su lugar. A las tres de la tarde sustituyó el zumo de naranja por cerveza y la dejó sobre la mesa junto a un muñeco de nieve a medio comer. Las mujeres continuaron trabajando.

—Oye, ¿vas a preparar galletas *ceci*? —preguntó Delia al ver cómo Amberlin mezclaba miel y un poquito de vino en un cuenco—. Son mis preferidas.

Amberlin asintió con la cabeza y añadió el líquido a un puré de garbanzos. Teresa fue a mirar por encima de su hombro.

—¿El puré está bien? —inquirió. Lo había preparado la noche anterior, como mandaba la tradición.

—Muy bien —replicó Amberlin, removiendo la mezcla.

—Ponle chocolate —insistió Delia, que también fue a mirar—. Me gustan las de chocolate. Son las mejores. ¿Cómo se llaman estas, Teresa?

—*Cauciune di San Giuseppe*, o sea, galletas de San José.

—Sí. Cuando éramos niñas las preparabas el día de San Patricio.

Teresa asintió con la cabeza.

—El día de San José, el diecinueve de marzo —y, para Amberlin, añadió—: San José es el patrón de la muerte, así que tiene muchos clientes. Ciertas familias preparan una comida de trece platos para quienquiera que se presente ese día.

—Y las familias que lo hacen, son sagradas —agregó Delia.

—*Sacre famiglia* —dijo Teresa—. Familias que han experimentado un milagro. Era un modo de dar las gracias. La familia de mi abuela era una de ellas.

—¿Cuál fue el milagro? —quiso saber Amberlin.

—Ahora nadie se acuerda. La abuela siempre me decía que ya nos tocaba otro milagro, para que pudiéramos contarlo.

—Me encanta esa anécdota. Es que hay historias que son como algunos platos, que por más que comas, siempre podrías comer más.

Delia metió un dedo en el cuenco y rebañó un poco de relleno. Amberlin le dio un ligero manotazo. Teresa regresó a los fogones, donde estaba haciendo una salsa de atún y tomate para la polenta.

—¿Cuál es tu plato preferido de las fiestas? —preguntó Delia a Amberlin.

Esta suspiró.

—¿Qué fiestas?

—Navidades, claro.

—Yo soy judía y atea, ¿lo recuerdas? —precisó, señalándose a sí misma.

—Se acuerda —declaró Teresa—. Es sólo que le gusta oírte hablar de eso.

Cada año les contaba, como si se tratara de una letanía, que su madre era judía, y su padre, un ateo maniático y políticamente escrupuloso que cargaba con todo el peso de la culpa del hombre blanco. A sus dos hijos les había enseñado cuáles eran las fiestas de todas las culturas y esperaba que, más que celebrarlas, las respetaran. En todo caso, no les permitía involucrarse en las festividades que tuvieran que ver con el consumismo y las falsas promesas, ni dejó que su hija creyera en Papá Noel, el dios capitalista. Sin embargo, tanto su padre como su madre creían que sus hijos debían estar expuestos a todas las culturas. Como diría Amberlin posteriormente, con que te expongas una vez, te vuelves inmune. El escepticismo que mostraba con respecto a la mayoría de las prácticas culturales probablemente fuera culpa de su padre. La había vacunado desde muy jovencita.

—Es cierto —repuso Delia—. Me gusta que hables de eso, porque al menos tu familia te llevaba a conocer mundo. Yo estaba atrapada en Aurora Falls, comiendo cocido con patatas y verduras pasadas de cocción. Cuando mi papá murió, nos fuimos a vivir al norte de

Nueva York, donde mamá tenía parientes. Pero, créeme, no resultó mucho más emocionante.

—Oye, que allí me conociste a mí —exclamó Teresa.

—Ya decía yo. —Delia sonrió con picardía y le sacó la lengua. Teresa le escupió una frambuesa.

—Pero en cambio, nosotros nunca estábamos en el mismo lugar de una Navidad a otra —comentó Amberlin, y luego sonrió—. Me acuerdo que un año nos llevaron a México. Yo y mi hermano compramos coco rallado y lo esparcimos delante del hotel para que pareciera que había nevado. Creí que mi madre nos mataría.

—¿Pero a que la Navidad es maravillosa? —dijo Delia, emocionada—. Todos cambian de actitud, y hay luces y villancicos y fiestas y comida. Yo antes iba a la misa del gallo y me sentaba junto a Bess Mitchell; los coros eran mágicos. ¿Te acuerdas, Teresa?

Distraída, Teresa asintió con la cabeza.

—Obleas Necco.

Delia dejó escapar una carcajada.

—Eso.

—¿Obleas Necco? —inquirió Amberlin.

—Sí, hombre… esos dulces grandes y planos que vienen en un rollo. Los de color rosa sabían a antiácido. Horribles. Pero los amarillos eran deliciosos.

—¿Qué pasaba con ellos?

—Jugábamos a la comunión. El cuerpo de Cristo y todo eso, y me metía uno en la boca, y luego no podía hablar, ni comer, ni hacer nada hasta que se derritiera. —Con la cabeza, Delia señaló a Teresa que en ese momento se mantenía concentrada primero en la cocción del atún y luego en la de un salteado de champiñones y cebolla, por lo que no se dio cuenta de la señal.

Amberlin sacudió la cabeza.

—Mis padres nos llevaron a todas las iglesias y templos para que viéramos lo que hacía la gente. No había ningún misterio. Un año, fue Hannuka en Israel y, el siguiente, Navidad en Alemania. Me gustaron más las *latke*, unas tortitas de patatas ralladas, que el *strudel*, la tarta de manzana.

—A eso me refería —insistió Delia—. Ibais a distintos lugares mientras yo comía obleas Necco. Y Teresa tenía al menos todas esas costumbres italianas. Pero no celebraba Papá Noel.

—Nada de Papá Noel —convino Teresa, todavía distraída—. Teníamos a la Befana, que nos traía regalos cada seis de enero. Y además era una bruja.

El teléfono sonó y Teresa echó un vistazo al reloj. Casi las cuatro y ya empezaba a oscurecer. De alguna manera, la noche se les había echado encima.

—Seguro que es Christine. —Delia corrió a contestar—. ¿Diga? —Teresa y Amberlin observaron su rostro—. Ah, hola, James. —Dirigió a sus amigas una señal afirmativa con la cabeza—. ¿Qué? No, no ha llegado todavía.

Delia escuchó. Arrugó el rostro, en actitud de concentración y, luego, de confusión.

—No tengo la menor idea de lo que estás diciendo, James. ¿Qué carta? —Escuchó y abrió los ojos como platos—. ¿Llamar a la policía?

Teresa dio un paso adelante y se paró en seco. Tendió la mano y Delia le dio el auricular.

—James. Soy Teresa. Dime.

Su rostro permaneció tenso e inmóvil mientras escuchaba, con la cabeza inclinada y asintiendo de vez en cuando. Al cabo de un rato, negó con la cabeza.

—No. Sería inútil y no creo que… no me parece que… James, escúchame. No quiero que vengas.

Delia agitó frenéticamente una mano. Amberlin dio un paso hacia el teléfono, pero no pudo hacer otra cosa. Teresa apretaba cada vez más los labios. De pronto, enderezó bruscamente la cabeza.

—Ten. Habla con Delia. Yo no tengo tiempo para esas tonterías.

Dicho esto, devolvió el auricular a Delia.

—¿James? —Delia escuchó—. Pues sí que está ocupada. No lo sé. Sí, sí que la quiere, pero no creo que la policía… sí, lo único que harían sería decirnos que es adulta y que puede ir adonde le apetezca. De acuerdo. Se lo diré a Teresa. Cuando llegue Christine te llamaré.

Colgó y miró a Teresa.

—¿Qué? —preguntó Amberlin—. ¿Qué ocurre?

—James dice que salió temprano del trabajo para ir al piso de Christine. —Delia no apartaba la mirada de Teresa—. No la encontró allí, pero había una carta en su cómoda. De despedida. Pedía perdón por hacerle daño. Él cree... cree que es una nota de suicidio.

Inesperadamente Teresa se echó a reír.

Congelar y conservar los alimentos

En el sótano de Teresa, los ojos de Christine se habían acostumbrado a la penumbra. La pálida luz que durante el día había impregnado su espacio de un gris mugriento empezaba a desvanecerse y su mundo se estaba adentrando en la oscuridad total. Ella era una más de las cosas que Teresa había guardado en el sótano para que se mantuvieran en buen estado, como las conservas. Pimientos italianos picantes, de un verde chillón y manchas de especias rojas en el líquido, enroscados, como fetos, en sus frascos de vidrio. Tomates conservados con hojas de laurel y albahaca. Más verdes y más rojos. Los pequeños frascos, pequeñas joyas, de una jalea de color rojo intenso hecha con las frambuesas que crecían en el jardín de Teresa. Dos clases de mermelada de fresa, una de las de su huerto, y la otra de fresas silvestres, diminutas y preciadas piedras preciosas, recogidas con esmero.

Christine sabía que Teresa tenía un congelador lleno de hortalizas de su propio cultivo. Hacia febrero le gustaba abrir el congelador, sacar un paquete de frambuesas negras congeladas y embriagarse con su aroma a pino y azúcar. A veces las descongelaba y preparaba un jarabe para que Amberlin lo vendiera en la tienda. A veces se limitaba a dar una bocanada de aquel perfume, que traía consigo el recuerdo del verano y las guardaba de nuevo, deteniéndose un momento a acariciar los paquetes de judías verdes que habrían de durar hasta la cosecha del verano siguiente.

Cuando se casó, su madre le regaló un libro de recetas, *La alegría de cocinar*, y lo leía por puro placer en la bañera o con el desayuno, antes de irse a la escuela a enseñarle a sus alumnos de sexto a amar la lectura, que no era, en su opinión, sino otra forma de alimento. A Christine le había dicho que sobreviviría si quedaba atrapada en un bosque con una pistola y ese libro. Explicaba cómo despellejar conejos, cocinar un ratón almizclero, hacer fiambre de cabeza de cerdo, cualquier cosa. Y, en ausencia de su abuela, le enseñó a conservar los alimentos.

Teresa creía lo que decía *La alegría de cocinar*, es decir, que gracias a las técnicas modernas de empaquetado ya no conocíamos el crecimiento y la podredumbre de la naturaleza y el frágil equilibrio entre ambos. Fuera cual fuera el método de conservación empleado, siempre era difícil calcular todos los elementos que intervenían en el proceso. Incluso la congelación, que parecía tan sencilla, podía acabar en desastre. No todos los alimentos se congelaban bien. O, para ser exactos, el proceso de congelación los transformaba tanto que no se descongelaban bien. Y además hacía falta consumir mucha energía para mantener los alimentos a una temperatura constante de dieciocho grados bajo cero. Energía y espacio, porque si llenabas demasiado el congelador, la temperatura se elevaba.

Además, siempre estaba el riesgo de que se fuera la luz. En una ocasión, durante una tormenta de hielo, Teresa no había tenido electricidad en una semana y lo había perdido casi todo. Al final, aquello resultó positivo porque al descongelarse el congelador, aparecieron alimentos que parecían provenir de épocas remotas de su vida. Un pato fechado en 1989, de una cena de aniversario de boda que nunca preparó, porque a su marido se le olvidó que era su aniversario y se fue a un partido de baloncesto. Unos paquetes de cosas verdes imposibles de identificar. Una cena precocida, de esas que sólo hace falta calentar para que estén listas y que nunca se había comido. Después de aquel percance, comenzó a limpiar el congelador una vez por año. Y preparaba más conservas que antes.

Solía decir a Christine que era importante no desconectarse de las fuentes primordiales de alimentos, aunque Christine no veía la diferencia entre comprar las moras en el supermercado o cogerlas una misma. Y aunque Teresa decía que sí la había, cuando le pedía que se lo explicara, perdía el don del habla, le daba una cesta y le decía:

—Ve a recoger algo y lo entenderás.

Pero Christine no lo comprendía. Los alimentos no le importaban mucho. O a lo mejor era que le importaban demasiado. Las rachas de actividad cocinera de Nan resultaban espectaculares y maravillosas, pero las seguían semanas en las cuales casi se morían de hambre, en que subsistían a base de patatas fritas, perritos calientes y donuts. El exceso siempre iba seguido de la absoluta frugalidad. Christine aprendió que la comida constituía algo mágico pero irregular. Aparecía y desaparecía de modo arbitrario, pasando por alto lo que hacías y sentías al respecto.

Christine oía a las mujeres moverse en la cocina y trataba de adivinar, por las pisadas, quién hacía qué. El paso pesado de Delia. El paso ligero de Amberlin. Los pasos rápidos de Teresa. Sus voces, apagadas, ininteligibles, le llegaban, flotando a través de las tablas del parqué. Oía una que otra carcajada. Se preguntaba si se habrían olvidado de ella, como si fuera un tarro de pepinillos en el cual no tendrían que volver a pensar hasta la primavera. Se quedaría allí hasta pudrirse, como la comida en la nevera de su madre. Apoyó la cabeza, que le dolía mucho, en la manta y sintió el frescor del suelo junto a la cara. Estaba tan cansada que tenía la sensación de estar soñando despierta.

La risa de Delia, sonora y estridente, atravesó el parqué. Le siguió la voz aguda de Amberlin y los sonidos roncos y cortados de Teresa se unieron a ellas. Parecían tres aves, pensó Christine, de especies distintas. Sorprendía que no se arrancaran los ojos a picotazos. En una ocasión había preguntado a Teresa qué hacían, siendo tan diferentes, para no pelearse más de lo habitual, y ella le contestó que eran como las especias. No hacía falta que fueran iguales para mezclarse. Lo que hacía falta era que cada una conservara su sabor y complementara a las demás.

A veces, dijo, las combinaciones más sorprendentes resultaban perfectas. Las judías verdes con menta, ajo, pimienta y aceite de oliva extravirgen eran riquísimas. Su venado adobado con canela y salvia blanca había tenido un éxito inesperado.

Cuando se hartó de escuchar y mirar, Christine se preguntó lo que estaría haciendo James y si ya habría recibido su nota. No había empleado el término *suicidio* porque sabía que la palabra le afectaría tanto como el acto en sí. El suicidio era un suceso clínico, no era algo que pudiera hacer la prometida de un psiquiatra.

Aunque sentía que tenía que marcharse, no deseaba hacerle daño. Sólo quería dejar de preocuparse por su madre y por la comida y por si era o no suficiente. Dejar de preocuparse por si sería capaz de encontrar comida y conservarla. Sería mucho más sencillo convertirse ella misma en alimento. Se entregaría de vuelta a la Tierra y hallaría la paz.

Por supuesto, James se angustiaría. La amaba. La valoraba. La echaría de menos. Pese a lo que decía Teresa, era un hombre sensible. En opinión de Christine, su propia familia le había afectado mucho, su encantadora madre, tan delicada; su dominante padre, que tanta importancia daba al trabajo. El padre de James esperaba mucho de su único hijo, y James soportaba la presión de la reputación, las exigencias y el amor de su padre. En su casa, tanto las ayudas como los alimentos resultaban demasiado pesados; necesitaba huir a un lugar donde fueran tan ligeros como el pensamiento. En una ocasión, le había dicho a Christine que aquello era lo que le había atraído de ella. Su ligereza. El modo en que su pelo revoloteaba alrededor de su cara, como si fuera cabello de ángel. Su manera de mirar y de atrapar la luz en los ojos. Su destreza con el vidrio.

Allí, sentada en la oscuridad, recordó que le agradaba la gentileza de las manos de James en su rostro, el cuidado con que la trataba cuando hacían el amor, demostrándole que la consideraba preciosa, frágil y única. En sus mejores momentos, combinaba una distante superioridad con la ternura. Era cautivador, muy distinto a cualquier otra relación que hubiera tenido.

Se habían conocido cuando Pan y Rosas preparó una comida profesional a la que asistía James; fue a la cocina a preguntar quién había fabricado los hermosos floreros que decoraban la mesa. Unos floreros tan delicados y de forma tan perfecta eran a todas luces una obra de arte, y le gustaría adquirir uno para regalárselo a su madre. Christine, que aquella noche ayudaba con el servicio, le dio su tarjeta. Él la llamó una semana más tarde y escogió un florero cuadrado de plata con trozos de vidrio negro, y luego la llevó a cenar.

No fue amor a primera vista, pero sí se sintieron a gusto desde un principio, y más tarde los dos decidieron, implícitamente y guiados por la razón, que habían encontrado una buena y duradera pareja. Tal vez James buscara la luz. Tal vez Christine buscara un poco de sosiego y de constancia. Tal vez eran dos buenas personas con problemas de compatibilidad.

Teresa comentaría que a veces pasaba. De hecho, en una ocasión lo había dicho, refiriéndose a James, cuando Christine intentaba que especificara lo que tenía en contra de él. Nada, había contestado Teresa. Nada contra él. Sólo le preocupaba la combinación.

—Algunas especias —había anunciado con grandilocuencia— no deben mezclarse.

Nunca harían una buena combinación, nunca se complementarían. Su sabor resultaría confuso y siempre inestable, como algunos matrimonios. Christine pensaba que Teresa no tenía derecho a opinar, en vista de lo que había ocurrido con su propio matrimonio; pero Teresa decía que lo suyo era distinto. Algunos sabores necesitaban tiempo para armonizar, para enriquecerse mutuamente, mientras que otros combinaban bien desde un principio pero se agriaban con el tiempo. A veces se producían reacciones químicas. Intervenían factores ambientales. Las cosas cambiaban. El sabor no es siempre el del principio.

Era cuestión de una conservación inadecuada o de un capricho del tiempo; la primera era controlable y lo segundo estaba del todo fuera de nuestro control. Sin embargo, convenía empezar con una buena mezcla y esperar que todo marchara bien, en lugar de empezar con una combinación imperfecta y esperar que se produjera un cambio, ya que es más fácil tirar una salsa cortada que liberarse de una relación agriada. El olor se te pega. O tú te pegas a él, y vas añadiendo un ingrediente tras otro para ocultarlo y la cosa no hace más que empeorar, hasta que alguien se arma de valor, lo echa todo a la basura y empieza de nuevo.

Sentada en la oscuridad del sótano, escrutando con ojos de lobo las filas de tarros de las estanterías de Teresa, Christine se dio cuenta de que James sería un buen marido para la mujer adecuada. Una mujer que posara ligeramente el brazo en el suyo, que fuera perfecta y un tanto frágil en los sitios apropiados. Una mujer de buen porte que sólo pidiera al mundo que le proporcionara un cómodo nido, la mirada de admiración de un hombre, y una cena fuera de casa al menos dos veces por semana.

¡Menudo consuelo! Christine había deseado ser esa mujer, llena de luz y aire. Durante un tiempo tuvo la sensación de haberlo logrado, de haber permanecido en un estado de equilibrio, combinados y conservados todos sus sabores. Pero no era capaz de mantenerlo, por mucho que lo deseara.

Era, más bien, la clase de mujer que grita a su prometido y rompe cristales. Preferiría no poseer esa pasión, ese calor y esa densa oscuridad. Se aproximaba a los treinta años, una edad de riesgo para la demencia, y estaba asustada. El fantasma de su madre se cernía sobre ella como un ángel maligno, y le susurraba «te lo dije», y ella, Christine, no podía dejar de querer a su madre, no podía dejar de odiarla. No podía dejar de quererse y de odiarse a sí misma.

Arriba, las mujeres cocinaban y reían. A Christine se le ocurrió que Teresa la había metido allí, aislada y sola, como si fuera una especia que necesitara secarse y conservarse. Teresa era una persona literal, y bien podría haber sido un acto literal, el de bajarla aquí, donde guardaba todos sus alimentos, en conserva, congelados, con la cantidad precisa de especias. Como si el hecho de encontrarse a solas en la oscuridad fuera a permitirle destilarse, como lo haría la esencia del romero o de la menta a partir de las hojas secas. Como si en aquel lugar pudiera conservarse, no echarse a perder.

En el funeral de Nan, las lágrimas salieron de los ojos de Teresa sin necesitar el impulso de sollozos u otros sonidos. Guardaba silencio y las lágrimas caían. Christine, en cambio, no era capaz de llorar. No dejaba de esperar las lágrimas... cuando Teresa la abrazó, cuando la abrazaron los padres de Nan, que, a fin de cuentas, eran sus propios abuelos. Pero parecían tan secos, como gastados, en nada semejantes a Nan. Luego, en el cementerio, pensó que a lo mejor se le escaparía el llanto cuando Teresa cantó la canción de Joni Mitchell *Blue*, porque a Nan le encantaba. O cuando el cura dijo eso de que el amor es «el mayor de estos dones». Pero las lágrimas, si es que existían, permanecieron en su vientre, un silencioso charco salado de recuerdos y pesar.

Por decisión implícita, Christine se trasladaría a casa de Teresa, regresaría al norte de Nueva York y buscaría trabajo. Pero Teresa no había llegado a proponérselo formalmente, y Christine nunca tuvo ocasión de aceptar su propuesta, al menos, verbalmente. Al salir del cementerio, Teresa se volvió y le preguntó:

—¿Dónde están tus cosas?

—En el hotel.

—Sam te ayudará a traerlas. Mañana.

Así que se quedó con ellos hasta que encontró un piso y, con ayuda de Teresa, consiguió un puesto de camarera. Empezó a crear cosas con vidrio de colores mientras trabajaba en Pan y Rosas y se montó su propia vida.

Pero las lágrimas permanecieron en su interior. Era un tarro lleno de salmuera, pensaba, y ahora Teresa la había metido en el sótano con los demás tarros. Y aquí, en el sótano, sentía que lo único que se conservaba de ella era su dolor.

La cocina de Teresa

—No va a suicidarse —dijo Teresa, cuando Amberlin y Delia la miraron como si estuviese loca.

—Pero la nota... —balbuceó Delia.

—¿Qué decía? —preguntó Amberlin—. Exactamente.

—Según él... mmm... ella decía que lo lamentaba, pero que tenía que dejarlo. Que no era culpa de él. Que tenía que marcharse.

Teresa levantó las manos.

—Ahí lo tienes. Te lo dije. Prefiere pensar que va a suicidarse a pensar que lo va a abandonar.

—¡Oh! —exclamó Delia—. Oh. ¿Eso crees?

—¿Qué iba a pensar, si no? Ya sabes cómo son los hombres.

Delia cedió. Lo sabía.

Los hombros de Amberlin, que se habían ido subiendo hasta las orejas a medida que progresaba la conversación, regresaron a su postura normal.

—Bien —dijo—. De acuerdo. Lo abandona. —Se mordió un labio un momento—. ¿Lo abandona?

Teresa se encogió de hombros.

—Eso parece.

Amberlin retorció los labios y soltó un suspiro.

—¿Por qué?

—Creo que no está preparada para casarse. Al menos no con él. Son distintos.

—Entonces, ¿por qué no nos lo has dicho cuando te hemos preguntado por ella? —inquirió Amberlin.

—Me ha parecido que ella era la que tenía que decíroslo. Además, ¿y si os lo digo yo y luego resulta que cambia de opinión? No quedaría muy bien que digamos. Como si lo hubiese deseado.

—Tienes razón —comentó Amberlin, pensativa.

—De vez en cuando la tengo. Bueno, ¿podemos volver al trabajo?

—De acuerdo —dijo Delia—. De acuerdo. ¿Qué hay que lavar?

Fue al fregadero, lo vació de platos y utensilios, llenó el lavavajillas y lo puso en marcha. Amberlin amontonó *pizzelle* en una fuente y desenchufó la plancha de galletas.

—¿Las truchas? —preguntó.

—Empieza con los pasteles. Yo prepararé las truchas.

—¿De verdad va a abandonarlo? —quiso saber Delia—. Mierda. Yo quería ir a una boda.

—Cuando hables con ella, podrás preguntárselo —sugirió Teresa—. Hasta entonces, ¿podemos olvidar el tema? Toma, pica estos cebollinos. —Cogió un cuchillo por la punta y le tendió el mango.

—Con cuidado, ¿eh? *Cuidado.*

Delia empezó a picar los cebollinos, con lentitud y vacilación.

—Tus cuchillos están demasiado afilados. Me dan miedo.

—Un cuchillo afilado es un buen servidor —replicó Teresa—. Eso pone en *La alegría de cocinar*. Si picas más rápido, te será más fácil.

—*Cuidado* —murmuró Delia, mientras el olor de los cebollinos le subía por la nariz y se mezclaba con el del jengibre que Teresa pelaba—. Mmm. Me encanta la trucha al jengibre. Date prisa, a ver si aún me da tiempo de comer un poco.

—Te encanta la comida y punto —dijo Amberlin, mientras batía huevos en un cuenco—. Toda la comida. Me asombra que no estés más gorda.

—Lo estoy —Delia metió un puñado de cebollinos picados en un cuenco—. Al menos eso me dicen a menudo. Que baje el volumen de la voz, que no camine tan pesadamente, que no hable tan fuerte ni haga tantas preguntas.

Amberlin la miró de arriba abajo.

—Tú no eres obesa. Quiero decir que la tuya no es una gordura enfermiza, y eso es lo único que importa. Otra cosa es que no estés delgada.

—Como Teresa.

—¡Ja! —exclamó Teresa y siguió cortando la trucha y metiéndola en un cuenco con harina.

En los fogones, la cacerola se calentaba. Cuando Delia le dio los cebollinos, los echó, junto con el jengibre, donde se cocieron en espumosos charcos de mantequilla.

—Tú sí que deberías estar enorme, con tanta comida —le dijo Delia.

—La cocino, pero eso no quiere decir que me la coma toda.

—Fuerza de voluntad.

—Bah —dijo Amberlin—. Madurez y fuerza de voluntad. Eso sí que son tonterías.

—¡Y de las grandes! —convino Delia.

Teresa se rió.

—¡Ah! —exclamó Amberlin, emocionada. Se volvió hacia las otras dos mujeres, dando la espalda a la encimera.

—¿Qué? —preguntó Teresa—. ¿Qué pasa?

—Nada. En este preciso momento no pasa nada malo. —Con un amplio ademán del brazo, abarcó toda la cocina—. Está todo perfecto... ¡ahora!

Delia y Teresa se quedaron quietas, con la cabeza ligeramente ladeada, como si así les fuera más fácil entender lo que quería decir. Fuera, la oscuridad había envuelto la casa y la nieve caía silenciosamente sobre las ventanas. Dentro, la comida, el calor de la cocina y la calidez entre ellas. La perfección.

Amberlin solía señalarles aquellos momentos, los instantes de perfección tan fugaces como un copo de nieve en la punta de los dedos. Al principio a Teresa le parecía extraño, pero luego se acostumbró y ahora le agradaba. Al cabo de un tiempo aprendió a captarlos ella misma, aunque no los mencionara. Los saboreaba en silencio, como si así pudieran permanecer más tiempo. Delia, que celebraba todas las formas de alegría, sonreía y reía y observaba el transcurso de aquel instante.

—Tenemos un «momento Amberlin» —dijo, y la aludida

frunció el ceño, al no saber si se estaba burlando, pero luego sonrió al ver que lo decía con buena intención.

Sin embargo, todas sabían que ese fragmento en el tiempo sólo podía apreciarse, pero no retenerse; de modo que suspiraron y regresaron a lo suyo: Amberlin a batir huevos, Teresa a cortar ingredientes, y Delia a encender más velas.

—Al diablo con la fuerza de voluntad, pues —dijo Delia—. ¿Cuándo puedo comer?

—Mañana —contestó Teresa—. Todo lo que quieras.

—¿Sabes? Eres tan mala como mi madre, y siempre pensé que era la reina de la fuerza de voluntad.

—Lo era. Preparaba una buena gelatina de carne. A mí nunca me ha salido bien.

—No eres lo bastante decente, Teresa. Ella sí. Hasta su comida era decente.

—¿Tu madre? —inquirió Amberlin, sorprendida.

Delia hablaba con frecuencia de sus hijos y su marido, pero rara vez mencionaba a su madre y a su padre, ambos muertos.

—Sí. Hacía souflés y cosas por el estilo. Ensaladas. Y gelatina de carne. Lo preparaba para banquetes de damas. Todavía existía esa clase de cosas en Aurora Falls, y todas las señoras se presentaban con su sombrero y sus guantes y hablaban de asuntos de la iglesia y cotilleaban. Tenían la espalda muy recta y yo practicaba caminando con una manzana en la cabeza para tener la espalda tan recta como ellas.

—¿Cómo es que acabaste tan… tan…?

—¿Tan ordinaria y directa? ¿Descuidada y campechana? Por mi padre, probablemente. Fue una persona importante, pero le gustaba cazar y pescar y regresaba a casa hecho un desastre. Y cuando cocinaba, lo dejaba todo hecho un asco. Todo salpicado de manteca de cerdo, platos por todas partes. Preparaba un *tetrazzini* de pavo, ponía huevos fritos encima de los tallarines y sobre esto, una gruesa capa de nata que se fundía. Lo suyo eran los platos extraños y los hidratos de carbono.

—Dios, no me extraña que se muriera.

Delia se acercó a una de las velas que había junto a la ventana y la encendió.

—Murió de leucemia, no por comer demasiado.

Clavó la vista en la llama, haciendo que bailara en sus pupilas y dejándose llevar, sin pensar, por el baile.

—¿Sabéis? Es extraño, con los muertos... a veces sientes que los tienes muy cerca, como cuando hablas de ellos, y se te pone la carne de gallina. La otra noche estaba viendo un programa especial en el Discovery Channel...

—Delia —la interrumpió Amberlin—, ¿crees en los fantasmas?

—¿Tú no?

—Pues sé que a veces hay un extraño cambio de energía en torno a la muerte. Algunos estudios han demostrado que en las salas de hospital donde hay moribundos se presentan problemas con la electricidad, pero eso no es lo mismo que hablar de los fantasmas. —Amberlin alzó una cáscara de huevo vacía y la agitó—. Es el último huevo. Y la leche se ha acabado también.

—De acuerdo —dijo Teresa—. Alguien tiene que ir de compras.

—Yo creo en los fantasmas —declaró Delia—. Hace un momento, he tenido la sensación de que mi padre se encontraba cerca, y luego me he puesto a pensar en Christine y juraría que percibo su presencia en la casa.

—No está muerta, Delia —apuntó Amberlin.

Teresa freía el pescado en la gran cazuela de hierro colado; echó el brazo para atrás y su codo golpeó un cuenco de vidrio, que saltó de la encimera y aterrizó, hecho pedazos, en el suelo.

—Dios santo, otra vez —rezongó—. ¿Alguien podría sustituirme aquí un momento?

Amberlin cogió la espátula de Teresa y esta se arrodilló para barrer el vidrio y para arrastrarlo hasta un recogedor. Delia se levantó y se quedó observándola, pero no encontró nada que hacer. Desde abajo, Teresa le veía las piernas. Alzó la vista y le miró la cara, luego se fijó en Amberlin, que daba la vuelta a un trozo de pescado y la contemplaba como si quisiera hacerle una pregunta.

Se levantó, clavó la vista en el recogedor lleno de vidrio y alzó la barbilla.

—¿Qué?

—¿Qué, qué? —preguntó Delia—. ¿Sabes cómo saltan los escupitajos en una plancha caliente? Pues así estás tú. Y paranoica, para colmo. Creo que deberíamos llamar a James para que te recete algo.

—Me estabais mirando —dijo Teresa, primero a Delia y luego a Amberlin.

—Pues es que estamos preocupadas. Esta es la primera Navidad que pasarás a solas, o en todo caso sin Donnie, y ahora que Christine no se presenta... —explicó Amberlin en tono compasivo—. Cualquiera se sentiría mal, en tu lugar. Creo que hubieras debido insistir. Al menos con tu hijo. Quiero decir que debería estar aquí.

Teresa echó los cristales en el cubo de la basura, debajo del fregadero.

—Oye, no me acoséis con eso. —Teresa alzó la voz y las miró con tal frialdad que a sus amigas se les quitaron las ganas de seguir hablando del tema—. No puedo hacer que esté aquí, no más que Christine, ni hacer que mi marido se quede, o...

Levantó los brazos un instante, se mordió la punta del pulgar y salió de la cocina.

—¿Y ahora, qué? —preguntó Amberlin, tensa—. ¿Qué ha pasado?

—No ha tenido un buen año. —Delia agitó la cabeza—. Creo que tenemos que hacer algo para alegrarla.

—No podemos, si no quiere hablar de ello.

Amberlin sacó el pescado de la sartén y lo puso a escurrir en una fuente cubierta de papel. Cuando acabaran de freír todo el pescado, harían una salsa con lo que quedaba en la sartén, añadiendo limón, más jengibre y cebollinos; dejarían que el pescado se empapara en la salsa hasta el día siguiente. Esa noche, la trucha en su salsa sería sabrosa, y mañana, excelente.

—No tiene por qué hablar de ello. Vamos a distraerla. Podemos...

Cerró la boca cuando Teresa entró de nuevo con el abrigo puesto.

—Tengo que ir a la tienda. Leche. Huevos. Limones. No puedo acabar la trucha sin limones. ¿Dónde han ido a parar, por cierto? —Echó una mirada acusadora a Delia y Amberlin, como si se los hubiesen comido.

—No, no he hecho limonada —dijo Delia—. Yo iré. Tú, quédate y cocina.

—No, tú tienes que hacer tus llamadas telefónicas, y deberías empezar a preparar los platos y esas cosas, y el hombre del salmón podría llegar aún. Además, me apetece salir. Creo que desde hace una semana no he visto más que las cuatro paredes de esta cocina. —Teresa sacó del bolsillo las llaves de su coche y las agitó.

Amberlin miró a Delia con el ceño fruncido. Esta se encogió de hombros. Alguien debería ir con ella, decían los ojos de Amberlin. No hablará contigo, respondía Delia con su manera de subir y bajar los hombros.

—Iré contigo. —insistió Amberlin, que apagó los fogones y fue a por su abrigo.

—Vigila la salsa, ¿quieres? —pidió Teresa a Delia—. Añádele una pizca de albahaca en un ratito.

—¿Que le añada algo? ¿Cuánto? —quiso saber Delia, al borde del pánico.

Teresa juntó los dedos y se besó las puntas, en un gesto típicamente italiano.

—Así. Tres veces. Y no abras la puerta del sótano. Ya sabes cómo se pone *Tosca* cuando hay pescado.

Amberlin regresó con el abrigo puesto. Salieron a la calle y una bocanada de viento frío les golpeó el rostro, penetrando hasta la cocina.

—Buena suerte con vuestra comunicación no verbal —murmuró Delia.

Estaba acostumbrada a los silencios y los altibajos de Teresa; nunca se los tomaba como algo personal, pero lo de hoy era distinto. Lo entendía, y deseaba poder hacer algo que se lo pusiera más fácil. Quizá telefonear a Rowan e invitarlo. Esto, al menos, la distraería.

Con cautela sacó la espátula de la sartén, la deslizó debajo de un trozo de trucha en la fuente, lo puso en un plato y lo llevó a la mesa. Comería algo y luego haría las llamadas telefónicas de su lista. Primero Michael, claro. Tenía que preguntarle si iba a traer a uno de sus hijos a pasar la noche con ella.

La repentina quietud de la casa la alteró, de modo que subió el volumen de la radio y sacó otra cerveza de la nevera. Probablemente no debería beberla, pensó, dándose una palmadita en las curvas de sus caderas, que en algunas ocasiones la satisfacían y, en otras, la angustiaban. La gente decía que era voluptuosa y saludable, pero tenía una tía cuyo cuerpo había acabado en forma de pera, con brazos y manos rechonchas que usaba para azotar las teclas de un piano a fin de producir algo que debía ser música de *ragtime*. Delia aún se la imaginaba aporreando las teclas, con las caderas escurriéndosele a cada lado del banco y sudando mientras tocaba una melodía.

Claro que ella, Delia, nunca sería rechoncha y achaparrada. Sus largos huesos no lo permitirían. Sin embargo, si no se cuidaba, podía volverse fofa y desaliñada, ya que era un animal que prefería el placer al dolor y, para ella, gimnasia equivalía a dolor.

Encontró un tenedor y cortó un pedazo de trucha, se lo llevó a la boca y lo dejó reposar en la lengua. ¡Qué sabrosa! Y eso que aún no tiene la salsa. Lo dejó allí un rato más antes de masticar y tragárselo. Así, tomándose su tiempo, acabó lo que se había servido.

Después de aquello, y sólo después de aquello, bebida ya la mitad de la cerveza, levantó el auricular y marcó el número de su casa. Comunicaba.

—Tengo que conseguirme el servicio de llamada en espera —murmuró.

Anthony era casi un adolescente, aunque probablemente fuera Jessamyn la que estaba al teléfono. Le encantaba hablar, tanto como a su madre. Cuando apenas gateaba ya hablaba sin cesar y Delia tenía que pedirle que callara un instante para meterle la comida en la boca. Desde el momento en que dejó de darle el pecho, en que volvió la cara hacia el mundo, Jessamyn empezó a cantar sus canciones y a hablar con todos y con todo. Le hablaba a las hojas, a la puerta del armario, a los interruptores, a los imanes en la puerta de la nevera, al agua en la bañera, al calor de la sopa, al aire en las burbujas, al polvo, al chocolate, a las galletas, a los tallarines que se le salían ruidosamente de la boca, como si fueran hilos, al yogurt que ensuciaba la bandeja de su silla alta, a las tapas que ponía en las ollas, a la colada del cesto de la ropa sucia. Sostenía una conversación continua, y Delia pensaba de repente lo duro que le resultaría cuando Jessamyn fuera a la universidad. ¡Tanto silencio!

Probablemente fuera ese el problema de Teresa, pensó. Ella y Donnie habían estado siempre muy unidos, así que la separación le resultaba aún más difícil, puesto que contenía cierta dosis de enfado. Enfado injustificado, cierto, pero enfado al fin y al cabo. Los hijos se tomaban las cosas de forma muy rara. Se le pasaría, pero si no se le pasaba pronto, hablaría con él. Después de todo, era su madrina y tenía cierta responsabilidad en estas cuestiones.

Quizás Amberlin tuviera razón. Las fiestas hacían aflorar demasiados sentimientos y no todos alegres. Este era el aniversario de la muerte de Nan, lo cual también podría explicar parte de la inquietud de Christine. El padre de Michael había sufrido su infarto justo antes del día de Acción de Gracias del año pasado. Delia estaba convencida de que lo hizo para aguarles la fiesta. Y su propio padre... al menos había sobrevivido hasta después de Navidades. Pero no quería pensar en ello. No mientras se encontrara a solas en una casa silenciosa. Las casas silenciosas, hogares sin más sonido que el tic-tac de los relojes, le recordaban lo que se sentía cuando se esperaba oír los pasos de alguien que nunca más volvería a bajar por la escalera. Y esto no era algo en lo que le apeteciera pensar. Era demasiado, y ella no lo entendía, ni lo había entendido nunca: qué sentido tenía regodearse en cosas que herían tanto, sólo para crecer personalmente, según decían.

Levantó la botella de cerveza e hizo un brindis por sus hijos ausentes.

—Aprovechad el día —les dijo. Oyó al gato arañar la maldita puerta y le llegó su maullido lastimero.

Marcó de nuevo y esta vez no comunicaba. Mientras esperaba a que alguien contestara, miró por la ventana al patio donde la nieve daba a lo poco que quedaba del jardín de Teresa un aspecto triste y fantasmal.

Al tercer timbrazo, Michael contestó.

—Hola, cielo. Veo que estás en casa. ¿Estás solo?

—Casi. Aleluya. Jessie se va a quedar a dormir en casa de Nancy y Anthony está abajo viendo una película.

—¿Cuál?

—*Terminator II.*

—¿Otra vez? Y eso que es un chico tan tranquilo. ¿Crees que es normal, Michael? Ya la ha visto cuatro veces.

—Me preocuparía más si lo que le gustara fueran reposiciones de Richard Simmons. Oye, estamos bien aquí, así que sigue trabajando. Los chicos se quedarán conmigo hasta mañana y luego pasaremos a buscar a mi padre antes de ir para allá.

—¿Tu padre?

—Sí. —La voz de Michael adquirió un tono paciente—. Voy a traerlo. Te lo había dicho.

Delia cerró los ojos y se presionó la frente con un pulgar. Se le revolvió el estómago. El hecho de que Michael trajera a su padre a la fiesta la ponía nerviosa, cosa rara en ella.

—No sé. ¿Crees que se sentirá a gusto?

—Creo que estará bien. Eres tú la que me preocupa.

—¿Yo?

—Tú, ¿estarás a gusto?

La uña del pulgar de Delia formó una media luna en su frente.

—No soy yo. Es... es Teresa. Lo está pasando bastante mal este año y no quiero que se sienta aún más presionada.

La risa de Michael recorrió la línea telefónica.

—¿Teresa? No se le moverá ni un solo pelo. Sabes que es buena con los viejos, los vagabundos, los inválidos y los locos. Está en su elemento con cualquier cosa menos con lo que se considera normal.

Delia sintió que su corazón latía con fuerza. Michael no lo entendía. No lo captaba. Su padre era viejo y estaba enfermo y estaría aquí con toda esa gente y los chicos, y podría suceder cualquier cosa. ¿Y si sufría otro infarto? ¿Y si se muriera y Michael se sintiese muy mal y ella no supiese cómo consolarlo? ¡Tantas y tantas cosas podían ir mal! ¿Y si no era capaz de afrontarlas? El miedo le retorció las entrañas, un terror vacío y antiguo, como una historia cuyo final ya conocía, o una de esas pesadillas en que sabes de antemano que el monstruo se halla detrás de la puerta, pero nadie te cree.

—No entiendo por qué te da miedo, Delia. Y no me digas que es por Teresa, porque sé que no lo es —dijo Michael—. Eres tú.

—Es sólo que... que no quiero que nada se eche a perder.

—Cielo, es más que eso. Es por tu padre, ¿verdad?

A espaldas de Delia, el gato arañó la puerta del sótano. La salsa burbujeaba. Si había algo más, no se atrevía ni a pensarlo ahora.

—Sólo estoy un poco preocupada. No pasa nada. Oye, tengo que irme. Tengo que ocuparme de una salsa.

Michael hizo una pausa y ella se lo imaginó asintiendo con la cabeza, como solía hacer cuando sabía que ella intentaba poner buena cara para él y los chicos. No la presionaría, pero se encargaría de que supiera que a él no se le engañaba tan fácilmente.

—¿Teresa te ha dejado con la salsa? Debe de haber perdido un tornillo —comentó, en tono de compañerismo.

—Sí, sabelotodo. Yo también te quiero.

Delia colgó y revolvió en los armarios en busca de algún recipiente que tuviera «albahaca» claramente escrito. El problema con aquella cocina era que Teresa sabía cómo eran y olían todas las especias, por lo que no le hacía falta etiquetarlas. A Delia, sin embargo, no le servía de gran cosa.

—Mierda. Puede que haya en el sótano.

Y si no, cogería un tarro de pimientos picantes, que irían de maravillas con la trucha.

Abrió la puerta y el gato salió como un rayo; desapareció y se escondió en alguna parte, a la espera de poder comerse el pescado.

—Dos veces mierda —exclamó Delia—. El gato.

Decidió que se encargaría de eso después de arreglar lo de la salsa. Encendió la luz de la escalera. No funcionaba. Miró hacia abajo.

—Melaza —dijo—, oscuro como la melaza.

Se retiró y hurgó en los cajones hasta que encontró una pequeña linterna amarilla que funcionaba si la golpeaba contra el muslo. Respiró hondo y empezó a bajar.

Cuando su padre le enseñó a nadar, la arrojó del embarcadero a la laguna donde pescaban. La cogió y la echó al agua, sin más. Ella sintió que su cuerpo se hundía como si fuese una piedra en la lóbrega oscuridad. Mantuvo los ojos abiertos y vio unos pececitos nadando, pero ella siguió hundiéndose en el silencio, en la oscuridad. Una parte de ella pensó «voy a ahogarme». No obstante, era tal el silencio que le pareció que todo estaba bien. Probablemente se hubiese ahogado, de no ser porque un alga, fresca, sedosa y viva, le acarició la pierna.

Miró hacia abajo pero no distinguió lo que era y, de repente, ya no había tanto silencio. De pronto recordó la existencia de tiburones, pirañas y cocodrilos. Te comían trocito a trocito. Y aunque ahogarse no presentaba problemas, no le apetecía que se la comieran. Eso sí que no. No quería ver qué partes de su cuerpo desaparecían en la garganta de un cocodrilo. Eso sí que no. Empezó a patalear y a patalear y, mientras pataleaba, subió a la superficie, hacia el rostro espantado de su padre, hacia los brazos abiertos de su padre que se había metido en el agua y se preparaba para zambullirse y buscarla. Después la llevó a la heladería, donde le regaló un helado con frutas y nueces, cubierto de jarabe de chocolate caliente. Nunca le contaron a su madre lo que había ocurrido.

El sótano estaba fresco, húmedo, tan lóbrego como el fondo de la laguna.

Al pie de la escalera, la linterna describía un círculo de luz en el que podía verse los pies y el suelo de cemento gris. Aquí, en la fresca oscuridad, Teresa conservaba docenas de tarros de tomates y pepinillos, setas, judías y coliflores. Los tarros de mermeladas moradas y rojas, jaleas doradas y verde esmeralda constituían una fuente de sabor para la cocina. Botellas de vino y vinagre con hierbas aromáticas formaban ordenadas filas en las estanterías junto al congelador, donde guardaba aún más productos de su jardín durante los fríos meses de invierno. Delia movió la luz sobre las baldas, pero no vio ningún tarro con hierbas.

Avanzó un paso y la luz se posó en un nido de mantas y almohadas. Parecía ondularse, como un animal dormido y enroscado sobre sí mismo. Movió la luz y se percató de que el bulto estaba envuelto en una maraña de cuerdas atadas al gran fregadero y sus tuberías.

—¿Qué se trae entre manos aquí en el sótano? —rezongó Delia.

Avanzó otro paso. La luz rodeó la pálida cara y el cabello color miel de una joven que yacía, acurrucada, dentro de las mantas.

—¿Christine? —susurró.

Christine abrió los ojos y sonrió con expresión hosca.

—Feliz Navidad, Delia.

A Delia no se le ocurrió ninguna respuesta adecuada. «¿Qué haces aquí?» podría haber servido, sólo que estaba segura de que Christine no contestaría. Además, había algo en sus ojos que prohibía las palabras. En ellos había gentes que no escuchaban las preguntas adecuadas ni daban respuestas precisas, como los cocodrilos que nadaban en la profundidad de una tenebrosa laguna. En sus ojos había pozos de desorden y vacío, pozos hambrientos. Tiburones y cocodrilos nadaban en el fondo de sus ojos, y Delia sintió la mano de su padre, fría y sin vida, incapaz de sacarla de este lugar de tinieblas y muerte. «Papi está muerto», fue lo único que pudo pensar, algo que, como en una pesadilla, no venía al caso.

Sintió que la linterna se le escurría de la mano y, más que verla, percibió la consiguiente oscuridad. En ella oyó una risita apagada y, arriba, de pronto el teléfono sonó. Delia se volvió en dirección hacia este último sonido; se movió en la oscuridad como en el agua, agitando los brazos. Un teléfono que sonaba. Señales de vida. Tropezó en el primer peldaño y se cayó boca arriba. Había luz en lo alto de la escalera y se arrastró hacia ella, temblando, ascendiendo.

Cuando llegó a lo alto, cerró la puerta y miró alrededor.

Todo estaba igual que cuando había bajado. Parecía que no pudiera ser así, pero así era. Nada se había quemado. No se oían aullidos de sirena. Nadie la aguardaba para acusarla de un acto terrible. Todavía había barras de pan en la encimera. Fuentes con galletas cubiertas con celofán rojo. El café estaba todavía en la cafetera y la radio seguía emitiendo *Angels we have heard on high.*

Y el teléfono continuaba sonando. Hizo ademán de coger el auricular, pero el contestador automático se disparó, y entonces decidió escuchar. Si fuera Michael, hablaría con él, le pediría ayuda.

—Soy James —dijo la voz, enérgica, con un deje de furia—. Teresa, quisiera que me llamaras para que hablemos del problema urgente de la desaparición de Christine. Por favor, por una vez, tómate esto en serio.

—Santa Madre de Dios —susurró Delia.

Entonces sonó el timbre de la puerta.

Pensó en no hacerle caso, pero se dijo que aquello despertaría suspicacias, aunque no sabía muy bien con respecto a qué. Se alisó el cabello con la mano. Seguro que estaba hecho un desastre, como casi siempre. Formaba parte de su personalidad exuberante, decía Amberlin. Así que nadie se daría cuenta de que algo no marchaba bien. Abrió la puerta.

Lo primero que vio fue un árbol, cosa que la confundió. Sabía que los árboles no suelen llamar a las puertas. Ni siquiera en época de milagros. Echó un vistazo al otro lado del árbol y vio la cara de Rowan Bancroft, cuya barba gris y su mata de cabello rodeaban unos ojos de un castaño líquido que parecían estar siempre a punto de formular una pregunta.

—Hola, Delia. ¿Está Teresa?

Delia sonrió.

—No... ha ido... —Por cierto, ¿adónde había ido? A Delia le parecía que había pasado mucho tiempo desde que había salido de la casa—. Ha ido a la tienda.

—Oh. Bien, pues déjame meter esto en casa. Es una planta y hace frío, por lo que debería entrarla.

La planta, seguida de Rowan, entró en la cocina.

—¿Quieres esperar a Teresa? ¿Puedo ofrecerte algo?

Rowan cambió el peso de su cuerpo de un pie al otro.

—Bueno, si hay café hecho.

Claro que lo hay, idiota, quiso gritarle Delia. Aquí siempre hay café. Esto es la casa de Teresa. Café y esas condenadas galletas duras y comida suficiente para alimentar a un regimiento. Y, claro, si buscas a fondo, probablemente encuentres a alguien atado en el sótano, con los ojos llenos de agujeros. Maldita sea.

—Claro —dijo, sonriente—. Siéntate. Creo que Teresa llegará de un momento a otro. Todavía tenemos mucho que hacer.

Le sirvió una taza, cogió un trapo para quitar las migas que había dejado al cenar, y le trajo la leche y el azúcar.

—¿Es una especie de ponsetia? —preguntó, mientras tocaba la planta.

—Es una higuera —corrigió Rowan—. Higo de miel. Ya tiene frutos, ¿lo ves?

Levantó una pequeña fruta dorada en forma de gota para que la viera.

—Una higuera. ¿Es para Teresa?

Y ahí fue cuando Rowan se sonrojó.

—Es un regalo de Navidad. Es una buena clienta.

—Claro. Feliz Navidad. ¿Dónde la conseguiste?

Rowan acarició una hoja entre el pulgar y el índice.

—La planté yo mismo —explicó Rowan—. Planté semillas hace años para cuatro higueras. Dos de ellas crecieron. Esta es una de ellas. Quería dársela a alguien que la apreciara. Teresa… parece que aprecia esta clase de cosas.

¿Qué clase de cosas?, quiso preguntarle Delia. ¿Los higos? ¿Las cosas con raíces que viven en la tierra? ¿Las cosas difíciles? ¿El caos y el desastre y los higos? ¿Todo comportamiento y crecimiento incontenibles?

—Sí —dijo, en cambio—. Le encanta su huerto.

Rowan sonrió.

—Me dijo que tuvo problemas el año pasado porque dejó que el césped del jardín delantero creciera sin restricciones. Que la policía del barrio le había hecho una seria advertencia.

—Mmm —contestó Delia, distraída y con un ojo en la puerta del sótano—. Sí. Teresa se descontrola a veces, se vuelve un poco salvaje. Quién lo diría, ¿verdad?

—No se nota a primera vista —convino Rowan—, pero cuando la conoces, resulta fácil verlo.

—Supongo.

Rowan asintió en señal de conformidad. Como si supiera todo lo que había que saber sobre estas cosas.

El crecimiento sin restricciones

Rowan Bancroft dejó de cortar el césped de su casa tres meses antes de que muriera su esposa. Podría haber dado numerosas buenas razones para justificarlo, políticas e intelectuales.

Podría haber dicho que los jardines delanteros son el símbolo histórico de la opresión del pueblo, puesto que la aristocracia británica los tenía para demostrar a los campesinos que poseía tanta tierra que no les hacía falta trabajar. Podría haber dicho que la hierba era la madre del trigo, y que se merecía el derecho a crecer y a asilvestrarse. O bien podría haber dicho que era ecológicamente correcto.

Todas estas razones habrían sido válidas también, pero no eran las suyas.

Recordaba el momento exacto en que dejó de cortarlo. De hecho, gran parte del último año de vida de Ruth permanecía en su memoria como una escena atrapada en una bola llena de agua y nieve que ocasionalmente se asentaba y se volvía clara, o que de tanto en tanto se agitaba y quedaba confusa. Al principio fue el primer diagnóstico y la sensación de incredulidad. Cáncer. Ruth contaba escasos treinta y un años. Tenían dos hijos de menos de diez años. No podía tener cáncer. Imposible.

Se sometió a doce meses de tratamientos que resultaron tan devastadores como la enfermedad en sí, y él siguió creyendo que nada de esto estaba sucediéndole. Se prestaba atención a sí mismo observando cómo Ruth adelgazaba cada vez más, se debilitaba, perdía consistencia, y en todo aquel tiempo pensó que se trataba de algo que le estaba ocurriendo a otra persona. No a Rowan Bancroft, que tenía un plan de vida y pretendía cumplirlo. No a Rowan Bancroft, conocido por ser capaz de hacer crecer y sanar cualquier cosa.

Ya de niño tenía buena mano con las plantas; cualquier planta que tocaba florecía; por eso había escogido la carrera de paisajismo. Ruth solía burlarse, diciendo que sus manos la hacían crecer e hincharse de preñez, de felicidad, de vida. A veces Rowan se miraba las manos y se preguntaba si serían ellas las que habían hecho crecer aquel cáncer, tenebroso y horrible. Sintió alivio cuando los médicos lo achacaron a un fármaco que su madre había tomado para evitar un aborto espontáneo. Si no lo hubiese tomado, Ruth habría muerto. Sin embargo, años más tarde los médicos descubrieron que era un fármaco peligroso. Años después. Demasiado tarde.

Ruth recibió quimioterapia. Una terapia antiviral. Venenos que debían matar el cáncer y la hacían vomitar y perder peso y más peso, cosa que a Rowan le parecía una buena señal. Sin duda algo tan doloroso funcionaría. Debería hacer algo bueno después del sufrimiento que provocaba.

Cuando la llevó del hospital a casa, después del último tratamiento, los médicos ya empezaban a resignarse y a mirarlo con compasión, en un gesto que odiaba profundamente por lo que significaba. Ruth llevaba un pañuelo de seda rojo para ocultar la calvicie. Rowan la acostó y salió a cortar el césped, que había crecido mucho, porque había estado demasiado ocupado administrando su negocio y llevando a sus hijos a las actividades extraescolares y de vuelta a casa. Ben jugaba en la liguilla. Cara aprendía a montar. Cada uno tenía amigos y fiestas a las que debían asistir a pesar de la enfermedad de su madre y de su miedo, su terror frío y constante de que Ruth muriera, de que la oscuridad los envolviera a todos, de que ya ni siquiera pudieran compararse con las briznas de hierba que él olvidaba cortar porque tenía demasiado que hacer y demasiado que sentir.

Era un día soleado. Caluroso. Un calor húmedo. A Ruth le gustaba este tiempo. El zumbido de las cigarras en los árboles le encantaba, así como los saltamontes y el canto de los pájaros por la mañana. Era la clase de persona que disfruta de casi todo, y Rowan no creía que pudiese soportar vivir sin eso. Ver el mundo sin el placer de Ruth constituía una posibilidad demasiado horrible para contemplar, de modo que decidió cortar el césped, que había crecido mucho y empezaba a parecer más dorado que verde por el calor del verano.

Sacó la segadora del garaje, revisó sus dos mil metros de jardín para ver por dónde empezaría, bajó la mano para tirar del cable de encendido y se detuvo.

Su mano se detuvo, sin más. La subió a la altura de su rostro y la flexionó; se preguntó qué pasaba, cuál era el motivo de aquella negativa. Todos los dedos parecían funcionar. Su mano se doblaba a la altura de la muñeca y también sus otras articulaciones, como de costumbre. Pero le dolía, y Rowan sabía por qué.

Cuando Ruth empezó a perder el cabello, Rowan comenzó a soñar con él. Largos sueños placenteros de su noviazgo, cuando le pasaba los dedos por el pelo sólo para sentirlo, sin esperar sexo, sin desear más que el tacto de su cabellera. Ahora soñaba con él y despertaba con las manos doloridas de tanto desear tocarlo.

Era del color de la hierba cuando se doraba en otoño. Del color del trigo o acaso de la cebada, que sólo había visto en fotos.

Guardó el aparato. Lo haría mañana. Ahora quería entrar y sentarse con Ruth. Poner las manos sobre su cabeza y ver si conseguía que le volviera a crecer el cabello. Ver si su tacto la ayudaba. Ver si necesitaba algo.

Ruth murió cuatro meses más tarde, el día después de Navidad, y en el largo invierno que siguió, Rowan no paró de soñar que su cabello surgía de la tierra, crecía y entraba en la casa, riendo. Al principio creyó que regresaba para consolarlo, pero luego se dio cuenta de que estaba iracundo. Un cabello loco de rabia porque Rowan no la había salvado, porque no había logrado mantenerla viva. Noche tras noche soñaba con su cabello, furioso y hambriento, buscando carne de la que alimentarse. Carne que sustituyera la que él no había logrado guardar sobre sus huesos, pese a su amor, pese a todo.

Su cabello lo rodeaba, lo asfixiaba, lo consumía, y despertaba aferrado a la manta, empujándola. Después de aquellos sueños no conseguía volver a dormir, de modo que se paseaba por la casa, iba a vigilar cómo estaban los niños y veía en la tele programas de madrugada cuyos nombres ni siquiera conocía. Como un castigo justo, los soportó durante todos esos meses de vacío estremecedor, al igual que observó cómo las largas noches invernales se acortaban con la llegada de la primavera.

Luego, una noche, cuando la flor del azafrán ya había cedido el paso a los narcisos, despertó de un sueño, se levantó, se puso el pantalón y salió al césped, se sentó bajo el roble y fijó la vista en un punto distante.

Aunque estaban apenas a finales de abril, la noche era cálida. Tenía treinta y cuatro años, dos hijos, un gato y una esposa difunta. Se pasó una mano por la cara y sintió la barba que crecía. Paseó la mirada por el césped y percibió que la larga hierba del año anterior seguía allí, parda y dorada, y que alrededor emergían briznas verdes. Que la luna parecía esconderse en cada nuevo tallo. Que cada brizna parecía mecerse, cantar y brillar, como la luna, que aquella noche estaba llena.

Regresó a la casa, sacó la urna que contenía las cenizas de su esposa, la llevó hasta el césped y las esparció por la hierba. Nunca más volvió a cortar nada que creciese en aquel lugar.

Más tarde, le pondrían una multa por lo que el ayuntamiento llamaba crecimiento descontrolado. La pagaría, pero no pensaba cortar el césped. En los años siguientes, observó las flores que crecían gracias a aquel «descontrol». Se dio cuenta de que, debajo del árbol, fresas silvestres crecían en primavera, y brillantes y ácidas frutas en pleno verano. Su sabor no tenía comparación con el de ninguna otra fresa que hubiese probado. Sabían a granates. Sabían a estrellas. Más tarde lucharía contra el bando del ayuntamiento y conseguiría que recalificaran su pedazo de tierra como jardín. Un refugio para la vida salvaje. Un lugar agradable. Más tarde otros vecinos lo imitarían y dejarían de lado sus fertilizantes y sus pesticidas, y el sonido de los saltamontes cantando entre las altas hierbas sustituiría al zumbido de las segadoras.

En medio de la maleza, producto de aquel crecimiento sin control, plantó cuatro semillas de higuera en una maceta, para ver si crecían. Transcurrieron varios años, sus hijos empezaron secundaria y él se consiguió otro gato. De vez en cuando salía con alguna mujer, pero nunca en serio. Los amigos le repetían que era demasiado quisquilloso. La vida, insistían, tenía que seguir. Él los mantenía a raya contestándoles que a ninguna de las mujeres que conocía les gustaba el sabor de las fresas silvestres.

Sus amigos no sabían qué responderle, pero comentaban entre ellos que la pérdida de su mujer le había trastornado demasiado. Cuando Ruth murió, se le clavó el pesar y aprendió no sólo lo difícil que es soportar una pérdida, sino también lo inevitable que resulta.

Aprendió igualmente que sólo una mujer a la que le encantara el sabor de las fresas silvestres sabría entender con él la lección, darse cuenta de que la vida va mucho más allá que el mismísimo ser humano. Comer lo que nace espontáneamente en la naturaleza es alimentarse de dolor, y hacerlo es saber que todo dolor no es sino un canto de alabanza.

El verano anterior, cuando el hijo menor de Rowan ya estaba a punto de ir a la universidad y él se preguntaba qué se sentía al tener cuarenta y siete años, Teresa DiRosa entró en el invernadero a pedirle algo especial. Ya había ido allí muchas veces, y a él le caía bastante bien, aunque no se había fijado mucho en ella. Sin embargo, aquel día fue distinto. No sabía si sus ojos ya estaban preparados para verla, o si algo en ella había cambiado, o ambas cosas a la vez. El caso es que después de que le dijera lo que quería, le prestó aún más atención. Tenía fresa, dijo Teresa, pero quería saber dónde conseguir fresas silvestres para trasplantarlas en su césped. Eran mucho más sabrosas, dijo, que cualquier fresa cultivada del mundo. En temporada, su abuela solía cogerlas y traérselas para el desayuno. Últimamente echaba de menos a su abuela, y deseaba probar de nuevo las fresas silvestres y pensar en ella.

Rowan trasplantó unas cuantas fresas silvestres de su jardín a macetas. Cuando fue a su casa a recogerlas, Teresa traía una cesta llena de flores de calabaza; se quedó para explicarle cómo se freían los pétalos. Las doradas copas de las flores desprendían la misma luz que el sol poniente.

Cuando ella se hubo marchado, Rowan se sentó largo rato sobre la hierba. La tarde se convirtió en noche y los saltamontes dejaron paso a los grillos, que empezaron a cantar. Vio a una vecina abrir ligeramente las cortinas y mirarle. A otra que caminaba, paseando a un gran perro que iba resollando. El perro levantó la cabeza y gruñó en dirección a Rowan, pero la mujer tiró de él y lo alejó.

Rowan seguía sentado sobre la hierba. Si alguien le hubiese preguntado por qué lo hacía, habría contestado que estaba saboreando el paso del día a la noche y el paso de la noche de vuelta al día.

Las compras

Taconeando, Teresa recorrió los pasillos de productos de repostería, echando algunos en su carrito. Más harina de trigo y de maíz, más virutas de chocolate, porque siempre hacen falta. Azúcar y gominolas. Leche evaporada. Se detenía y sostenía varios paquetes de café, aspirando para disfrutar el aroma. Amberlin trotaba a su lado y guardó silencio hasta que llegaron al pasillo de los productos frescos.

—Teresa —comentó—, estoy preocupada por ti. ¿Estás segura de que no echas de menos a Donnie más de lo que dices?

Teresa bajó un manojo de albahaca que había estado olfateando y la miró como si acabara de reparar en su presencia.

—Claro que sí —contestó y metió la albahaca en el carrito.

Amberlin suspiró.

—Ayuda hablar de ello, ¿sabes?

—A veces —convino Teresa—. Y a veces ayuda más oler los cebollinos.

Cogió media docena de manojos y los metió en el carrito. Amberlin sintió un amago de irritación, pero la dejó pasar. Empujar el muro de la resistencia de Teresa no resultaba ni muy eficaz ni muy divertido. Y era especialmente inútil cuando Teresa estaba concentrada en lo que necesitaba comprar y se lo imaginaba ya en la cocina, convirtiéndose en un plato, o cuando se regodeaba en la abundancia de aromas, texturas y colores de los alimentos que la rodeaban y que representaban un sinfín de posibilidades.

Amberlin se preguntaba por qué se había molestado en venir.

Seguramente Delia le diría «te lo dije». En momentos como ese, Teresa no solía hablar, de modo que no servía de nada haber venido; además, a Amberlin ni siquiera le gustaba ir de compras. El exceso de oferta de los supermercados la ponía nerviosa, y en el fondo estaba segura de que ir de compras suponía un pobre sustituto del instinto de la caza, que, al no ser real, no quedaba nunca del todo satisfecho. Por eso la gente necesitaba tantas porquerías.

Cuando las mujeres se juntaban para ir a un centro comercial, donde lo tocaban todo y no compraban nada, Amberlin iba, pero al cabo de un rato salía a la calle; caminaba arriba y abajo y deseaba fumar cigarrillos como Christine, para llenarse los pulmones de algo que no fuera el aire del centro comercial.

—No soporto este aire —decía—. No soporto respirarlo.

Creía que era porque inspiraba todo lo que los demás espiraban, que era como un anhelo no cumplido, como respirar un amor no correspondido, sólo que peor, porque no era realmente amor. No era más que hambre. Estaba respirando hambre. Y ahora, con Teresa, en el pasillo de los utensilios de cocina, estaba respirando soledad. Empezó a deprimirse.

—¡Teresa! —llamó una voz. Amberlin levantó la vista y vio que una mujer de cabello negro muy cardado y labios muy rojos empujaba su carrito hacia ellas.

—Hola, Karen —dijo Teresa, con cierta rigidez, que a Amberlin no le pasó por alto.

—¿Cómo estás? ¿Cómo te van las fiestas? —Se inclinó y se acercó más—. Son las primeras que pasas sin Sam, ¿verdad? —preguntó, rezumando empalagosa comprensión.

—No —contestó Teresa, con expresión pétrea—. Me abandonó hace años, cuando empezó a acostarse con otras mujeres. El año pasado fue más oficial, eso es todo.

La expresión escandalizada de aquella mujer se fue difuminando entre los pliegues de todas las capas de maquillaje que llevaba. Se zafó de la conversación con tanta gracia como pudo y desapareció en la sección de productos frescos. Teresa empujó su carrito y se detuvo un momento para levantar y examinar un cuchillo de cocinero, que rechazó tras pasar el pulgar por la hoja.

—Teresa, ¿a qué ha venido eso? Sólo estaba siendo amable —susurró Amberlin.

—¿Karen? No, ella no. Es… es como un vampiro. Chupa las penas de los demás como si fueran una teta.

—¿Un vampiro?

—Ya sabes, siempre buscan a alguien que esté sangrando. Huelen los problemas de los demás y se relamen en ellos. Tal vez piensen que devorando los problemas de los demás, ellos no tendrán ninguno. Regresan a casa de noche y hacen un recuento de las cosas malas que les han sucedido a otras personas. Luego comprueban las estadísticas y se reafirman en su suerte.

A Amberlin la sorprendió la acritud de Teresa. Tenía derecho a estar enojada, pero no amargada.

—Teresa, es posible que estés proyectándote en ella —sugirió. No sabía por qué, pero aquella posibilidad le parecía más llevadera.

—Es posible —aceptó Teresa—, pero también es posible que ella sea un vampiro.

Amberlin chasqueó la lengua. Teresa se ponía escéptica cuando utilizaban terminología psicológica, para gran irritación de las amigas que estaban en diversas etapas de alguna terapia. En opinión de Amberlin, la mitad de este escepticismo se debía al miedo que le daba pensar qué le pasaría si ella también se sometiera a algún tipo de análisis.

Lo más cerca que había estado Teresa de una terapia fue cuando tuvo su tercer aborto espontáneo; tomó una baja en la escuela y encontró una monja de su parroquia con la que hablar. Buscaba una guía espiritual, pero sor Anna era más una activista social que una monja contemplativa. Le sugirió que le echara una mano en unos comedores de beneficencia que había en el centro de la ciudad. Teresa lo hizo y sor Anna se sorprendió al ver cuánto sabía. Se preguntó por qué Teresa no había hecho carrera de cocinera y, de pronto, Teresa se lo preguntó también a sí misma. Acaso fuera porque para ella era demasiado fácil cocinar y se suponía que un empleo tenía que implicar esfuerzo. Sin embargo, ese otoño, en lugar de regresar a la escuela donde daba clases y de la que su marido era director, regresó a la universidad a estudiar las artes culinarias. Resultó que no necesitaba más terapia que esa. Al año siguiente quedó embarazada de nuevo y dio a luz a Donnie.

Giraron en el pasillo de productos femeninos y avanzaron sin detenerse. Amberlin cogió una caja de tampones y los echó al carrito con el resto de los artículos.

—¿Tienes la regla? —inquirió Teresa.

—Sí. Y estoy imposible, pero ni siquiera me puedo quejar, porque Sherry también la tiene y también está imposible.

Teresa esbozó una sonrisa pícara.

—Es lo malo de estar con una mujer. Os sincronizáis y no tenéis a nadie a quién fastidiar. Y seguramente cuando viváis juntas la cosa aún será peor.

Amberlin se paró en seco y, ceñuda, bajó la vista. De repente se sentía inexplicablemente sola. Terriblemente sola. Le daba la impresión de que su rechazo a la oferta de Sherry, el rechazo de Teresa de su ayuda, la amargura de Teresa hacia la mujer que le había preguntado por Sam, la riña entre James y Christine y la ausencia de Christine eran todo señales de su soledad. Se convenció de que los seres humanos no podían estar sino solos. Unas lágrimas le asomaron a los ojos mientras permanecía quieta en el pasillo, esperando a que la sensación se desvaneciera. Debe de ser por las fiestas —pensó—, vuelven un poco loco a todo el mundo.

—¿Sabes? —Teresa seguía andando—. Deberías comer hígado y cebollas, fortalecen la sangre.

Continuó avanzando hasta medio pasillo y se dio cuenta de que se había quedado sola. Se detuvo, se volvió, miró a Amberlin y regresó hacia ella, tirando del carrito.

—¿Estás bien? —Se agachó para verle la cara—. ¿Qué pasa? ¿No te gusta el hígado?

Amberlin negó con la cabeza.

—Estoy bien. Dame un minuto, ¿quieres?

—Una mujer muy lista me dijo una vez que ayuda hablar de las cosas —apuntó Teresa.

Amberlin levantó la cabeza.

—¿No crees que debería limitarme a oler la albahaca?

Teresa cogió la albahaca del carrito y se la ofreció.

—Si funciona...

Amberlin le dirigió una sonrisa triste. Había venido a la tienda para que Teresa hablara, y lo que ella misma necesitaba era alguien con quien hablar. Se preguntó si eso era lo que en realidad le había traído hasta allí. La gente era muy rara, pensó.

—Sherry ha encontrado un apartamento.

—¿Qué? —preguntó Teresa.

—Quiere que vayamos a vivir juntas —concluyó Amberlin, cuando vio que Teresa no entendía el problema.

Teresa se quedó unos instantes pensativa, y luego sonrió abiertamente.

—Felicidades —exclamó con los ojos llenos de picardía. Se volvió hacia los utensilios que estaban a sus sus espaldas y extrajo un rociador para pavo—. Puede que vayas a necesitar pronto uno como este...

De un manotazo, Amberlin se lo arrancó de las manos.

—Basta, Teresa. Ponlo en su lugar. Por Dios. No vamos a... en serio, Teresa, ¡qué bruta llegas a ser!

Teresa soltó una carcajada y colgó el utensilio. En una ocasión, Sherry le había contado la historia de una pareja de lesbianas que había usado un rociador con el fin de fecundarse. Era más fiable que el sexo, decían.

—Venga —dijo, y agarró a Amberlin del brazo—. Creo que es estupendo. Me siento muy feliz por vosotras.

Amberlin gruñó y se cubrió el rostro con las manos.

—¿Qué te preocupa? —inquirió Teresa—. Sherry es fantástica.

Sí, Sherry era fantástica, y Amberlin era feliz con ella, pero, ¿acaso eso era amor? ¿Quería ser bisexual? Le parecía una farsa, un modo de no declarar una sexualidad auténtica; por otro lado, tampoco se veía como exclusivamente lesbiana. Se sentía igual que cuando no sabía qué comer. Se quedaba paralizada en la tienda, con la vista fija en los guisantes secos y las lentejas, yendo de los unos a las otras. ¿Guisantes o lentejas? ¿Lentejas o guisantes secos? A lo mejor quería los dos. Quizá no quería ninguno. Por fin, una dependienta le preguntaba si necesitaba ayuda y ella le contestaba que no, gracias, y se marchaba sin coger nada.

Ojalá fuese capaz de decidirse firmemente por lo uno o lo otro. Ser esto o aquello. Encontrar un punto fijo en el horizonte y seguirlo.

Pero no podía, y esto lo achacaba a una incapacidad general para comprometerse tras su divorcio, un divorcio que consideraba un enorme fracaso. Le preocupaba la posibilidad de haber ligado con Sherry a fin de evitar un compromiso. Le preocupaba la posibilidad de que se le antojara estar con un hombre en cuanto se fueran a vivir juntas. Le preocupaba angustiarse tanto por algo que no tenía nada que ver con la paz mundial o la desaparición de la mariposa azul o la selva tropical.

—Estoy preocupada —declaró por fin, como mordisqueando la palabra—. No, estoy aterrorizada. No es lo que esperaba de la vida, eso de vivir con una mujer. Daba por sentado que acabaría con un hombre, una casa y un par de hijos. Parecía más probable, desde el punto de vista estadístico. Supongo que esto me convierte en lesbiana.

—¿Y qué? Venga, vamos a por comida para gatos.

Se dirigieron hacia la sección de alimentos para animales, pasando por el pasillo de alimentos infantiles. Amberlin manipulaba nerviosa los tarros de puré de melocotón, puré de plátano, puré de guisantes, y los colocaba de nuevo en el estante. Después de divorciarse, se compraba el de melocotón y natillas sólo para ella. Sólo para ella. Comida de consuelo. Fácil de comer, semejante en textura y disponibilidad al antiguo consuelo de la leche materna. Reconocerlo le avergonzaba tanto como enfrentarse a sus padres tras el divorcio, que se produjo apenas tres meses después de una boda por todo lo alto. Sus padres le habían dicho que era una tontería casarse. Todavía tenía el vestido de novia, porque no sabía qué hacer con él. Se preguntó si podría ponérselo de nuevo, si sería correcto, para una ceremonia de compromiso con Sherry.

—Pero, ¿qué es lo que más te preocupa? —preguntó Teresa.

—No lo sé. Es sólo que... ¿y si no funciona? Yo no esperaba esto. No lo planeé. Además, ¿por qué quieren vivir juntas las personas?

—Somos animales sociales. Nos agrada el consuelo y la comodidad de nuestra mutua presencia. A veces, hasta tiene sentido... por dinero, para criar una familia, esa clase de cosas.

—¿Pero para qué traer más niños al mundo? Si deberíamos estar pensando en un crecimiento cero de la población, en lugar de tener bebés. Creo que es puro egoísmo.

La mano de Teresa se detuvo por un instante mientras levantaba una caja de cereales, que luego aterrizó en el carrito.

—Quizá tengas razón. O tal vez intentemos hacerlo bien, creyendo que quizás este ser humano concreto, el nuestro, será perfecto.

—Creo que eso pensaron mis padres. Creían que si nos criaban perfectamente probarían al mundo que tenían razón en sus posiciones respecto a los problemas sociales. Que tenían la clave y sabían cómo usarla. Recuerdo que tuvieron una reunión con mis maestros de parvulario para ver cómo podían conseguir eliminar mi confusión entre el amarillo y el verde. A veces creo que no fuimos más que un experimento en estudios sociales.

Teresa se rió.

—Es mejor que ser parte de experimentos de cocina.

Amberlin gruñó y levantó los brazos en son de rendición.

—Sí, claro. Sherry es fantástica. Es la mejor. Lo mejor que he tenido antes, durante y después de mi primer matrimonio. Pero quiere un compromiso y... sinceramente, Teresa, no sólo tengo que dejar de verme a mí misma como alguien que encaja en el mundo de un modo concreto... eso ya lo hice una vez. Me casé. No funcionó. No sirvo para estas cosas.

—Nunca intentaste crear una familia —indicó Teresa.

—Estuve embarazada —contestó Amberlin sin emoción.

—Lo sé. Lo recuerdo. Estuve allí cuando abortaste. No me refiero a eso.

—Entonces, ¿a qué te refieres?

—Quiero decir que no has tratado de vivir con una persona simplemente porque la amas. No porque sea lo adecuado, lo aceptable, o porque es una declaración política, sino sólo porque la quieres y deseas estar con ella.

—Es que es un riesgo enorme y nunca se sabe si funcionará. Y a mí no me gusta fracasar. Mi familia no cree en los fracasos. En mi escuela ni siquiera daban notas.

—Puede que necesites más práctica —sugirió Teresa— para sentirte más cómoda.

—¿Y tú crees que te sientes muy a gusto con el fracaso?

Teresa se lo pensó. Suponía que no se sentía a gusto con el suyo. Haber quedado embarazada antes de casarse fue, para sus padres, un fracaso. Y luego, cuando sufrió el aborto espontáneo después de casarse con Sam, eso fue un fracaso para ella. Los siguientes abortos no fueron sino un fracaso tras otro. Y luego, después de todo, tuvo a Donnie, y se preguntaba si suponía un fracaso el que ahora él estuviera tan resentido con ella. Se preguntó si su matrimonio había sido un fracaso por haber acabado en divorcio. Ella y Sam habían conseguido permanecer casados durante los malos tiempos, y, en cambio, la ausencia de problemas los separó.

Sam decía que no lo veía como un fracaso. Decía que así era la vida, que había que moverse. Ella lo odiaba por pensar así, porque aunque eran precisamente aquellas cosas las que la habían enamorado de él, ahora las usaba en su contra. Había, además, los fracasos más recientes. Con Donnie. Con Christine. Y todos ellos eran como un calco de su fracaso con Nan.

—Quizás uno no llega a sentirse nunca a gusto —dijo—. Tal vez, simplemente, dejas de tildar las cosas de fracaso tan a la ligera. Las llamas aprendizaje, o abono, o cosas por el estilo.

Amberlin la miró boquiabierta.

—¿Abono?

—Sí. Las buenas verduras necesitan estiércol. Es... ¿cuál es la frase que tú usas?... otra jodida oportunidad para crecer.

—Supongo que sí —aceptó Amberlin sin mucho convencimiento—. Pero mis padres no fracasaron. Nunca se divorciaron.

Teresa puso los ojos en blanco.

—Tu padre vive en Maryland y tu madre en Nueva York. ¿Cuándo fue la última vez que pasaron dos semanas en la misma casa?

La cara de Amberlin se relajó y sonrió. Aquella perspectiva le resultaba graciosa.

—Se matarían el uno al otro. O se morirían de hambre antes de renunciar a su furor de lo políticamente correcto. El atún es malo para la salud. Las uvas ya no están de moda. El café no está bueno. Teresa, no vas a poner ese jamón en el carrito. ¿Sabes con qué alimentan a los cerdos hoy en día?

Teresa se la quedó mirando.

—Sé algo de las manzanas que no caen lejos de los árboles.

—Teresa DiRosa —oyeron una voz a sus espaldas.

Teresa y Amberlin se volvieron y vieron a una mujer que lucía una falda sumamente corta debajo de un abrigo, un sombrero de imitación de piel y que se sostenía precariamente sobre unos tacones muy altos.

—¿Cómo estás?

—Bien, Ann. —Teresa señaló a Amberlin con la cabeza—. Te presento a Amberlin Sheffer. Es la repostera de Pan y Rosas. Amberlin, esta es Ann. Da clases en la escuela de Sam.

—Mucho gusto —Ann tendió una mano a Amberlin—. Estáis muy ocupadas en esta época del año, supongo.

—Mucho —contestó Teresa—. ¿Y tú?

—Ya sabes cómo son las cosas. Los chicos están exaltados. Todos trabajamos más de la cuenta. No dejo de decirle a Sam que debería dejarnos empezar las vacaciones una semana antes de Navidad y si tuviera la más mínima pizca de compasión, lo haría, en lugar de parlotear sobre el embarazo de Penélope y de lo orgulloso que se siente...

La mujer dejó la boca abierta el tiempo justo para enseñarle a Teresa todas las muelas empastadas que tenía; después la cerró de golpe y se la tapó con una mano.

—¡Ay! Caray. Ya lo sabías, ¿no? ¿Lo de Sam y Penélope? —preguntó—. ¿O es que acabo de meter ambas patas?

Teresa miró los zapatos de la mujer.

—Pues cuidado con donde las metes, porque en tu caso puede ser peligroso.

Se volvió hacia el carrito y lo empujó bruscamente hacia delante.

Amberlin le siguió el paso, mordiéndose un labio. Observó a Teresa y vio en su cara la estoica determinación que le impedía mostrar sus emociones. Así se mantuvo hasta después de pagar en la caja registradora. Una vez fuera de la tienda, Teresa puso las bolsas sobre el maletero del coche y se apoyó en el techo. Sus hombros temblaban violentamente.

Amberlin le dio unas palmaditas en la espalda y dijo cosas como:

—Ya está, ya está. Ya sabíamos que se había vuelto loco. Ya está.

No pretendía arreglar la situación ni hacer que Teresa se sintiera mejor. Sabía que no debía ofrecerle más que el consuelo de esos sonidos y el de su mano sobre su espalda. Había asistido a parte de la última época del matrimonio de Teresa, aunque Delia le explicó que esto llevaba ocurriendo bastante tiempo antes de que Amberlin la conociera.

Sam había tenido su primer lío más o menos un año después de la muerte de Nan, y Teresa estaba tan sumida en su propio pesar que no lo supo hasta mucho más tarde. Había sido con una mujer de poco más de veinte años y, cuando Teresa finalmente lo descubrió, tuvieron una terrible riña a grito pelado y él juró que no había sido más que un momento de locura. Nunca había podido probar la mercancía, dijo. Se habían casado tan jóvenes, que no había tenido oportunidad de conocer a otras mujeres.

—¿Quieres probar la mercancía? —le gritó Teresa—. Cómprate un coche. Cómprate una jodida vida.

Cuando se enteró de la segunda aventura, también otra chica de veintipocos, no dijo nada. Cogió todas las copas de vino que les había regalado la madre de Sam para la boda y las tiró al suelo de la cocina, una por una.

—Dime algo, Teresa —le suplicó Sam.

—Te estoy hablando —replicó ella, y rompió otra copa.

Él tenía sus amoríos, pero se negaba a marcharse. Quería quedarse con ella hasta acabar con aquella forma de vida. Donnie, adolescente, estaba muy ocupado, y más tarde afirmaría que ni siquiera se había dado cuenta de que tenían problemas, pero eso quizá se debiera a que sabían comportarse cuando él estaba presente. Cuando no lo estaba, se mostraban hoscos y no se dirigían la palabra.

Finalmente, después de tanto áspero silencio y de la espera aún más áspera de Teresa, él le dijo que quería el divorcio. Donnie estudiaba último de secundaria y ya se había preinscrito para ingresar en la universidad. Cuando no se encontraba furiosa, Teresa se sentía aliviada. Su hogar se había convertido en una ausencia. Nada más. Una simple ausencia. Él estaba ausente «probando la mercancía» y ella estaba ausente porque ya no podía mirarlo ni con respeto ni con amor. No podía verlo sino a la luz de lo que le había hecho.

Ni siquiera recordaba haberle amado. No recordaba quién era Sam cuando tenía veintiocho años y ella veintiuno, y él estaba chiflado por ella y ella, loca por él. No recordaba la época en que ambos poseían ideales sobre el trabajo y la vida. No recordaba los años en que la había consolado por los embarazos fallidos y se había alegrado con ella cuando nació Donnie. No sabía si el distanciamiento se debía a la convivencia, como suele suceder con la gente con la que se convive, a menos que se haga un esfuerzo por ver lo que se tiene delante. O tal vez los hubiera separado la muerte de Nan y el pesar de Teresa. Quizás el culpable fuera él. O una combinación de todo.

—Cambiaste —le dijo Sam—. Te cerraste. Y yo no podía tocarte.

—Tú cambiaste —le espetó ella—. Ya no quería tocarte.

Y aunque hubiera cierta verdad en lo que decía, si una parte esencial de ella se había retraído con la muerte de Nan, él no había hecho gran cosa para tratar de volver a sacarla a la luz. Estaba demasiado ocupado «probando mercancías».

Lo odiaba por haberse convertido en el estereotipo de la mediana edad, buscando la juventud de otra persona para sustituir la que había perdido. Lo odiaba por no estar por encima de aquello. Lo odiaba por haberse convertido en vampiro. Y se alegraba de que todo acabara, como si hubiese tenido que soportar que le mataran un nervio y ahora pudiera por fin recuperarse.

Al cabo de un rato, Teresa levantó la cabeza, se secó los ojos. En aquel momento Amberlin se percató de que había esbozado una amplia sonrisa.

—¿Alguna vez has visto una expresión como la de esa mujer? —inquirió, conteniendo una carcajada.

—¿Te estás… riendo?

—Dios, sí. Menuda gilipollas. Vaya vampiro.

—¿La mujer esa?

—Sí, y también mi ex marido. —Teresa apoyó la espalda en el coche e inspiró hondo el aire nocturno—. Estoy tan contenta de haber acabado con él. Estoy tan contenta de no ser yo quien va a tener un bebé. Que Dios me perdone, pero estoy tan contenta que no sabría ni cómo expresarlo.

La cocina de Teresa

Teresa y Amberlin no tuvieron tiempo ni de sacudir los abrigos cuando llegaron a casa, porque Rowan ya estaba allí para ayudarles a colgarlos.

—Rowan —exclamó Teresa—. No te esperaba. ¿Llevas mucho aquí?

Miró a Delia, en cuyo rostro parecía haberse fijado una expresión airada.

—¿Dónde habéis estado? —inquirió—. Creí que ibais a por leche.

Amberlin arqueó las cejas, como preguntándole «¿qué pasa?». Delia agitó la cabeza, un gesto que contenía la respuesta «ahora no».

Teresa volvió su rostro de la una a la otra, tratando de entender aquella silenciosa conversación, pero Rowan la agarró del brazo y la llevó a través de la cocina hacia la sala de estar.

En cuanto Teresa salió, Delia se volvió hacia Amberlin.

—Christine está atada en el sótano —le dijo.

Amberlin oyó las palabras pero no captó su sentido. Se las repitió lentamente a sí misma, como si fuesen un anagrama o un enigma difícil de entender. No funcionó. Agitó la cabeza.

Delia posó las manos en sus hombros y se acercó a su rostro, cosa que hizo que Amberlin diera un paso atrás. Delia, que carecía de delicadeza cuando se trataba del espacio corporal, no sólo no la soltó, sino que se aproximó aún más.

—Christine —susurró— está atada en el sótano.

—¿Qué?

—Me has oído. He bajado y la he visto. Está atada al fregadero.

Amberlin se aferró a la muñeca de Delia.

—Dios mío, tenemos que decírselo a Teresa.

—¡Ssshh! —susurró de nuevo Delia—. Baja la voz. Creo que ha sido Teresa quien la ha atado.

Amberlin escuchó el tic-tac del reloj. Escuchó el sonido de algo que burbujeaba con suavidad en los fogones. Escuchó el murmullo de voces en la sala de estar.

—Delia, eso que dices es una locura.

—Sí —aceptó Delia.

Se sentía muy mal. Por lo general cuando había algún problema que solucionar, se emparejaban, Teresa con Delia, por ejemplo, y Christine con Amberlin. Cada equipo poseía su propio lenguaje, sus reglas, su modo lógico de estar juntas. Ahora, a Delia le tocaba estar con Amberlin y esta tenía un enfoque de la vida muy distinto del suyo. Se sentía nerviosa, no sabía lo que haría. Sin embargo, estaba enojada con Teresa. Muy enojada. Y seguro que Amberlin podía entender aquel sentimiento.

—Lo sé —dijo—. ¿Qué podemos hacer?

Amberlin se mordió un labio.

—¿Estás segura de que es Christine?

—Sí.

—Pero, ¿estás segura de que está atada?

—Sí —repitió Delia—. Venga, Amberlin. Tú sabes de esas cosas. Yo, no.

—En realidad, no —contestó Amberlin—. No sé nada de gentes atadas en sótanos. ¿Está... quiero decir, viste si... ya sabes... si respira?

—Está viva. Ha hablado conmigo.

—¿Y por qué no la desataste?

Delia negó con la cabeza. No era una pregunta para la que tuviera respuesta en ese momento. Sólo podía contestar a preguntas sencillas que no requirieran más que un «sí» o un «no».

—Tenemos que hablar de esto con Teresa. Tenemos que averiguar lo que sucede.

—No seas tonta. Voy a... —Echó a andar mientras hablaba, pero

Delia la detuvo con fuerza—. De acuerdo. Vamos a hablar con Teresa.

—No —susurró Delia con voz ronca—. Todavía no.

Amberlin chasqueó la lengua, impaciente. A veces resultaba imposible entenderla.

—¿Por qué no?

—Porque está en la sala con Rowan y no quiero interrumpirlos.

—Vamos, Delia. O nos encargamos de Christine o del romance de Teresa. Decídete.

Delia frunció el entrecejo.

—Mierda. Dame un minuto para pensármelo, ¿quieres?

Amberlin arqueó una ceja.

—De acuerdo —cedió Delia—. Vamos a asomarnos por la puerta y echar una miradita.

Cuando Rowan llevó a Teresa a la sala, le tapó los ojos con las manos y la guió hasta la ventana, donde había dejado la higuera. Ella experimentó un repentino calor y se preguntó si habrían puesto demasiada leña en la chimenea.

—No mires hasta que yo te diga —advirtió Rowan.

—Me siento como una boba —declaró Teresa, con una risa nerviosa.

—Es que en este momento lo pareces —replicó él—. Ya casi hemos llegado. —La hizo avanzar unos pasos y se detuvo—. Muy bien. Ya puedes mirar.

Apartó las manos de sus ojos; ella los abrió y parpadeó. Las hojas de un suave verde plateado la recibieron como si fueran unos brazos abiertos tras una larga ausencia.

—¡Oh! —exclamó, y se arrodilló delante de la planta—. ¡Oh!

—Es una higuera —comentó él, para llenar el silencio.

Teresa levantó una hoja y se le escapó un suspiro de asombro al tocar la piel flexible de uno de sus frutos, pequeño y redondo. Estaban a mediados del invierno y todavía tenía higos.

—¿A que son bonitos? —preguntó Rowan, y tocó el higo con ella.

Su mano rozó la de Teresa y permaneció allí.

—Tienes la mano fría —apuntó en voz baja.

Teresa se sentó sobre los talones y apartó la mano.

—Hace frío fuera. Es una noche fría. Rowan, esto es demasiado precioso para que lo regales.

—No quería quedármelo sólo para mí —manifestó Rowan. Arrancó un higo de una de las ramas y se lo tendió.

Ella levantó la cara y vio que, si lo hubiese querido, podría habérselo sacado de entre los dedos con la boca. Los ojos de Rowan, de un tono castaño parecido al color de la tierra fértil, la alentaron a hacerlo. Las manos de Teresa estaban frías, pero la habitación estaba muy caliente y había en todos sus rincones cierta quietud.

La radio estaba apagada. El fuego crepitaba suavemente en la chimenea. En algún lugar Amberlin y Delia hablaban sobre algo, pero no en aquella estancia, donde todo se desarrollaba en silencio, lentamente, y Rowan le había acercado un higo a la boca y ella lo miraba, arrodillada.

Seguro que este es un momento mágico, pensó Teresa. Aguardó tranquilamente a que la magia saliera a la luz.

Había aprendido muy pronto, en parte gracias a las constantes batallas de Nan con la gente, que en esta vida era mejor guardar en silencio, para una, las cosas importantes. Que era preferible no hacer todo el ruido que hacía Nan, porque, mira adónde había ido a parar. Sin embargo, en el último año, a solas en su casa y en su ser, no le quedaba nadie por quien preocuparse. Su marido se había marchado. Su hijo, también. Su madre había muerto poco después de Nan, y su padre ahora vivía en Florida, en un apartamento, que formaba parte de una residencia para ancianos. Una mujer del mismo pasillo cocinaba para él y jugaba con él a las cartas. Cada año, su padre le mandaba una tarjeta para su cumpleaños y otra en Navidad. En una ocasión, ella, Donnie y Sam habían ido a visitarlo, pero habían pasado casi todo el tiempo en la playa.

Estaba sola. Y en la quietud y el silencio percibía las cosas de otro modo, las oía y las sentía de otro modo. Los viejos temores se sacudían el polvo acumulado y se alejaban. Las necesidades y los anhelos esenciales hablaban en voces que de tanto en tanto le recordaban la suya de jovencita, aun cuando por primera vez se veía como una adulta. Una adulta. Con una vida propia. Con el derecho de elegir por sí misma.

Había magia en eso. Ya la sentía estremecerse.

De niña, ella y Nan permanecían despiertas hasta tarde en Nochebuena, esperando el momento mágico. Los juguetes podían empezar a bailar de un momento a otro, como en la suite *Cascanueces*. Los animales se pondrían a hablar. Algo. Algo mágico tenía que ocurrir, porque la oscuridad y la quietud eran el lugar donde residía la magia, y lo único que tenías que hacer era sentarte sin hablar y esperar a que sucediera.

Nunca vieron la magia que esperaban, pero aún hoy en día había momentos, en la estación de la oscuridad y los milagros, en que Teresa la percibía, casi podía tocarla. Como esa noche, a escasos centímetros de ella. Si escuchaba con atención, oiría a la Befana, la vieja bruja de la Epifanía, arañar el suelo con su escoba, hacer que el mundo regresara de nuevo hacia el sol, después de la larga noche. A sus espaldas percibió los susurros de las mujeres que la habían dado a luz, su madre y su abuela, su bisabuela, su tatarabuela... percibió cómo aguardaban el regreso del calor, cómo conocían los secretos de la oscuridad, cómo vivían y morían sabiendo estas cosas y a veces, quizás en sus sueños, se lo contaban para ayudarla a cocinar.

Anhelaba conocer a esa gente, que le devolvieran lo que le había faltado desde la muerte de su hermana. Algo que había perdido entre el momento de su desaparición y esa noche. Perdido, quizá, poquito a poco; cada minuto habría ido desgastando el vínculo con quienes vivían al otro lado del tiempo y del mundo que sus descendientes habían dejado atrás.

Escuchó las voces como si salieran del fruto que estaba contemplando, y tal vez así fuera, porque aquella planta era de su gente, más antigua que este país al que habían acudido. Nan lo sabía. Nan, que vivía a medias en un mundo de magia, donde todo era posible, y a medias en un mundo de desesperación, donde «nada» era la fuerza dominante del mundo.

Quizás, pensó, aquí, en este higo, habría hallado el alimento adecuado. Acaso aquí, en esta fruta tan antigua como sus gentes, habría una respuesta para Christine, si era capaz de oírla.

La habitación estaba muy silenciosa, tranquila y caldeada, y el momento se alargó, pero no lo suficiente como para que Rowan dejara de tenderle pacientemente el higo. Detrás de los susurros de sus antepasados, le pareció oír la voz de Rowan, suave y baja:

—Eres una mujer preciosa, Teresa —le pareció que le decía—. Realmente preciosa.

Teresa trasladó la vista del higo a su cara, para ver si de verdad lo había dicho.

—Espera —dijo una voz enérgica. La puerta de la cocina se abrió de golpe y Amberlin entró en el espacio compartido entre la sala de estar y el comedor, con Delia pisándole los talones.

Se detuvieron en seco y clavaron la mirada en el cuadro que formaban Teresa y Rowan.

Teresa se levantó precipitadamente y Rowan dio un paso atrás.

—Teresa... —empezó a decir Amberlin, pero Delia se puso delante de ella, interrumpiéndola.

—Íbamos a... a empezar a mover los muebles —apuntó Delia—. Había tanto silencio que creímos que estabas sola. Podríamos... hacerlo más tarde, si quieres.

—No —contestó Teresa—. Está bien. No hay... quiero decir que sí, que está bien.

La boca de Amberlin se abrió y se cerró firmemente y volvió a abrirse.

—Estupendo. Manos a la obra.

—Sí —respondió Teresa, algo distraída. Señaló a Rowan y su regalo—. Mirad. Una higuera. Con frutas.

—Lo sé —declaró Delia—. Me la ha enseñado.

Rowan tendió la fruta y Teresa negó con la cabeza.

—No. Tú la criaste y tú debes comerla.

—Y de toda la comida que haces, ¿cuánta comes tú?

Teresa se percató de que los ojos de Rowan examinaban su esbelto cuerpo de arriba abajo, y sintió que se sonrojaba, como si sus ojos fueran capaces de rozar la superficie de su piel, debajo de la ropa. Soltó una carcajada.

—Si comiera todo lo que cocino, sería más gorda que la deuda nacional, Rowan.

Este le levantó una mano, colocó en ella el higo y se la cerró.

—Cuando tengas hambre, cómetelo y piensa en mí. —Se volvió hacia Amberlin y Delia—. ¿Puedo ayudaros con los muebles?

—De hecho, sólo tenemos que mover unas cuantas cajas, y ese sillón debería ir allí, creo, y el sofá un poquito más cerca de la chimenea.

Teresa dejó que continuaran, pues Delia era la encargada de este menester, y regresó a la cocina. Sacó las cosas de las bolsas, acompañada por el sonido tranquilizador de risas y chirridos de sillas contra el suelo y parloteos. Fue a la puerta del sótano y escuchó. No oyó nada. Pensó en abrirla y bajar, pero cambió de opinión.

En lugar de hacerlo, miró el higo que llevaba en su mano y escuchó su cancioncita. Estaba tan atenta, tan conscientemente anhelante que no oyó a Rowan despedirse a gritos, ni tampoco a Amberlin y Delia acercársele por la espalda. Tuvieron que carraspear para que se volviera hacia ellas.

—¿Qué? —preguntó al darse cuenta de que la miraban atentamente.

—Veamos —dijo Delia—, ¿cuándo pensabas decirnos lo de Christine?

La cocina de Teresa

—¿Qué queríais que hiciera? ¿Dejar que se suicidara con una pistola? ¿Llamar a la policía? ¿Meterla en un centro de rehabilitación como a...?

Teresa se tiró del cabello a la altura de la nuca, el pasador se abrió y aterrizó en el suelo. Sin hacer caso, se fue hasta la tabla de cortar verduras, cogió una zanahoria y un pelador y se puso a pelarla.

—Pero Teresa... ¿con la sartén? —Delia señaló la pesada sartén de hierro colado que siempre se hallaba sobre los fogones, dispuesta para su uso.

—Esa no —exclamó Teresa, espantada—. Jesús, María y José, claro que no. Una de teflón. —La señaló con la zanahoria.

—Por el amor de Dios —dijo Delia.

Las tres mujeres se miraron, boquiabiertas; de súbito se habían convertido en desconocidas. Hasta ese momento se habían peleado, se habían visto sometidas a tensiones que desaparecían tras una rápida discusión o con unas carcajadas, pero este conflicto estaba tan fuera de su experiencia que ni siquiera eran capaces de bendecirlo con razones o palabras. El silencio se prolongó varios minutos, mientras cada una trataba de reconocerse a sí misma y su relación con este tiempo y este espacio.

Teresa se mantuvo en sus trece. Lo había hecho y no lo cambiaría hasta que le pareciera que había llegado el momento. Amberlin encontró su camino a través de la lógica. Se dijo que a Teresa la habían trastornado las fiestas, que se había dejado llevar por un impulso y que alguien debía hacerla entrar en razón. Delia se centró firmemente en la negación. Esto no era posible y, por tanto, no tenía por qué reconocer su existencia. Al menos no a un nivel profundamente emocional.

Amberlin fue la primera en hablar.

—Teresa, seguro que ahora te das cuenta de que no fue muy buena idea —alegó en tono razonable y tranquilo.

—Mis opciones eran limitadas —replicó Teresa.

—Sí, pero supongo que ahora sí que te das cuenta.

Teresa se encogió de hombros.

—En todo caso —continuó Amberlin, que había tomado el gesto como un atisbo de cordura—, ojalá nos lo hubieses contado antes. ¿Por qué no lo hiciste?

—Puede que creyera que no nos enteraríamos —sugirió Delia.

—Pues esperaba que no —admitió Teresa y se corrigió en cuanto vio la reacción iracunda de Amberlin—. Supuse que tendría que ir decidiendo sobre la marcha. Para ser sincera, no sabía qué hacer.

—Entonces, ¿por qué no nos lo preguntaste? —inquirió Amberlin.

Teresa hizo un gesto con el pelador y permaneció quieta.

—No lo sé. Tal vez porque no quería armar un lío.

Amberlin gruñó.

—¿Qué vas a hacer ahora?

—No lo sé. No lo sé. —Teresa cogió otra zanahoria—. Sólo quería evitar que se marchara. Mantenerla aquí hasta estar segura de que iba a estar mejor, supongo.

—Pero no puedes —declaró Amberlin—. No puedes dejarla allí atada, en el sótano; no puedes pedirnos que finjamos que no pasa nada durante la fiesta.

Delia ahogó un grito y las otras dos mujeres la miraron, sorprendidas.

—Deberías pelar en sentido contrario a tu cuerpo —manifestó, y las otras dos volvieron a mirarla, extrañadas—. Puedes cortarte.

Teresa se fijó en lo que estaba haciendo.

—Me enseñaron a hacerlo en dirección a mi cuerpo. Es seguro. —Trató de pelar en el sentido inverso, pero se sintió torpe. Se le cayó la zanahoria, soltó un taco, la recogió y volvió a pelarla como siempre. No puedo. De verdad, no puedo.

Delia se puso a caminar por la cocina; ordenó los cuchillos que habían dejado sobre la encimera. Los alejó del borde. Dobló los trapos.

Amberlin la contempló un momento, frunció el entrecejo y volvió a centrarse en Teresa.

—Es una crueldad. No sé si la golpeaste muy fuerte. Puede que esté herida.

—No lo está. Ni siquiera perdió el conocimiento. Sólo dejó de luchar.

Delia jugueteó con el sintonizador de la radio, encontró una emisora en la que unos perros ladraban el villancico *Jingle Bells*. Lo dejó allí.

—Teresa —insistió Amberlin con seriedad—, ¿no crees que deberíamos llamar a un médico? ¿O a James? Él sabrá qué hacer.

Teresa resopló y Amberlin apretó los dientes.

—Es un profesional, Teresa, y ella necesita ayuda profesional.

—¿De qué le sirvió a su madre? —preguntó Teresa—. ¿Puedes apagar eso, Delia?

—¿Por qué? Me parece que añade el toque justo de dramatismo.

No quería reconocer que había algo extraño en el sonido que la consolaba, de modo que permaneció junto al aparato sin moverse.

—Apágalo, ¿quieres? —repitió Teresa.

—Mierda. Bien. —Delia movió nuevamente el dial hasta dar con un coro que cantaba *Noche de paz* en alemán—. ¿Mejor?

Nadie le contestó. Amberlin se sentó en una silla junto a la mesa, con las rodillas dobladas hasta la barbilla. Delia volvió a los cuchillos y los empujó aún más hacia la pared, detrás de la encimera. Teresa peló frenéticamente otra zanahoria; la piel naranja saltaba hacia la tabla de cortar y el suelo.

—Delia —preguntó Amberlin, al cabo de un rato—. ¿Qué haces?

—Los cuchillos. Están en el borde de la encimera. Es peligroso. ¿Y si uno se cayera?

—Rebotaría en el suelo y alguien lo recogería —replicó Amberlin—. Dios, ¿acaso no hay nada más importante que lo que podría suceder? De acuerdo, el cuchillo podría caerse y herir a alguien, pero en este preciso momento Christine se encuentra atada en el sótano y creo que estás mostrando una calma grotesca. Deberías estar preocupada, al menos.

—Claro que estoy preocupada —contestó Delia sin inflexión—. Después de todo, yo la he encontrado y te lo he dicho, ¿no? ¿Y qué pasaría si hiciera ruido? ¿Y si alguien se entera de lo que hemos... de lo que Teresa ha hecho? ¿No es ilegal, eso de atar a alguien en un sótano? Como no dar parte inmediatamente de una muerte. —Empujó el cuchillo un poco más—. Y... vamos a dar una fiesta... y si pasa algo... —su voz se fue acallando y, con la vista clavada en la ventana, se mordisqueó la punta de la uña del pulgar.

—¿Ilegal? —La voz de Amberlin se hizo más aguda—. ¿Y qué hay del dolor de Christine? Seguro que siente dolor. Teresa, ¿no has pensado en eso?

—¿Podríamos simplemente sobrevivir hasta mañana y después decidir lo que haremos? —pidió la aludida en tono hosco, sin dejar de pelar zanahorias—. ¿Y podría alguien lavar el apio, cortarlo y colocarlo en fuentes? Los pimientos también. Voy a preparar una *bagna cauda*.

—Eres tan mala como Delia. Te preocupas por una *bagna cauda* mientras tienes a alguien atado allí abajo. —Amberlin se estiró y se puso en pie—. Estoy entrenada para lidiar con los impulsos suicidas. Voy a hablar con ella.

Teresa dejó primero la zanahoria y luego el pelador. Se pasó la mano por el pelo, que se le erizó a la altura de la frente. Un trozo de zanahoria se le pegó al flequillo. Agitó la cabeza y el trozo cayó al suelo.

—De acuerdo. Bien. Inténtalo. Pero llévale algo de comer. Seguro que tiene hambre. Si le subimos el nivel de azúcar puede que se sienta mejor.

Cogió una de las bolsas de papel que Amberlin había traído y sacó un pan redondo de cinco cereales. Pesado y grueso. Cortó unas rebanadas, apoyándolo contra la tripa, haciendo movimientos en dirección a su cuerpo.

—Dios —exclamó Delia—, no me gusta nada que hagas eso.

Teresa dejó de cortar.

—¿El qué?

—Que cortes el pan así.

Teresa se miró el vientre.

—Siempre lo he cortado así y nunca has dicho nada.

—Pues te lo digo ahora. Mira lo que estás haciendo. Estás cortando directamente en dirección a tu propia barriga.

—Así cortaba el pan mi abuela y tenía noventa y siete años cuando murió.

—Y chupas los cuchillos. Te he visto. ¿Sabes?, mi abuela me dijo que puedes morir desangrada si te cortas la lengua.

—Es posible que haya confundido la sangre con las palabras —espetó Teresa.

Delia levantó las manos, dejándola por imposible.

—Me rindo. Hazlo a tu manera.

—Venga, Delia —exclamó Teresa, mirándola boquiabierta—. Contrólate.

Durante años Delia la había visto usar cuchillos, dejarlos en el borde de las encimeras, chuparlos, cortar en dirección a su cuerpo, y, aunque siempre se estremecía, nunca había dicho nada porque su propia reacción la avergonzaba.

Después de que el padre de Delia muriera y su madre volviera a trabajar, ellas cocinaban juntas cuando Delia regresaba del trabajo. A ella le tocaba siempre cortar las verduras. Un día estaba cortando brécol en la tabla de cortar, sobre la mesa de la cocina. Su madre le daba la espalda. Delia acabó y llevó el cuchillo al fregadero justo en el momento en que su madre daba un paso atrás. Delia dio un grito y se apartó, pero no antes de ver lo cerca que estaba la punta de la espalda de su madre. Pensó en el lugar en el que podría haber penetrado con tanta facilidad, y le horrorizó la catástrofe que podría haber causado de haber sido menos cuidadosa. La vida entera mantenía el equilibrio en un borde tan fino como esa hoja involuntariamente apuntada hacia la espalda de su madre. La vida entera era una hoja fina que aguardaba el momento oportuno para clavarse en el corazón.

—¿Que me controle? —preguntó, malhumorada—. ¿Que me controle? Venga ya. Tú tienes a tu sobrina atada en el sótano y no creo que puedas vanagloriarte de estar muy controlada que digamos.

—¿Por qué no la desataste? —quiso saber Teresa.

Delia balbuceó, a punto de hablar, pero se retrajo. ¿Por qué no lo había hecho? Había algo en los ojos de Christine. Brillaban, pero si mirabas más allá del brillo veías algo horrible, como la muerte repentina. O acaso fuera porque estaba tan bien atada, con tanto realismo y tanta firmeza, que se le antojaba imposible desatarla.

—Mi padre murió durante las fiestas de Navidad —comentó, sorprendiéndose a sí misma. Sus dos amigas aguardaron, quietas, a que siguiera, pero no tenía nada que añadir.

—Lo sé —dijo Teresa en voz queda, al cabo de un momento—. Lo sé, Delia.

—Malditas fiestas —rezongó Amberlin.

—Oye —sugirió Delia con una vocecita—, si vas a mandar a Amberlin al sótano, podrías darle un orinal o algo, por si tiene que hacer pipí.

—Que yo sepa, no ha comido en todo el día, ni ha bebido. —Mientras hablaba, Teresa colocaba el pan en un plato, con queso y una naranja; bajó un vaso y lo llenó de un zumo que sacó de la nevera—. Además, el suelo es de tierra, puede hacer pipí directamente.

—Por Dios Todopoderoso —se quejó Delia.

Se volvió, apoyó fuertemente las manos en el fregadero y miró por la ventana mientras Teresa entregaba a Amberlin su carga de comida. Esta la cogió y se dirigió hacia la puerta del sótano. Echó una última mirada por encima del hombro antes de abrirla, cruzar el umbral y bajar poco a poco. Al mirar atrás, distinguió una fina franja de luz en lo alto de la escalera: habían dejado abierta la puerta.

En su nido de mantas y cuerdas, Christine parecía una avecilla cansada. Amberlin la examinó atentamente, vio una magulladura en su mejilla, seguramente en el lugar donde la había golpeado la sartén. Advirtió asimismo que, aunque bien atada, Teresa había dado a las cuerdas suficiente holgura para que la joven moviera los brazos y las piernas o pudiera acostarse y sentarse. Se imaginó que si se esforzaba,

Christine podría liberarse de las ataduras. Sin duda se sentía demasiado deprimida para intentarlo, pensó en términos clínicos.

Avanzó y se detuvo frente a la chica, que abrió los ojos, sin decir nada.

—Te he traído comida —informó Amberlin y le enseñó el plato con rebanadas de pan cubiertas de mantequilla—. A Teresa le preocupaba que tuvieras hambre.

En lugar de mirar el plato, Christine mantuvo la vista fija en el rostro de Amberlin. Sus ojos constituían círculos de luz, o acaso círculos que habían absorbido la luz del sótano, oscureciéndolo aún más.

Amberlin sintió que la oscuridad la atraía, y procuró recordar que frente a sí tenía a su amiga, una mujer a la que hacía poco había visto probarse vestidos de boda y reír, una mujer que la atendía y la escuchaba cuando trataba de decidir si era bisexual, lesbiana, o si sencillamente estaba loca de atar, una mujer cuya amistad le deleitaba. Sin embargo, recordarlo sólo le hizo sentirse peor, porque era horrible ver a una amiga en aquella situación, y sabía que ni la una ni la otra serían capaces de olvidarlo nunca. Convendría, se dijo, conservar una actitud clínica y objetiva; pensar en Christine como en alguien que llama al Teléfono de la Esperanza.

Se tomó un momento para ordenar sus pensamientos, para encontrar las palabras adecuadas.

—Sólo quiero que sepas que eres una buena persona, Christine —le dijo, en tono cauteloso y calmado—. Todos queremos que lo sepas. Mereces vivir y estar bien y ser feliz, pase lo que pase.

Una lenta sonrisa se dibujó en el rostro de Christine, revelando las puntas de sus dientes, lo cual le dio un aspecto lobuno en la oscuridad.

—¿Lo has sacado de algún manual, Amberlin?

—Eh... bueno, ¿y qué? No por eso es menos cierto.

—Supongo que no. Sólo que no parece que tenga nada que ver con mi caso. ¿James ha tratado de ponerse en contacto conmigo?

—Sí. No ha dejado de llamar. Teresa le ha estado mintiendo. ¿Quieres verlo?

Christine negó con la cabeza.

—Mantenedlo alejado de mí.

Amberlin miró el plato para descansar un poco los ojos de la visión de Christine. En el Teléfono de la Esperanza había hablado con un buen número de personas desesperadas, desoladas o simplemente deprimidas. Sabía qué decirles. Pero nunca había visto sus caras. Nunca había estado en una habitación con ninguna de ellas. Siempre tenía la mirada clavada en la lista de diez respuestas adecuadas que estaba pegada en la pared, frente a su escritorio. Por alguna razón, encontrarse en presencia de Christine resultaba muy distinto que hablar por teléfono. Sus ojos no dejaban de absorber la luz de la habitación, y sus dientes parecían tan primitivos, tan dispuestos a arrancar carne. No es que Amberlin sintiera miedo, exactamente, sino que se daba cuenta de que estaba en posesión de un poder que no alcanzaba a comprender. Sabía que tenía que parecer calmada y controlada, pero también compasiva. Tanto como sus palabras, el tono de su voz podía tranquilizar a Christine, darle a entender que estaba a salvo y que la querían. Eso le habían enseñado y había funcionado en el pasado. Tenía un buen historial en el Teléfono de la Esperanza, y la habían llamado especialmente para hacerse cargo de casos de urgencia por su fama de persona que infundía tranquilidad.

—¿Quieres que te desate? —preguntó con suavidad.

La sonrisa de Christine se ensanchó; la blancura de sus dientes centelleó. Levantó las muñecas hasta donde se lo permitía la cuerda.

Amberlin asintió, alentándola.

—De acuerdo. Lo haré si firmas un contrato que nos incluye a las dos, en el cual si piensas suicidarte hablarás conmigo primero.

Con expresión confusa, Christine bajó los brazos y negó con la cabeza.

—¿De qué serviría?

Amberlin experimentó un ramalazo de ira. Para que no lo hiciera, claro, para eso serviría, pero no podía decírselo. Se trataba de dar a la persona la imagen de que controlaba la situación, o una ilusión de control, al menos… y de dar a la otra parte del contrato tiempo para llamar a los médicos por si su amiga decidía seguir adelante e intentar suicidarse.

—Es para que te tomes tu tiempo antes de hacer algo que no

podrás deshacer —respondió, todavía en tono ecuánime y suave—. Tienes derecho a suicidarte… a fin de cuentas es tu vida… pero es una decisión muy importante y sólo tienes una oportunidad. No puedo desatarte a menos que firmes el contrato, Christine.

Christine se enterró de nuevo en las mantas y cerró los ojos.

—¿Christine? ¿Christine? —insistió Amberlin.

No obtuvo respuesta.

—Al menos piénsatelo. —Dejó el plato en el suelo—. Come algo. Te despejará.

Estupendo, pensó. Ya estaba hablando como Teresa, para quien un bocadillo de pollo curaba todos los males.

La voz de Christine surgió desde la profundidad de las mantas.

—Quiero pegarme un tiro, Amberlin. ¿Qué te hace creer que me interesa que me den de comer?

Amberlin pensó y pensó, aunque no se le ocurrió nada. Ojalá James estuviera aquí; James no tenía por qué pedir permiso para venir, debería estar aquí, asumir el control de la situación. Él era el profesional. Él era su prometido. Seguro que sabría manejar este asunto, porque no cabía duda de que Amberlin no sabía qué hacer.

No se le ocurría nada que decir que fuera precisamente lo necesario, las palabras eficaces que sacarían a Christine de ese pozo. Palabras. Las palabras correctas. En su mente dio vueltas a varias frases, recordando algunas que había dicho en el Teléfono de la Esperanza y que habían funcionado, las palabras que su madre le decía. Deseaba colocarlas en un orden que les diera el mayor poder de comunicación, que por una vez penetraran, salvaran la distancia entre la intención y el significado. No obstante, los ojos de Christine, que no dejaban de absorber la luz, interrumpían su concentración.

Aquellos ojos le hicieron acordarse de su infancia, de cuando miraba la increíble oscuridad de los ojos de su madre, que contrastaban con la infranqueable blancura de su piel. Pensó que, pese a tener siempre la respuesta indicada para todas las preguntas de Amberlin, su madre resultaba impenetrable. Sí, el conflicto de Vietnam era malo. Sí, estaba mal comprar productos fabricados mediante la explotación de mujeres y niños. Sí, es mejor comer pan de trigo entero y evitar las carnes rojas. Sí, hay gente muriéndose de hambre por todas partes y deberías estar agradecida de tener un hogar, padre y madre, escolarización. Sí, un buen sustento es una comida equilibrada que consiste en una ración de proteínas, otra de hidratos de carbono y dos tipos de verduras, una cruda y otra cocida.

Sí, soy una mujer feliz. Sí, tu padre te quiere. Sí, yo te quiero. Claro que te quiero. Soy tu madre. Somos una familia... tu padre, tu hermano y tú y yo.

Todas esas palabras eran las correctas, y, sin embargo, alguna emoción se quedaba atrás, camino de su corazón. Faltaba un paso esencial. Existía una distancia en la capacidad humana para hablar y la capacidad humana para oír. Y en aquel lugar, en la oscuridad junto a Christine, Amberlin era la hija de palabras dichas maquinalmente, la segura expresión de lo que ocurre entre una mayúscula y un punto. De repente, tuvo la impresión de ser capaz de ver por encima, por debajo y alrededor de las palabras de que estaba hecha, las palabras que le decía su madre. La sensación de que veía una realidad más real, aunque no sabía lo que le ocurriría si escogía esta nueva certeza por encima de la que le habían entregado.

No se le ocurrió ninguna palabra, sino que pensó en su padre preparando la cena las noches en que su madre daba clases.

Su especialidad era un plato de verduras con curry. Rodajas de batata y cebolla salteadas en espeso aceite de oliva verde y cubiertas de curry en polvo. Lo preparaba cada martes, cuando su madre daba clase de historia de la mujer. Pero una noche se le quemó. Lo dejó demasiado tiempo en el horno y se chamuscó, así que tuvo que inventar otra cosa para la cena de sus hijos.

Esa noche la cena fue única. Su padre corrió a la tienda y regresó con empanadas de ternera, rodajas de queso amarillo, kétchup y pan blanco. Y una lata de judías verdes. De la marca Del Monte. Amberlin y su hermano, asombrados por esa radical desviación de las buenas costumbres dietéticas y de la corrección política, se quedaron atónitos cuando su padre les dejó ver la tele mientras cenaban. Vieron *Get Smart*, una parodia de las series de espionaje. Recordó que se había reído mientras ingería los insípidos trozos de ternera envueltos en el crujiente y grasiento rebozado; la blandura del queso, lo picante del kétchup y lo salado de las judías enlatadas.

Mientras comían, les dijo que quizá se iría a vivir fuera de la ciudad por un tiempo. Él y su madre habían hablado de ello, porque les parecía buena idea separarse una temporada, para aprender y crecer, pero querían saber lo que Amberlin y su hermano pensaban al respecto. Después de todo, eran una familia y esto los afectaba a todos, así que tenían derecho a participar en la decisión.

Amberlin recordó que no sabía lo que significaba todo aquello y que no encontraba las palabras con que preguntárselo. Sabía lo que era el divorcio, porque tenía amigos con padres divorciados. A veces significaba que eran pobres durante mucho tiempo. A veces significaba que recibían regalos adicionales en Navidad y tenían dos casas en las que vivir. Sin embargo, su padre no usó el término «divorcio», así que, ¿a qué se refería?

Miró a su hermano. Él la miró a ella. Ambas caras inexpresivas. Recordó la mezcla de sabores en su boca y la seguridad súbita de que había hecho algo mal.

—Creo —dijo— que voy a vomitar.

Vomitó violentamente sobre la alfombra; su padre le preparó una taza de caldo de verduras y se quedó a su lado toda la noche. No se mudó de ciudad; sólo salía para dar muchas conferencias. Compró algo que llamó casa de verano y pasaba mucho tiempo allí. Convirtió su despacho en un dormitorio para él. No obstante, siempre que Amberlin enfermaba, le preparaba caldo de verduras y permanecía con ella mientras lo tomaba; le hablaba de política y de las noticias. A ella no le gustaba el caldo, pero, como parecía un requisito para su presencia, se lo bebía todo.

Christine abrió los ojos y miró a Amberlin, al parecer sorprendida de hallarla allí todavía.

Amberlin trató de encontrar palabras.

—Christine —expuso, tras vacilar—, estoy aquí para ti.

—Aquí para mí —repitió Christine, como probando la profundidad de las palabras—. ¿Qué te hace pensar que sabes dónde es aquí?

A Amberlin no le quedaba nada más que decir. Las palabras que le salían de sus labios eran vacías y no revestían ninguna importancia en aquel momento, en aquella oscuridad, en aquel sótano.

Se giró y empezó a subir por las escaleras.

Cuando entró en la cocina, las mujeres advirtieron que ella también había divisado el estanque de oscuridad en que se habían convertido los ojos de Christine. Teresa arrugó la frente y le tendió una mano que Amberlin no cogió, porque prefirió dirigirse hacia la nevera a sacar la nata montada para el pastel.

Con el rostro pálido y tenso, como un cristal bajo el sol, Delia miró alternativamente a ambas mujeres.

—Vaya. Y ahora, claro, tenemos una fiesta que preparar.

Los invitados

Cuando Teresa era una niña, las celebraciones eran algo informal. La familia y los amigos se reunían para los cumpleaños, los bautizos, los funerales, las bodas y las graduaciones, ya fuera en casa de alguien, ya, si se trataba de algo muy especial, en la sala de recepciones de una iglesia. Todos traían salchichas o albóndigas, pasta, sopa, pan, frutas y pasteles. Extraños surtidos de botellas de vino y *grappa* caseros iban a parar a una mesa con un surtido aún más extraño de vasos. Los niños comían con glotonería y tomaban sorbitos de vino a hurtadillas. Los adultos comían y bebían con gula, hablaban y cantaban en voz muy alta, y jugaban torpemente al *boccie*, algo así como los bolos, en el patio. A veces, para algunas bodas, recogían fondos para contratar una orquesta y comprar la comida.

La tía Umberta hacía pasteles de tres pisos para bodas, pero tenían que pagárselos. El tío Laborio sabía dónde conseguir las mejores chuletas de ternera, pero había que comprarlas. También los *torrone* costaban lo suyo. Sumándolo todo, Teresa calculaba que su propia boda había costado unos quinientos dólares, un precio exagerado en aquel tiempo.

A pesar de ello, sí se entendía la importancia de tratar bien a los invitados. Ser anfitrión de una fiesta constituía un privilegio sagrado. La familia de Teresa también guardaba las fiestas de la *sacra famiglia*. Seguía festejando el día de San José, por un ya olvidado milagro que había obrado, si bien la mayoría de los amigos irlandeses de su familia lo veían como una celebración atrasada del día de San Patricio, pues tenía lugar el 19 de marzo.

Ese día no podían negar la entrada a nadie. A Teresa, su madre le había dicho que cuando era niña, durante la Depresión, hasta los vagabundos que vivían en vagones de trenes lo sabían y se pasaban por allí a comer. Recordaba haber tenido que quitar a mano las piedras de los garbanzos, lo que raspaba los nudillos. Teresa continuaba con la tradición en su fiesta abierta y en los velorios, en los que daba galletas *ceci* a la familia del difunto a modo de amuletos para que lo lloraran en paz.

La familia de Amberlin celebraba cenas, con servilletas de tela, un buen vino local y la combinación adecuada de verduras —una cocida y otra cruda—, proteínas —pescado o pollo, ya que no comían carne roja— y un hidrato de carbono. Nada elegante, pero de buena calidad. Nada de cócteles —perversiones capitalistas— y no les agradaban las fiestas ruidosas con música y baile. El suyo era un espacio en el que se podían entablar buenas conversaciones acompañadas de buena comida que no fuera demasiado extravagante.

De las tres familias, la de Delia era la que más variaba el estilo de las celebraciones. Recordaba a su madre buscando menús en *La alegría de cocinar,* para cenas, cócteles y comidas. Aunque estaba de acuerdo con la tesis del libro, o sea, que lo mejor que podía hacer una anfitriona era ser ella misma, también quería ser la mejor, al menos en opinión de los demás.

Para ello, tenía las copas indicadas para el vino, el champán y los cócteles, diminutos tenedores para los entremeses, una mesa con superficie resistente al calor y a las manchas, y manteles con servilletas a juego para todas las ocasiones: el amarillo con bordado de nomeolvides azul pálido para Semana Santa o cualquier celebración de primavera; el informal mantel de verano, el otoñal dorado y verde y, por supuesto, el rojo con bordes dorados para las Navidades.

El mantel de auténtico encaje irlandés lo reservaba para ocasiones muy especiales, como la primera comunión de Delia, la fiesta de compromiso del hermano de Delia, el bautizo del primer hijo de Delia. En los bufets en que cada cual se servía y en las cenas formales, las mesas estaban decoradas con velas puestas en candelabros de plata y con flores cortadas y dispuestas en floreros. Su madre sabía cómo servirlo todo, alternando aperitivos con platos fuertes y platos picantes.

Sabía también qué vestido ponerse y cómo preparar una enorme cantidad de entremeses para un cóctel, como también sabía qué poner en las cestas para un día de campo en el hipódromo.

Delia se imaginaba que su madre no había nacido sabiendo todo esto —de hecho, la comida diaria solía ser bastante sosa— sino que lo había aprendido al haberse casado con un hombre de buena posición, pues el padre de Delia era presidente de un banco en Aurora Falls.

Para Delia, sus padres traían a una niñera, pero la dejaban asistir hasta una hora entera a algunas fiestas, siempre que se portara bien y no tropezara con nada ni incordiara a la gente. Ya de niña era alta para su edad, aunque también algo torpe y con tendencia a hablar demasiado fuerte.

—Tienes que aprender a contener tu voz natural —le decía su madre—. Un poco de quietud no te haría ningún daño.

Su padre la recibía con júbilo y la levantaba en volandas.

—¡Mira quién ha llegado! —exclamaba—. La abeja reina. —Luego se volvía a quien tuviera más cerca y le preguntaba, con total seriedad, si no creía que era preciosa—. Cortada de la tela de una reina. Esa es mi chica.

A Delia, que era de natural sociable y amante de los placeres, le encantaban las fiestas. Le gustaba el ajetreo de los preparativos, la sensación de que la vida se movía. Le gustaban las bonitas velas y las flores y el remolino de gentes que ataviadas con sus coloridas prendas le acariciaban distraídas la cabeza y decían cosas agradables de ella. Y los cuencos con golosinas, las fuentes de extraños platos, las setas rellenas, las diminutas salchichas envueltas en masa crujiente, los palitos de apio con crema de queso y los pequeños bocadillos triangulares llenos de toda clase de interesantes sabores.

Le gustaba poner un poco de cada cosa en un plato y quedarse allí mirándolos. Los numerosos manjares le recordaban las ocasiones en que iba a la playa y recogía piedras de colores, escogía entre una variedad infinita de formas, tonos y texturas, cada una de las cuales tenía en la mano un agradable tacto.

Cuando se marcharon de Aurora Falls y se trasladaron a Poughkeepsie a fin de estar más cerca de la abuela, se acabaron las fiestas y las echó de menos. Se alegró de conocer a Teresa y de poder ir a las celebraciones de su familia. Aunque no había velas ni flores y la gente no se vestía de punta en blanco, había muchas risas y mucha comida.

Por supuesto que en Aurora Falls, cuando su padre empezó a encontrarse mal, organizaban menos fiestas. Los primeros síntomas de su enfermedad aparecieron justo después del Año Nuevo, y permaneció enfermo el resto del año. Hicieron la fiesta de Pascua y el picnic del cuatro de julio, como siempre, pero se acabaron casi todas las demás. Antes del día de Acción de Gracias dieron un cóctel y Delia recordaba que nadie había mencionado el aspecto delgado y cansado de su padre. Si alguien preguntaba, él respondía que tenía un problema en la sangre y que estaba en tratamiento. Delia había oído el nombre del problema, leucemia, y sabía que era grave, pero no quería pensar mucho en ello.

En Navidad, se encontraba mucho peor y le costaba levantarse de la cama e ir a la planta baja. La madre de Delia quería que fuera al hospital, pero él se negaba, de modo que una enfermera iba a casa todos los días. Insistió en que celebraran la habitual fiesta de Año Nuevo, pues sus amigos y socios la esperaban. Sin embargo, se sintió demasiado mal para asistir. Los que asistieron preguntaron por él y su madre contestaba siempre lo mismo: estaba bien; hoy la medicación le había afectado mucho, pero quizá pudiera bajar a saludar más tarde. Sólo Delia y su madre sabían que llevaba tres días sin salir de la cama

Hacia el anochecer, Delia decidió ir a verle. No le agradaba el olor a medicamentos de su dormitorio y a veces al verle se asustaba. No estaba segura de que fuera realmente su padre, pero sabía que a él le gustaba verla y, cuando no se levantaba, era ella quien le visitaba, más o menos a la hora de la cena. Aquel día, todos los adultos charlaban, daban vueltas a diminutas sombrillas de papel en vasos de bebidas de color rosa, comían las minúsculas y bonitas tapas expuestas en fuentes en diversos puntos de la sala de estar. Delia subió y se dirigió hacia el fondo del pasillo, donde se hallaba el dormitorio de su padre. Llevaba un plato con unas diminutas tartas de limón y merengue, así como un pequeño cuchillo de plástico que, en su opinión, no haría daño a nadie.

Llamó a la puerta, pero él no contestó. Delia aguardó y, mientras esperaba, se dio cuenta de que la punta del cuchillo de plástico se había clavado en el merengue. Lo cogió y lo chupó; al recordar la advertencia de su abuela acerca de lamer los cuchillos, decidió que uno de plástico sería seguro. Volvió a llamar a la puerta, la empujó y asomó la cabeza. Lo vio, sentado, apoyado todavía en las almohadas, con los ojos cerrados.

Dormía. Podía acercarse de puntillas y darle un beso; así sentiría que había completado todo el ritual. Sin embargo, cuando llegó a su lado, le pareció que algo iba mal. De la boca le salía algo que parecía caldo de verduras. Cuando le tocó la mano, que colgaba a un lado de la cama, la sintió fría. Permaneció junto al lecho, con la vista fija en su padre. Nada sucedió durante mucho tiempo.

Entonces la puerta se abrió con un crujido y su madre entró en el dormitorio. Delia vio que ponía los ojos como platos. Se tapó la boca con una mano y dejó escapar un sonido que Delia nunca le había oído. Un sonido que le penetró y se le clavó en lo más hondo de su ser. Como lo que se imaginaba que sentiría si chupaba un cuchillo de verdad.

Su madre se dirigió hacia la cama y saltó al ver a Delia.

—Dee, ¿qué haces aquí? —preguntó. Formó con los labios una sonrisa como la que hacía cuando se los pintaba. Delineándola con sumo cuidado.

—He venido a ver a papi —susurró la niña.

Su madre la cogió de la mano.

—Vamos afuera, cielo. Papi está descansando.

Delia observó su sonrisa, roja como los corazones de caramelo que, el día de San Valentín, ponían en las galletas de azúcar y en las magdalenas blancas. Se miró las manos y el plato con las tartas de limón y merengue.

—¿Lo dejo para cuando se despierte?

Era su modo de formular una pregunta que no sabía cómo hacer. Su madre frunció el entrecejo y sus labios rojos se movieron sin soltar un solo sonido.

—No, cielo. Así está bien. Vámonos.

En ese momento, Delia supo que su padre había muerto. Lo

observó, trató de comprenderlo y no lo logró. Su madre tiró de ella, pero sus pies parecían haber echado raíces y no querían moverse. No es que se mostrara terca o mala, sólo que no conseguía que sus pies se movieran. Su madre suspiró y se arrodilló frente a ella.

—Escucha, cielo. Tu padre querría que regresáramos con los invitados. No… no querría que armáramos un lío. Sé que esto no tiene sentido para ti, pero tendrás que confiar en mí.

Delia la miró y no dijo nada.

—Confía en mí —repitió su madre—. Tenemos que bajar y hablar con toda esa gente. Cuando se hayan ido, me encargaré de todo. Tú… tú sabes que te quiero y que papi también te quiere.

Delia se miró los pies y les ordenó que se movieran. Por fin le hicieron caso y la niña siguió a su madre a la planta baja, donde la gente reía y hablaba y donde había tenues luces navideñas y velas por todas partes, donde los cuencos de cristal llenos de caramelos duros de todos los colores parecían fuentes rebosantes de piedras preciosas dispuestas para que cualquiera las cogiera.

La fiesta duró hasta muy tarde y Delia se quedó dormida en el sofá mucho antes de que el médico acudiera a llevarse el cuerpo de su padre.

La cocina de Teresa

La noche del viernes anterior a la gran fiesta anual de Pan y Rosas, a James ya le estaba costando demasiado interpretar su papel de médico equilibrado. Cogió el teléfono, marcó el número de Teresa, escuchó hasta que se activó el contestador automático y colgó con un dedo.

No iba a dejar otro mensaje. Que respondieran sus llamadas o, mejor aún, que le llamaran a él. Suponía que estaban preocupadas, pensó. Frenéticas. Él lo estaba.

Sentado en el dormitorio de su piso, se vio el rostro en el espejo y lo reconoció como el de alguien sometido a mucho estrés. Boca apretada. Pupilas dilatadas. Ligero tic del músculo de la mandíbula. Se preguntó si así sería su vida una vez casado con Christine: una crisis tras otra. Por primera vez desde que empezó su relación, pensó que tal vez deberían retrasar la boda. Constituía un compromiso enorme con alguien que probablemente no fuera la clase de mujer con la que quisiera casarse. Christine era demasiado... algo. Demasiado llena del pasado y del bagaje del pasado. Demasiado impredecible. Demasiado llena de emociones.

Quizá lo que convenía, más que cancelarla, fuera aplazarla hasta estar seguro de que era lo acertado. Pensó en su madre, que ya había enviado las invitaciones para la fiesta de compromiso. Se disgustaría, y esto irritaría a su padre, a quien le gustaba ponérselo todo en bandeja de plata. No. No aplazaría. Pero tenía que encontrar a Christine y asegurarse de que estaba bien. Era su responsabilidad, no sólo como prometido, sino también como psiquiatra.

Con dos dedos se dio un masaje en las sienes, mientras pensaba en qué hacer a continuación. Había regresado a su apartamento tras una larga jornada de reuniones, en las que había tenido que recurrir a su encanto y su fuerza de voluntad para poner en marcha el proyecto artístico, pese a la propensión del ser humano a la inercia. Había lidiado con los pacientes que preferían sus visiones a la medicación, o la familiaridad de la depresión al desconocido mundo de la cordura, o la magnífica euforia de su manía a lo insulso de la normalidad. Era un tira y afloja, ellos amontonados en un extremo de la cuerda y él, solo, al otro.

Christine lo acusaba a veces de tener un ego demasiado grande, pero en su trabajo se desmoronaría sin un ego sólido, y nunca llegaría a hacer nada. No se obraría ningún cambio. La familia de la propia Christine era la prueba.

Primero, ante todo y siempre, Teresa, que insistía en verlo como a una especie de villano. Teresa tenía costumbres arraigadas, costumbres que databan de antes del tiempo de su abuela. Por alguna razón incomprensible, la generación de su madre no había ejercido ninguna influencia sobre ella y un siglo entero había transcurrido sin hacer mella. Según James, si de ella dependiera, los exorcismos seguirían siendo el tratamiento ideal para las enfermedades mentales.

Christine le decía que Teresa acabaría por aceptarlo. No estaba curtida, no conocía las palabras con que expresar lo que sentía; tenía que decirlo con actos, gestos o alimentos, y uno debía aprender a interpretarlos.

James le había señalado que no dejaba de servirle pescado frío. Cada vez que iba a cenar a su casa, le ofrecía un plato de pescado frío. Bacalao salado frío. Anchoas frías. Calamares fríos en gelatina. ¿Cómo debía interpretarlo?

Habían tenido una buena riña por aquel motivo. Christine había sacado todo su talante italiano, hablándole de lo mucho que les había ayudado y cuánto quería a Nan. Era de la familia y a James más le valía aprender a lidiar con ella. Este cedió y sugirió que a lo mejor Teresa se sentía ligeramente celosa. Quizá sintiera que James le estaba quitando a Christine. Christine aceptó la posibilidad. Las pasiones de Teresa, si bien no se expresaban con palabras, eran profundas en todas las áreas. James no creía realmente que los celos fuesen el problema, sino que Teresa, sencillamente anticuada, del Viejo Mundo, una individualista fanática, atrapada en el esquema mental europeo, no había aprendido a confiar en los psiquiatras. Una miedosa y una controladora, eso era, ni más ni menos.

Pero no iba a dejar que se hiciera con el control ahora. Ya no era ella la que llevaba las riendas.

Volvió a coger el auricular y marcó el número de la policía. Estuvo pensando en llamar al Teléfono de la Esperanza, pero se sentía ridículo. ¡Vamos! ¿Un profesional, telefoneando a unos aficionados? ¿Y si contestaba la amiga de Amberlin y reconocía su voz?

Una mecánica voz nasal le pidió que pulsara el número de la sección que le interesaba o el 911 para urgencias. Se debatió un momento entre el seis para personas desaparecidas y el siete para violencia doméstica. Se decidió por el seis. Después de todo, no tenía pruebas de que hubiesen usado violencia contra Christine y él no había matado a Teresa. Todavía no.

A través del auricular, escuchó a José Feliciano cantar unas estrofas de *Feliz Navidad*, tras lo cual contestó una hosca voz de hombre.

—Detective Foster. ¿En qué puedo servirle?

James carraspeó.

—Hola. Soy el doctor James Tyrol. Soy director de psiquiatría en el Instituto del Norte para Trastornos Mentales. Quisiera dar parte de la desaparición de una persona.

—Sí —dijo el detective Foster, en un tono que dejaba bien claro que no le agradaban las personas que hacían hincapié en obviedades—. Siga.

—Bien, detective —continuó James—, esto es, podríamos decir que un caso especial, y creo que podría considerarse una urgencia. La persona desaparecida es mi prometida, Christine DiRosa, y tengo una nota suya con indicios de intento de suicidio. De verdad tengo que estar seguro...

—¿Qué dice la nota? —lo interrumpió el detective.

—¿Qué dice?

—Sí. ¿Qué le ha escrito?

—Oh. Claro.

James se la sacó del bolsillo y la leyó. Cuando acabó, se produjo una pausa. James dejó pasar medio minuto antes de hablar.

—Así que, como ve, creo que esto va más allá de un caso de personas desaparecidas y requiere acción inmediata. Puedo facilitarle su historial y algunas fotos, además, tiene familiares en la zona con los que puede hablar. Le recomiendo que se ponga en contacto sobre todo con su tía, Teresa DiRosa. Le daré su dirección. ¿Quiere que vaya a la comisaría o mandará a alguien aquí?

Nueva pausa.

—¿Detective? ¿Hola?

—Sí. Estoy aquí. Oiga, señor, eh... doctor, ¿cuántos años tiene la persona?

—Veintiocho, pero no veo...

—Pues a mí, la nota que me leyó no me suena a un mensaje de suicidio, doctor.

—¿Qué?

—No, señor. Dice que lamenta tener que dejarlo y que no es culpa de usted. Nada más.

James experimentó una repentina confusión. ¿Cómo era posible que lo viera de otra forma que no fuera como una nota de suicidio? ¿Qué podía ser, si no?

—Usted no lo entiende —explicó en tono paciente—. Su madre se suicidó. Más o menos en esta época del año. Sus antecedentes familiares son de historia, quiero decir, de histeria y posible manía, y su tía es cocinera.

Cuando el detective soltó un largo suspiro, James se dio cuenta de que estaba balbuceando y guardó silencio.

—Señor —dijo el detective—, lo siento, pero a mí no me suena a suicidio. Me suena más a que lo está dejando plantado.

—¿Qué?

—Como que quiere romper con usted.

James colgó el auricular.

Clavó la vista en el aparato y se preguntó por qué había escogido un teléfono color verde bosque. Recordó que le gustaba mucho más uno de color beige. Seguro que Christine lo había sugerido, para añadir colorido a la estancia. Siempre buscaba más color.

No se le ocurría otra cosa. Por más que sondeara en el fondo de su mente, esta se quedaba en blanco.

Transcurrido un tiempo decidió que los policías eran tan cretinos como decía todo el mundo; cogió de nuevo el teléfono, marcó el número de Teresa, aguardó hasta que se activó el contestador automático y colgó.

En la cocina de Teresa sonó el teléfono. Todas lo miraron y aguardaron. Cuando la voz de Teresa en el contestador automático dijo: «Hola, ha llamado al...», la persona que llamaba colgó.

—¿Es la cuarta vez? —inquirió Amberlin.

Delia negó con la cabeza.

—Sólo la tercera.

—James —declaró Amberlin.

Las tres suspiraron al unísono y regresaron a sus diversas tareas.

Teresa examinó las encimeras repletas de bandejas llenas de platos ya envueltos, listos para que los guardaran en la nevera grande.

—¿Los platos fríos están todos a punto? —preguntó.

—Sí, a punto —contestó Delia.

Acabó de llenar el lavavajillas y lo puso en marcha. Fue al armario, sacó una caja de cereales, echó unos pocos en un cuenco, le añadió agua y lo metió en el microondas.

—¿Y el *antipasto*?

—En la nevera, sin la lechuga, que añadiremos mañana. ¿Estás segura de que no quieres tomates?

Teresa arrugó la nariz.

—¿En diciembre? Es como comer polietileno. ¿Cómo van las galletas?

—Las *ceci*, las *dadalucci* y las *pizzelle* ya están —respondió Amberlin—. Todavía me falta hacer los pasteles.

—¿Los *Parozzo Abruzzese*?

—Esos.

Haciendo palanca, Amberlin se levantó medio tambaleante. Había estado bebiendo brandy, que Teresa le había servido cuando subió del sótano. Juró que ya se sentía bien, pero había apurado la copa y Teresa se la había vuelto a llenar y ahora volvía a estar vacía.

—¿Dónde están las almendras? —inquirió—. Voy a triturarlas.

—En la mesa. Delante de ti.

Teresa se las señaló antes de seguir comprobando la lista en su libreta, mientras Amberlin se dirigía a la encimera, donde echó el contenido de la bolsa de almendras en el robot de cocina y pulsó el botón de arranque.

Delia se llevó sus cereales a la mesa y dio vueltas a una cuchara en el cuenco, formando círculos de azúcar moreno en torno a los plátanos que había cortado y añadido al plato. Se llevó la cuchara a la boca y sorbió un poco de la empalagosa mezcla, se la dejó en la lengua un rato y, con los ojos cerrados, disfrutó con la sensación combinada de lo suave y lo granuloso.

Cuando abrió los ojos y tragó, vio que Amberlin la observaba con una expresión muy poco amable.

—¿Cómo puedes comer esa porquería?

Delia se encogió de hombros.

—Así. —Levantó de nuevo la cuchara, tomó un sorbo de un tazón de chocolate caliente que había rociado con un poquito más de brandy—. Algunas personas dejan de comer cuando están asustadas. Otras buscan el consuelo en la comida.

Amberlin sacudió la cabeza.

—La comida de consuelo ideal es la papilla de galletas, y la papilla tiene que estar muy blanda, porque lo importante es que no cueste nada comerla. No se permite masticarla. Tiene que deslizarse garganta abajo como la leche materna, porque por eso consuela. ¿Lo captas?

—Mi leche materna era hígado encebollado —indicó Teresa.

Delia hizo como que tenía arcadas.

—No puedo evitarlo. Cuando era pequeña, mi madre nos lo preparaba, a Nan y a mí. Decía que estábamos anémicas y que necesitábamos hígado para reforzar la sangre. No se lo preparaba a nadie más, así que me imaginé que era especial. A Nan también le encantaba.

—Parece ser el remedio para todos tus males —espetó Amberlin. Fue a la nevera, sacó unos huevos y cerró de un portazo—. Quizá deberíamos preparar un poco para Christine.

Delia volvió a enterrar la cuchara en los cereales y a darle vueltas. Teresa abrió un cajón y se puso a contar cucharas.

—No podemos fingir que no está allá abajo y no podemos dejarla allí para siempre. Se va a… mojar. —Insistió Amberlin—. Tenemos que hablar de esto y ver si encontramos un plan para ayudarla.

—Hablar con ella no ha ayudado —señaló Delia.

—Estas cosas toman su tiempo. No puedes esperar que una pequeña charla haga algo más que preparar el terreno.

—Pero tú no preparaste el terreno, ¿o sí?

Amberlin echó una mirada airada a Delia.

—¿Tienes una idea mejor?

—No tengo ideas. Ninguna. Salvo que, si le damos un poco de tiempo, quizás ella misma cambie de parecer. Después de todo, eso suele hacer la gente, ¿no?

Teresa no desvió la vista de la libreta.

—En mi familia, no.

—Pues, ¿tiene un terapeuta o algo así? —preguntó Delia—. Creo recordar que se visitaba con alguien.

—Conozco a una psiquiatra muy buena que nos ayuda en el Teléfono de la Esperanza —propuso Amberlin—. La doctora Lilli. Podríamos llamarla.

—No —increpó Teresa, inflexible—. No, de ninguna manera.

—¿Por qué no? —preguntó Amberlin—. Alguien que sabe lo que hace podría ayudarla ahora.

—Mira —comentó Teresa, en tono razonable—, da igual que sea muy buena; si la llamamos, tendrá que hacer su trabajo, o sea, llevar a Christine a un hospital. ¿Cómo crees que se sentirá si lo hacemos?

Delia lamió la cuchara y asintió con la cabeza.

—Teresa tiene razón. No queremos que venga alguien que se la lleve directamente al manicomio. Esa no es la solución.

—Pero necesita un médico —insistió Amberlin.

—Puede visitar a un médico cuando esté preparada para hablar con uno por su cuenta. Ahora, lo que necesita es tiempo —dijo Teresa—. Tiempo y… amor.

—¿Golpearla con una sartén? ¿Atarla en el sótano? ¿Eso es amor?

—Está viva —apuntó Teresa y empezó a vaciar el lavavajillas.

Delia gruñó y se puso en pie.

—Ese es mi trabajo —indicó, yendo hacia el lavavajillas y apartó con decisión a Teresa.

Las mujeres guardaron silencio. Retraídas, se dedicaron a mantener o examinar sus propias posiciones. Mientras batía huevos para el pastel, Teresa se aferró a lo que le decía su instinto, o sea, que Christine debía permanecer donde estaba. Algo ocurriría y entonces sabrían qué hacer. Ocupada con el lavavajillas, Delia trató de reforzar una débil negación de la realidad, de mantenerse firmemente aferrada a la superficie de la situación, o sea, que debían preparar una fiesta y, a la vez, asegurarse de que Christine permaneciera intacta. Por su parte, mientras las almendras se desmenuzaban en el robot, Amberlin sentía que la única solución consistía en entregar a Christine a la persona que más la ayudaría, o sea, a James.

Si bien Delia defendía a James cuando Teresa lo atacaba, lo hacía con el único fin de ayudarla a moderar su actitud. No sentía por él ni una simpatía ni una antipatía intensas, porque no le hacía falta. Era cosa de Christine, Christine lo había elegido, y ella pensaba que había que darle todo el apoyo que necesitara. Se imaginaba que si los alentaban, Teresa y James acabarían por aprender a entenderse.

A Amberlin, sin embargo, le agradaba James. Los caprichos de las acciones e interacciones de los seres humanos le suponían una constante fuente de interés, por lo que disfrutaba hablando con James acerca de su trabajo. Reconocía que tendía a admirarlo por lo que hacía; no veía ningún mal en ello. James había decidido curar, una vocación especial que requería devoción y sacrificios. Se merecía que lo alabaran por haberla elegido. Y pese a su riña con Christine, de verdad parecía que deseaba cuidarla. Él sabría qué hacer. Además, seguro que estaba sufriendo mucho al no saber dónde se encontraba, y ni siquiera si estaba viva. Seguro que se sentía terriblemente abandonado. Aquella idea se le clavaba en el corazón.

En cuanto puso las almendras trituradas en un cuenco, se volvió hacia las otras dos mujeres.

—Creo que deberíamos llamar a James.

Teresa levantó una mano y la miró atónita, como si hubiese hablado en otro idioma.

—Él no la metería en un hospital —señaló Amberlin.

—¿Crees que tiene todas las respuestas, sólo porque fue a la universidad y aprendió de memoria las reglas de la demencia? Amberlin, es precisamente por él por lo que Christine está allí abajo.

—¿Qué quieres decir?

—Quiero decir que es un imbécil.

—Es un profesional. Y la psiquiatría no es mala sólo porque no haya podido ayudar a tu hermana y tú no puedas aceptarlo.

—Es un imbécil profesional —espetó Teresa.

—¿Y qué eres tú... una aficionada?

Teresa contuvo a duras penas la furia, abrió un armario y empezó a contar los vasos.

—Un aficionado es alguien que trabaja por amor y no por dinero. Puede que sí sea una aficionada —señaló con mordacidad.

—Estupendo —exclamó Delia—. Magnífico. Feliz Navidad de mierda a todas. Amberlin ha dicho que es una fiesta estúpida y empiezo a estar de acuerdo con ella.

—Mira, yo lo único que digo es que no podemos hacer esto. No podemos dejarla a solas durante la fiesta. Tenemos que ayudarla y Teresa está siendo muy terca.

—No soy terca —Teresa cerró el armario de un portazo—. Tengo razón.

—¿Qué?

—Nunca me acusas de ser terca a menos que tenga razón. Así que seguro que tengo razón.

Amberlin gruñó y Delia se cubrió la boca para contener una carcajada.

—¿Qué es lo que te resulta tan divertido, si no te molesta que te lo pregunte? —inquirió Amberlin, con excesiva cortesía.

—Nada. Sólo que esta es una discusión que tenéis cada año. Más o menos a estas horas. Aunque normalmente es por la harina... la harina blanca contra la harina integral. Teresa nunca habla y tú insistes en hablarlo todo hasta el agotamiento. Como de costumbre.

El rostro de Teresa se relajó y esbozó una sonrisa.

—Puede que sí sea algo terca a veces.

Amberlin se mordió el labio inferior y bajó la barbilla de su postura regia a la habitual.

—Puede que sí —convino.

Teresa habría añadido algo a la conversación, que probablemente habría durado tanto como su amistad, pero el teléfono cortó todo comentario.

Las tres mujeres se detuvieron y aguardaron.

—Esto es ridículo. —Amberlin dio un paso hacia el teléfono.

—No contestes. —Delia la cogió del brazo—. Te digo que no contestes.

—¿Por qué no?

—¿Y si es James?

—¿Y qué? El pobre tiene derecho a saber que su prometida sigue viva.

—¿Y si es la policía?

—¿La policía? Delia, en serio…

El contestador se activó y oyeron la voz de Teresa que pedía que dejaran un mensaje, luego la señal y luego, no James, sino Rowan.

—Hola. Sólo quería que supieras que estaré disponible a partir del mediodía de mañana, por si necesitas algo. Mmm… Duerme bien. O, mejor dicho, duérmete rápido, ¿quieres?

Las tres mujeres dejaron escapar simultáneamente el aliento.

—Bueno, no ha estado tan mal, después de todo.

El tiempo y el amor

Tras probar su salsa en la fiesta del año anterior, Rowan le preguntó a Teresa cuáles eran los ingredientes principales porque quería tratar de prepararla en su casa. Ella respondió que había dos: el amor y el tiempo. Por ese orden. Y aquello servía para toda comida sabrosa.

Se necesitaba tiempo, así como calor, diría, para crear los efectos especiales. El tiempo debía transcurrir para que se obrara el milagro. Con el tiempo, ocurrían cambios sutiles, y había un diminuto margen entre algo al punto, demasiado crudo, o quemado sin remedio.

Delia se había reído a mandíbula batiente; había comentado que parecía que hablaba de sexo en lugar de comida. Rowan contuvo una sonrisa y, al ver que Teresa se sonrojaba, cambió de tema.

Teresa evitó el impulso de dar un puntapié a Delia y le entregó otro plato. El tiempo lo entendía, pero a veces lo que la confundía era el amor. ¿Y el sexo? ¿Para qué sacar el tema a relucir cuando hacía tanto tiempo que no lo había practicado?

Una Navidad, mientras preparaban una de sus fiestas, las mujeres iniciaron una conversación acerca de los alimentos sensuales. Teresa dijo que a ella le gustaba comer cosas ligeras antes de las relaciones, y cosas más contundentes después. El sabor especiado y el elegante color naranja de los mangos le inspiraban pasión y placer, si no amor. A Amberlin le resultaba sensual en sí cualquier alimento escurridizo que te obligara a lamer mucho. El helado y la nata montada, o el pollo frito que hacía que te chuparas una y otra vez los dedos, eran experiencias sensuales en sí mismas.

Delia le preguntó si eso era cosa de chicas y, antes de que se ofendiera, modificó la pregunta:

—Lo que quiero decir es... pues... ¿cómo es eso de estar con otra mujer?

Amberlin se lo pensó un rato y contestó que era más lento. Más sensual. Y muy poderoso. Había algo muy poderoso y bello en los cuerpos de dos mujeres juntas, y probablemente por ello fuera una fantasía masculina tan generalizada. Dos matrices. Dos vaginas. Dos seres capaces de ese oscuro y fértil misterio. Podía resultar desconcertante; podía arrastrarte en un remolino que descendía a tal profundidad que anhelabas aferrarte a algo claro, enérgico y racional. Algo incisivo y de bordes bien definidos. O podía ser simplemente cálido y divertido. Sobre todo con nata montada. Explicó que en una ocasión sustituyó la nata por *Fluffernutter*, una mezcla de caramelo y mantequilla de cacahuete, pero resultó demasiado pegajoso. Aquello había sido más un trabajo que un placer.

Las mujeres establecieron diferencias entre los alimentos sensuales y los alimentos sexuales. En *La alegría de cocinar,* Christine había visto que hablaban de escritillas fritas, y hasta que no leyó la descripción de cómo prepararlas, creyó que se trataba de una extraña versión de las patatas fritas. Se preguntaba si las autoras pretendían provocar al decir que había que cortar la piel exterior a todo lo largo de la superficie hinchada. Se preguntaba qué querían decir con que convenía no manipular mucho la carne.

—¿Cómo —inquirió—, se cocinan los testículos sin manipular la carne?

Teresa dijo que no lo sabía y que las criadillas de carnero eran probablemente lo único que no había cocinado nunca.

Llegaron a la conclusión de que las escritillas eran sexuales pero no sensuales. Como los calabacines, el chorizo y las diminutas salchichas para cóctel. Te hacían pensar en el sexo pero no te excitaban. Y mucho menos las salchichas minúsculas, que a Delia le recordaban a cierto ex novio que había tenido, de esos que hablan mucho pero hacen poco.

Las mujeres descubrieron que para cada una de ellas los alimentos sensuales eran distintos. Para Delia, el bogavante, no por el animal en sí, rojo y envuelto en su duro caparazón, sino por cómo se come. ¡Cascar las tenazas y la espalda era un gesto tan depredador! ¡Y luego, eso de bañar la resbaladiza carne en mantequilla y saborear su delicadeza!

Para Christine, lo más sensual era el champán, lamido en los lugares adecuados. Burbujeante y espumoso sobre la piel, creaba unos deliciosos escalofríos en la superficie. Hasta a James, que no era nada aventurero en estos asuntos, le gustaba el champán.

Teresa pensó en la miel que, decían, era buena para la piel, como el esperma. Tenía un recuerdo muy vivo de su abuela preparándose para el baño, envuelta en un grueso albornoz, mezclando miel y leche en un cuenco de cerámica. Cogía la combinación y, mientras el agua caliente, humeante, llenaba la bañera, se la untaba en la piel, profundamente arrugada, de la cara y el cuello. Teresa oía todavía su largo suspiro de placer y veía a su abuelo, de pie en el umbral, observando a su esposa. Se había burlado de ella y le había dicho algo en italiano, y ella, a su vez, se había burlado de él, pero había en sus ojos una mirada que Teresa nunca antes había visto, y supo que tenía alguna relación con estar casada y enamorada.

En aquel momento la sorprendió y avergonzó pensar que unos viejos pudieran seguir enamorados, pero nunca lo olvidó. Cuando Sam la abandonó, salió y le compró a una mujer que tenía panales en las afueras de la ciudad, un tarro de miel pura. Antes de bañarse se preparaba la mezcla de miel y leche, y se la untaba en el rostro y en el cuello.

En lo que sí estuvieron de acuerdo todas fue en que la comida sensual requería tiempo y amor. Tiempo para comerla y lamerla o mirarla y disfrutarla, y todo el amor para pensar en cómo prepararla bien.

Si se lo hubiesen preguntado a Rowan Bancroft, habría estado de acuerdo con ellas: cuando fue a casa de Teresa y la vio dar vueltas a la salsa, lentamente, meditabunda, concentrada en su labor, se le ocurrió que nunca en su vida había visto nada tan sensual. Hacía años que no había tenido tiempo de cocinar de ese modo lento y concienzudo, ni de pensar en la comida como algo que no fuera lo que tenía que preparar para sus hijos. Casi había olvidado que, aparte de una necesidad, la comida era un placer.

El pesar y el tiempo habían borrado de su memoria el deseo, y ahora Teresa le recordaba que todavía existía y que aún era capaz de experimentarlo.

Después de dejar la higuera en casa de Teresa, cuando se subió al coche, vio que le temblaba la mano. La apretó contra el volante para aquietarla, y el temblor se le desplazó por el brazo. Esperó que aquello no fuera el principio de un infarto.

Había esperado un año entero después del divorcio de Teresa, para darle tiempo a recuperarse. No quería pensar en sí mismo como la clase de hombre que se abalanza sobre las divorciadas. A lo mejor había alargado demasiado el plazo, más de lo necesario, preguntándose cómo enfocar el asunto. Sin embargo, ahora que había iniciado el proceso, le gustaría sobrevivir para disfrutar sus posibles beneficios.

Pasado el temblor, condujo calle abajo, dobló a la derecha en la esquina y se dirigió hacia casa. Tenía hambre, estaba cansado y un tanto confuso, como no lo había estado desde la adolescencia, cuando tenía que preguntarse cosas cómo: ¿Dirá que sí? ¿Dirá que no? ¿Cómo sabré cuál es la respuesta?

Teresa era una mujer muy reservada, y esto le daba un aire de misterio y poder. Él era un hombre bastante abierto, y esto, pensó, le hacía vulnerable, capaz de hacer el tonto. Quizá por ello hasta ahora había evitado toda relación, menos las más desenfadadas. Si iba a poner su corazón al descubierto, que fuera por algo por lo que mereciera la pena sufrir el posible dolor que pudiera acarrearle. Se imaginó que temblaba porque ahora le tocaba decidir si aquello era ese algo.

Condujo por las silenciosas calles. En un semáforo en rojo, en la esquina de Vly Road, el rótulo luminoso de un restaurante captó su visión periférica izquierda. El Little Falls Inn. Llevaba años pasando frente al restaurante y sabía que era uno de los mejores de la zona... y uno de los más caros. Siempre se había prometido que cuando conociera a la mujer idónea, la llevaría allí. Algún día. Algún día lo haría. Quizá Teresa fuese esa mujer, pensó, y estaría encantada de no tener que preparar la cena, de dejar que alguien cocinara para ella, para variar. Tenía la sensación de que era un acontecimiento poco común en su vida.

El semáforo se puso en verde y Rowan arrancó. Luego se dio cuenta de que, sin motivo aparente, doblaba a la izquierda y entraba en el aparcamiento del restaurante. Tenía hambre.

Apagó el motor y salió.

—¿Pero qué estoy haciendo? —se preguntó.

La respuesta era obvia. Invitarse a sí mismo a una cena cara.

Se acercó a la puerta y leyó la carta. No ponía los precios. Mala señal. No obstante, la comida parecía buena. Pato con salsa de frambuesa. Salmón relleno con romero y limón. Codorniz rellena de uvas. Pastel de mousse de chocolate y trufas.

Tenía hambre y hacía mucho tiempo que no se había tratado a sí mismo como a alguien que se mereciera que lo convidaran a cenar. Se sintió bobo al entrar solo en un restaurante. Sobre todo en uno como aquel. ¿Acaso parecería un perdedor? ¿Un hombre incapaz de salir con mujeres? ¿O es que aquel gesto habría de darle el valor suficiente para invitar a una mujer? Porque tal vez lo que necesitaba saber era que él también tenía algo que ofrecer a una mujer tan hermosa. Había esperado un año para ofrecérselo. Había esperado demasiados años para ir a un restaurante. Había llegado el momento de dejar de confundir el miedo con la paciencia.

Abrió la puerta y entró. Un discreto camarero le preguntó en voz baja si deseaba una mesa para dos.

—Para uno. Sólo yo. Quiero decir que sólo para mí.

—Muy bien —contestó el camarero.

Rowan supuso que le había hecho bien con eso de sentarse allí y comer codorniz con uvas, costara lo que costara, porque además el tallo de perejil de su plato le recordó otro regalo que deseaba hacerle a Teresa. La llamaría al llegar a casa y le recordaría que estaba dispuesto a ayudarla, aunque sabía que no aceptaría la oferta.

Mañana por la noche, sin embargo, llevaría otro regalo, un regalo para los dos.

Algo con muchas hojas, algo verde en pleno invierno. Algo que indicara que era hora de dar un paso más.

La cocina de Teresa

A la una de la mañana, Teresa miró a Amberlin y a Delia y dijo:

—Es hora de acabar el trabajo por hoy. Me voy a quedar dormida en el fregadero si sigo así.

Delia y Amberlin, que habían estado secando platos, dejaron los trapos de cocina y estiraron los brazos.

—¿Qué habitación quieres? —le preguntó Delia a Amberlin.

—La de arriba —contestó Amberlin, y se estiró cuanto pudo, antes de inclinarse, tocarse las puntas de los pies y enderezarse con un enorme bostezo.

Teresa salió de la cocina, recorrió el pasillo, subió por la escalera y regresó al cabo de un momento con una almohada y un montón de edredones.

—¿Alguna de vosotras puede abrirme la puerta? —inquirió, e indicó el sótano con la cabeza.

—¿Adónde vas? —quiso saber Delia con los ojos como platos.

—Abajo. No quiero dejarla sola toda la noche.

Amberlin frunció el ceño.

—¿No va a hacer frío?

Teresa se encogió de hombros.

—Por eso he traído las mantas.

Amberlin se mordió el labio.

—¿Tienes más? Iré contigo.

Delia se llevó rápidamente la mano a la boca y su tez, blanca como la leche, se fue poniendo roja.

—No podéis dormir en el sótano.

—Christine está allí —señaló Teresa.

Delia sintió que se hundía, como si la arrojaran al fondo del lago.

—Pero… ¿y yo?

—Tú puedes dormir arriba —respondió Teresa en tono práctico—. No hace falta que vayamos todas. Amberlin, tú también puedes dormir arriba.

—No. Bajaré. Puede que se decida a hablar si estamos las dos.

—Esto me da mala espina —afirmó Delia. Su tez volvió a su tono habitual y las comisuras de los labios le palidecieron un poco—. No me gusta nada.

—Está bien, Delia —dijo Teresa—. No pasa nada. Quédate arriba.

—No, no está bien. Nada de esto está bien. —El tono de Delia se elevó en la escala hasta alcanzar el registro de soprano—. ¡Por Dios! La tienes atada a un fregadero. En el sótano. Y henos aquí fingiendo que no está, como dice Amberlin, y para colmo mañana vamos a tener una fiesta encima de ella. Justo encima de ella.

Algo que no esperaba empezó a bullir en su interior. Algo como el zumbido de la electricidad cuando llega a su carga máxima. La sensación de que estaba a punto de gritar. De explotar. Tiró de un mechón de cabello y se lo enroscó en el dedo, lo desenroscó y volvió a enroscarlo al mismo tiempo que su mirada iba del rostro conmocionado de Teresa al de Amberlin.

—No puedo —exclamó, negando con la cabeza—. No puedo. No puedo. Tendréis que hacer algo vosotras, porque yo no puedo.

Amberlin y Teresa la observaban boquiabiertas. Se estremecía, sus brazos temblaban ligeramente. Amberlin posó una mano en su hombro, pero Delia se la quitó de encima.

—No, no puedo —repitió, espantada, y sus ojos fueron de nuevo de la una a la otra—. Tengo… tengo que irme. Tengo que ir a casa. Tengo que irme. Ahora mismo.

Giró sobre los talones y fue rápidamente pasillo abajo.

Teresa y Amberlin se quedaron con la vista clavada en el lugar que acababa de ocupar. Contemplaron atentamente su ausencia.

—¿Crees que deberíamos seguirla?

—No lo sé. Creo que está sufriendo una especie de conmoción.

—Entonces quizá debiéramos ir.

—No. Es demasiado profundo. Es algo que está demasiado enterrado. Le llega demasiado hondo y tiene miedo. Se sentirá mejor por la mañana.

—Ahora estás hablando como ella —se quejó Amberlin.

Teresa agitó la cabeza. Conocía a Delia desde hacía mucho tiempo. Era una mujer corpulenta, por lo que la gente solía dar por sentado que era también más fuerte de lo normal. Teresa sabía que no era cierto. Sabía que era muy sensible, como su piel, que a veces tenía que mantenerse feliz porque la desdicha le resultaba demasiado insoportable. La hundía demasiado.

—Creo que deberíamos ir a por ella —sugirió Amberlin, pero antes de que pudieran hacer nada, Delia regresó y las miró con aire resuelto.

—Delia, ¿estás bien? —preguntó Teresa.

—No, no lo estoy. Y vosotras tampoco deberíais estarlo. Si lo pensarais un poco más, no lo estaríais. Mañana puede ocurrir cualquier cosa. Podría desembarazarse de las cuerdas y romper uno de tus tarros y cortarse las venas. Entonces, después de la fiesta, la encontraríamos muerta, desangrada. Menuda fiesta.

—No lo hará —declaró Teresa.

—¿Cómo lo sabes? A mí esas cuerdas no me parecieron demasiado bien atadas.

—Lo sabe —Teresa trató de explicar algo que no sabía muy bien cómo expresar—. Sabe que no le ha llegado el momento. Eché... eché una especie de sortilegio a las cuerdas.

—¿Un... qué?

Amberlin se unió a la conversación.

—Habla en términos metafóricos, Delia. No le echó un sortilegio a las cuerdas. No cree en eso.

—Sí que creo —alegó categóricamente la aludida—. Es algo de familia. Delia lo entiende. Y Christine lo sabe. No es hora todavía.

Teresa hablaba con la cara vuelta hacia Delia, con el rostro tenso de angustia; esta la escudriñó y se mordió el labio. Teresa calló un momento, tras el cual asintió con la cabeza y ella suspiró. Amberlin sacudió la cabeza y se preguntó qué era lo que Delia había captado.

Lo que Teresa había dicho y lo que no había dicho no tenía mucho sentido para ella, aunque, por supuesto, Delia la conocía desde mucho antes. Acaso eso fuera lo que hacía falta: escuchar a lo largo de los años, como escuchar un idioma nuevo, hasta que en un momento inesperado, empezabas a entenderlo.

—¿Estás segura de que es un sortilegio bueno? —inquirió Delia—. ¿Mejor que el que le echaste a Peter Hawley en el instituto?

—Sí, mejor que ese.

—Espero que sí. El chico nunca se dignó mirarte siquiera.

La boca de Teresa se transformó en sonrisa.

Delia se pasó los dedos por el cabello.

—¿De verdad vais a dormir abajo?

—Sí. Pero tú no tienes por qué hacerlo.

—Lo siento. Siento no poder hacer más.

—No importa, Delia. Está bien. No tiene importancia.

Delia se volvió hacia ella con expresión apenada.

—Se supone que reacciono bien en las crisis. Sobre todo con la gente. Ya sabes: reúno a la gente, procuro que todos sean felices. Pero esto… esto no sé cómo abordarlo.

Teresa negó lentamente con la cabeza.

—¿Crees que no lo sabía ya? ¿Crees que hay alguien que sí lo sepa?

Delia se mordisqueó el labio inferior y los ojos se le anegaron en lágrimas.

—Ojalá Michael estuviera aquí. Se enfrenta mejor que yo a estos casos.

A él no le molestaba que la vida avanzara hacia el caos. No le decía a ella que se callara o que no se hiciera notar, ni nada de eso. Dejaba que las cosas pasaran. Despreocupado, decía la gente, pero también lo decían de ella. No sabían nada de nada. No es que fuera despreocupado, sino que poseía la fuerza suficiente para aguantarlo todo. Ella tampoco era despreocupada, sólo que tenía bastante suerte en general y sabía ocultarlo cuando esta le fallaba.

—Puedes irte a casa si quieres —sugirió Teresa—. Regresa por la mañana.

Delia negó con la cabeza.

—No quiero ser una boba.

—No lo eres. Pero ya sabes que si te quedas tendrás que soportarnos.

Delia miró a Teresa. Tan menuda. En el instituto podía levantarla y echársela sobre los hombros como un saco de patatas. Cuando se peleaban, Delia sabía que la aventajaba en tamaño y fuerza, aunque nada podía hacer contra su absoluta terquedad. Teresa era menuda y caótica, pero tan persistente como una llama.

Delia abrió sus robustos brazos, la envolvió, la estrechó con fuerza y la soltó.

—Podría intentarlo un rato si traes unas velas.

—Velas —musitó Teresa—. Claro. Sería agradable.

—Voy a por ellas —se ofreció Amberlin, y fue corriendo a buscarlas a la sala de estar.

Con más mantas y almohadas y las velas se dirigieron hacia el oscuro sótano. Teresa las precedió con una vela encendida, un pequeño y parpadeante círculo de luz que se arrojaba sobre sus caras, y de poco servía para iluminar la escalera.

Una vez en el sótano, veían mejor gracias a la luz de las farolas que entraba por la ventana. Teresa se acercó a Christine, se arrodilló y la observó a través de la oscuridad.

—¿Christine? —susurró.

No hubo respuesta.

—¿Está dormida?

Teresa asintió con la cabeza.

—Dejémosla dormir. Le sentará mejor que cualquier otra cosa.

En silencio, las mujeres se crearon unos nidos en el duro y frío suelo. Teresa encontró una colchoneta de gimnasia de Donnie y se la dio a Delia; esta insistió en que Amberlin la usara; esta, a su vez, trató de convencer a Teresa para que la usara ella, pero ella no quiso cogerla porque le correspondía a otra. Así siguieron un rato, erre que erre, hasta que con profundos suspiros Delia cedió, demasiado cansada ya para continuar discutiéndolo.

Se acostaron y clavaron la vista en el techo, en las vigas de madera y el complejo diseño de las telas de araña que iban de una a otra.

Amberlin esperaba que ninguna araña bajara por alguna de ellas para posarse en su cara. Detrás de donde se encontraban, la caldera zumbaba y despedía un poco de calor. Al cabo de muy poco tiempo, Delia empezó a respirar más lentamente. Amberlin suspiró y se puso boca arriba.

—Amberlin —susurró Teresa—. ¿Estás dormida?

—No. No puedo dormir. Estoy demasiado tensa.

—¿De verdad no crees en los fantasmas? —preguntó Teresa inesperadamente.

Amberlin se puso de costado y se inclinó con la cabeza apoyada en un hombro.

—¿Qué?

—¿De verdad no crees en los fantasmas? —insistió Teresa.

Amberlin reflexionó.

—Ya te lo dije, creo que existe algo como espíritus que todavía no sabemos cómo explicar. Concentraciones de energía o algo así. ¿Por qué?

—Estaba pensando en Nan. Me preguntaba si puede ver esto. Me preguntaba lo que piensa al respecto.

—No empieces —rezongó Delia—, o me voy para arriba.

Teresa levantó la cabeza y miró a Delia.

—Pero si a ti te gustan los cuentos de fantasmas.

—Esta noche, no.

Delia metió la cabeza debajo de la almohada; Teresa se encogió de hombros y se volvió hacia Amberlin.

Esta agitó la cabeza.

—No sé si creo en fantasmas que nos observan y cosas por el estilo —contestó.

—Mi abuela solía cantarnos esta canción —indicó Teresa. Entonó en italiano uno o dos versos y su voz alcanzó todos los registros con facilidad y pureza.

Si bien Amberlin no conocía el significado de las palabras, la melodía, como una suave y protectora manta, la llenó de calidez.

—Bonito —murmuró cuando Teresa terminó—. ¿Qué quiere decir?

—Dice que mil ángeles cantaron el día en que naciste y que te sonríen y te cuidan durante toda tu vida. Así que duerme y escucha a los ángeles. Duerme y sueña. Duerme y sueña.

Cantó un poco más:

—*Dormi, dormi, sogna piccola amor.*

Amberlin sintió que la canción la transportaba, flotando, como si fuese un barco que la llevara hacia sus propios sueños. Se arrebujó en su montón de mantas y se sintió calentita, soñolienta y muy a gusto.

—Qué agradable —murmuró Delia—. Canta un poco más.

Teresa cantó la melodía hasta el final. Después suspiró y habló con una voz tan dulce como en el canto, a diferencia de su habitual tono, que sonaba tan seco, tan seguro de sí mismo.

—La abuela nos decía que los ángeles nos observaban. Luego nos hablaba de la Befana. La llaman la bruja de la Navidad, pero ya existía mucho antes de que hubiera una Navidad. Era una vieja *strega* y cada año barría la Tierra hasta que le daba la espalda al invierno y se volvía hacia el Sol. Barriendo, dejaba entrar el Año Nuevo; barriendo, echaba al año viejo. Siempre barría, barría, barría.

—Mmm —murmuró Amberlin y dejó que la voz de Teresa la transportara a donde quisiera. Por detrás de sus párpados veía a la anciana de espesa cabellera canosa y algo despeinada, encorvada sobre una escoba y rezongando. Se vio a sí misma acercándose a ella y dándole unas palmaditas en el cabello, tratando de alisárselo, mientras la anciana se burlaba de ella. Delia, que también estaba a punto de empezar a soñar, vio lo mismo.

—*Befana* significa Epifanía —explicó Teresa—. Y trae sus regalos el seis de enero, cuando ha acabado de barrer. ¿Os había hablado de esto antes?

—Mmm —respondió Delia.

—No lo creo. En todo caso, se dice que se retrasó el año en que Jesús nació. Quería traerle un regalo, porque todos le habían dicho que este era el niño que salvaría al mundo, pero tenía trabajo que hacer, así que no pudo llegar cuando llegaron los ángeles, los tres reyes magos y todos los demás.

Amberlin vio la larga fila de personas acercándose a la casita en la callecita polvorienta donde se hallaba con la Befana. Algunos iban sobre elefantes, otros caminaban y otros montaban en burros. Vestían mantos rojos, dorados y morados, o túnicas y pantalones de tejidos pardos sumamente burdos y rasposos. Cabras y carneros trotaban junto a camellos, e incluso unos pollos con largas y coloridas plumas en las patas, como si fueran zapatillas.

Por encima oyó algo que sonaba como a unas campanas, pero que a la vez no lo eran. Alzó la mirada y se dio cuenta de que era algo que no había oído nunca: alas de ángel moviendo el aire. Algo como plumas, o más bien como escarcha plateada, caía lentamente de las puntas de las alas, y esto era lo que producía el sonido semejante a las campanillas, casi como un canto, casi como una palabra, casi como una risa.

—Ángeles —susurró Delia—. Tenemos bandadas en el cielo.

—Es cierto —convino Teresa—. Bandadas y bandadas de ángeles.

La Befana miró a los ángeles que volaban en el cielo encima de su cabeza, aleteando y cantando sus canciones celestiales. «Vamos a Belén, Befana. Ven con nosotros a dar la bienvenida al niño divino. Al niño mágico. Al niño que salvará al mundo.»

Sus voces eran casi tan hermosas como la de Teresa; parecía que de sus labios caía oro. Sus voces poseían la riqueza del oro. Pero la Befana no se fue con ellos. Al menos no enseguida. Tenía trabajo que hacer, aunque a Amberlin le preocupaba que no lo hiciera bien, y a Delia le preocupaba que se perdiera la fiesta. La anciana dio una palmadita en el brazo de Amberlin. Ya iría, llegado el momento.

—Unos días más tarde estuvo lista —continuó Teresa—. Había acabado de barrer y el mundo había vuelto a la luz. Así que empaquetó su regalo que... según nos dijo siempre nuestra abuela... consistía en galletas *ceci*, y se lanzó al camino con su escoba, por si la casa del niño necesitaba una buena barrida. Iba tan rápido como podía, pero era vieja, tan vieja como la Tierra, así que avanzaba lentamente y, además, el tiempo tenía otro significado para ella. Cuando por fin llegó al pesebre, ya no había nadie.

Amberlin miró por encima del hombro de la anciana, que se rascaba la cabeza entre los restos de lo que parecía una fiesta. Había trozos de huesos y grasa del pollo que alguien había cocinado. Allí, un chal que habían olvidado. Allá, el pesebre en el que había dormido el niño. Qué triste, pensó Delia. Qué horrible perderse un momento como ese y no poder recuperarlo. Qué terrible error, pensó Amberlin.

La Befana se rascó el trasero y se encogió de hombros.

«No pasa nada. Hay muchos bebés en el pueblo. Apuesto a que cualquiera de ellos podría ser un niño divino. Quizá lo sean todos.»

—Eso fue lo que dijo la Befana —prosiguió Teresa—. No le parecía mal haberse perdido al otro bebé. La abuela DiRosa nos explicó que fue al pueblo con las galletas *ceci* y encontró algunos bebés a quienes dárselas, porque cualquiera de ellos podía ser divino. Cualquiera de ellos podía salvar al mundo.

La Befana fue de casa en casa, entregando galletas y diciendo a cada niño: «Podrías ser tú. Podrías ser tú. Podrías ser tú», hasta que se volvió y puso una galleta en la mano de Amberlin, otra en la de Delia y las miró directamente a los ojos con sus propios ojos legañosos. «Y podrías ser tú», les dijo.

—Desde entonces, cada año la Befana trae galletas y regalos a los niños —explicó Teresa—, porque sabe que el niño divino podría ser cualquier niño, en cualquier momento, en cualquier lugar.

Se incorporó en su nido de mantas y cogió una servilleta que tenía en el regazo. Extrajo de ella una galleta *ceci*, se levantó y la puso en el plato junto a los pies de su sobrina.

Los ojos de Christine estaban cerrados y Teresa le acarició la cabeza.

—Podrías ser tú —le susurró—. Ciertamente, podrías ser tú.

Delia se sumió rápidamente en sueños y se sintió rodeada de una celebración que parecía centrarse en ella. Se había quedado en el sótano, en la oscuridad, y eso le provocó júbilo. Amberlin soñó con mil ángeles que cantaban algo hermoso, cada uno de cuyos sonidos se había creado para darle la bienvenida a ella, a Christine, a Delia y a sus hijos, y a Teresa y a los suyos, al día siguiente.

Christine, que no estaba dormida, había oído cada una de las palabras pronunciadas por Teresa y muchas que no había pronunciado.

Las brujas y los ángeles

Aunque Delia y Amberlin, y hasta Christine, tenían dudas acerca de las brujas y los ángeles, Teresa y Nan se habían criado rodeadas por esos seres. Formaban parte de lo más profundo de sus conocimientos del mundo y de cómo funcionaba. Sin embargo, Teresa no entendía muy bien la diferencia entre ambos.

De niña sabía que eran poderosos por igual y que volaban. Además, aunque los ángeles tuvieran nombres de niños, se parecían mucho a las niñas, mientras que las brujas, que supuestamente eran todas mujeres, no lo parecían.

La perspectiva de encontrarse con una bruja o un ángel le resultaba abrumadora, ya que los relatos que oía sobre brujas tenían que ver a menudo con su costumbre de zamparse a los niños, y lo que oía decir de los ángeles tenía que ver con el hecho de ser los encargados de llevar a los pequeños al lado del niño Jesús. En uno u otro caso, pensaba, una acabaría muerta, y aunque quizá fuera agradable ir al cielo y vivir en las nubes con Dios, prefería mucho más ir a ese lugar cuando fuera vieja.

A la abuela DiRosa le preguntó cuál era la diferencia, y ella le contó una larga historia acerca de una tal Mama Strega, que vivía en un vertedero de basuras. Dos niñas fueron a visitarla, y la primera la ayudó a limpiar su casa, que estaba asquerosa, y su cabello, que tenía piojos; a cambio recibió oro y vestidos de seda y magia. La otra niña no la ayudó, por lo que en la cabeza le crecieron salchichas. Teresa no estaba segura de que aquella historia solucionara sus dudas, pero era un relato bonito.

Nan le dijo que la abuela era obviamente una bruja. Vestía de negro, y los ángeles siempre van de blanco. Además, a las brujas les gustaba cocinar, siempre tenían un horno o una caldera en marcha, y los ángeles no comían más que nubes; las consumían en gran cantidad, y cuando tenían que hacer sus necesidades, llovía.

A Teresa se le ocurrió que si la abuela era una bruja, debía de ser la Befana, porque era ella la que llevaba a sus habitaciones galletas y naranjas en la celebración de la Epifanía, y porque contaba la historia de la Befana como si la conociera de primera mano. Según Nan, era una *strega* común y corriente, una bruja, eso sí, sin la menor duda.

Les servía té que no sabía como el de Lipton, que era el que tomaban con su madre; colgaba ristras de ajos y extrañas y rizadas cruces de especias por toda la casa. Quemaba velas sobre su tocador repleto de diminutas estatuas de personas mágicas que cargaban rayos o tenían agujeros en el corazón o en la cabeza, sangre chorreándoles por la cara de expresión triste y amorosa.

Los brazos de la abuela DiRosa eran las gruesas ramas de un roble, que apenas se tensaban bajo el peso de la olla de hierro que cargaba hasta la cocina exterior donde hervían los tomates para conservas. El sudor se le escurría por el rostro a la vez que les daba vueltas y más vueltas en la olla, sin dejar de murmurar palabras o cantar canciones que Teresa y Nan entendían sólo en parte.

En una ocasión, Teresa le preguntó qué significaban las palabras, y la abuela levantó tanto sus oscuras y ya arqueadas cejas que la piel de su frente se plegó y formó profundos surcos.

—Es una oración —contestó concisamente. Sin más.

La abuela era así. Poseía la más dulce de las voces y el regazo más suave al cual subirse, pues la gruesa y blanda capa de grasa que envolvía su cuerpo formaba una especie de almohada. Si se quedaban a dormir en su casa, en la gran habitación del medio, cosa que hacían con frecuencia en verano, les contaba anécdotas de cuando vivía en Italia y de los pollos que la perseguían en el patio mientras jugaba. De cómo la bisabuela Emilia salía al umbral de la casa y gritaba a sus hijos que vinieran a cenar. Gritaba tan fuerte que su voz retumbaba por toda la aldea. De cómo ella y sus hermanas, a quienes las otras chicas llamaban Zizi Zum y Zizi Em, trepaban hasta la cima de la colina y miraban hacia Roma y soñaban y soñaban con esa ciudad... llena de cúpulas doradas y de vida... con todos esos fabulosos edificios y gentes con ropas preciosas.

A Italia la llamaba la vieja patria, y Teresa creía que la expresión lo englobaba todo, las personas, los árboles, los animales, la tierra misma.

A veces, no obstante, los ojos de la abuela se volvían de hierro, y su voz, tan afilada como los cuchillos con que cortaba el pan, apoyándoselo en el vientre. En opinión de Teresa, era la mujer más poderosa del mundo, aparte de Nan, y le encantaba la comida que parecía salir rodando de su mismísimo cuerpo hacia la mesa de la cocina, donde ella, sus hermanos, sus hijos y los hijos de estos compartían las comidas.

Era una mesa grande. Tenía que serlo para acomodar a todos los miembros de la familia y a cualquier sacerdote, monja o conocido sin trabajo que pasara por allí. Antes de cada comida, la abuela murmuraba algunas de esas extrañas palabras, se besaba la palma de la mano y la apretaba contra la mesa, transfiriéndole el beso.

Otra oración, pensaba Teresa. Pero no creía que fuese para el mismo Dios con quien mamá hablaba en la iglesia.

Más tarde, ya en la universidad, Teresa tomó un curso llamado Prácticas y Comidas Culturales; allí aprendió que los habitantes de los Abruzzos eran conocidos por los sortilegios que echaban sobre su comida. Al parecer se trataba de hechizos potentes. Había un dicho en Italia: «Si hay un abruzzense en la cocina, el restaurante prosperará». Todavía ahora, Teresa besaba la mesa antes de empezar a comer. A veces, cuando cocinaba, entonaba palabras arrancadas, al parecer, por el calor de los fogones. Sus manos se movían por encima de la burbujeante salsa, y si su hijo le preguntaba qué cantaba, arqueaba las cejas y respondía:

—Es una oración.

—Está haciendo magia —susurró Nan a Teresa mientras se mecían en el columpio, chupando almendras garrapiñadas y viendo cómo metía tomates en la enorme olla de hierro sobre el fogón del patio—. Es un hechizo. Es una bruja.

Ambas sintieron un delicioso escalofrío y continuaron meciéndose en respetuoso silencio, observando trabajar a su abuela, la bruja.

Nan escuchó atentamente, y Teresa dio una fuerte chupada a una almendra y se preguntó lo que harían los hechizos.

Nan estaba obsesionada con aprender los hechizos de la abuela y usarlos. Quería saber echar sortilegios para conseguir dinero, felicidad y amor. Sobre todo amor. A Teresa eso no le interesaba, a no ser por la forma en que su hermana hablaba de ello. ¡Nan tenía doce años y sabía hacer tantas de las cosas que Teresa deseaba poder hacer algún día!

Podía ir en bicicleta hasta el centro y allí reunirse con sus amigas, en la tienda de música donde solían juntarse, y regresaba con discos que no se parecían en nada a la ópera y al jazz que escuchaban sus padres y sus abuelos. Hasta sabía tocar un poco la guitarra y su voz sonaba como la de los que cantaban en los discos. Iba a ser una estrella, confió a Teresa una noche en la que se quedaron charlando hasta tarde. Por la ventana, Teresa miró el cielo nocturno, salpicado de brillantes puntos de luz, y se imaginó a Nan ascender volando hacia la oscuridad mientras iba saludándola desde las alturas. Sentía que era un privilegio que Nan compartiera estos secretos con ella, pese a que era mucho más joven e, insistía Nan, Teresa todavía no era capaz de entender ni la mitad.

Nan le dijo que en cuanto aprendieran los hechizos, los apuntaría para que pudieran usarlos cuando los necesitaran. Sería la magia de su familia y no podrían compartirla con nadie que no fuera un DiRosa.

Mientras la abuela DiRosa daba vueltas a los tomates y murmuraba, Zizi Em y Zizi Zum llegaron con una cesta llena de flores de sus propios jardines. La dejaron en el suelo, y las tres mujeres de cabello plateado y hombros anchos cerraron los ojos y allí, sobre la olla, canturrearon una melodía antigua mientras los tomates rojos y aromáticos burbujeaban.

Los ojos de Nan se abrieron como platos.

—Escucha —susurró, y la tierra crujió bajo sus pies cuando detuvo el columpio—. Están haciéndolo.

Teresa se quedó quieta, espantada de repente por lo que pudiera suceder a continuación, aunque cada verano desde que tenía uso de razón había visto a su abuela dar vueltas a los tomates. Pero, ¿y si su abuela fuera de verdad una bruja y pudiera obrar hechizos? ¿Qué produciría ese poder? ¿Se quemarían las cosas? ¿Habría ruido? ¿Alguien resultaría herido?

—Nan —empezó a decir—, mejor no.

Pero Nan le dio un codazo para que se callara. Teresa inspiró hondo y se tragó involuntariamente la almendra que estaba chupando. Se atragantó, y empezó a ahogarse, de modo que se puso en pie, agitó los brazos y cayó de bruces en la tierra caliente.

Al oír cómo se estaba asfixiando y al verla agitar los brazos y caer, las tres mujeres dieron la espalda al puchero y corrieron hacia ellas tan rápidamente como se lo permitía su corpulencia, hablando en italiano. Zizi Zum le golpeó la espalda y, en una mezcla de italiano e inglés, la abuela soltó imprecaciones a gritos, mientras Teresa se esforzaba por respirar, sin lograrlo. El ruido que hacían hizo que el tío Henry llegara a la carrera desde su jardín, y el abuelo Donato desde la cocina. El tío Laborio, que veía un partido de béisbol en la sala de estar, no se enteró de nada.

—*Mi Dio, oh, Dio, maledizione* —sollozó Zizi Em en tanto Teresa iba pasando por todos los tonos del rojo.

—Ponedla boca abajo —sugirió el tío Henry, agarrándola de los tobillos.

Una penetrante luz destelló en la plata del rosario al que Zizi Zum se aferraba mientras oraba frenéticamente a la Virgen, pidiéndole socorro.

Nan se metió en la refriega, sacudió a Teresa y le gritó:

—Has roto el hechizo. Has roto el maldito hechizo. Ahora ya nunca lo vamos a conocer.

Con lágrimas saliéndole de los ojos, Teresa tosió, expulsó un trozo de almendra y tomó un largo trago de aire.

—Aah —suspiraron las mujeres.

Henry se sacó un trapo rojo del bolsillo y se secó la frente. Donato se santiguó en el pecho y se besó el pulgar. Todos volvieron a sus tareas.

Nan hizo una mueca furiosa.

—Lo has echado a perder.

—No es cierto —se defendió Teresa, sin estar segura de lo que negaba, pero consciente de que tenía que hacerlo.

—Sí lo es.

—No deberíamos.

Aunque más malencarada, Nan la escuchaba.

—¿No deberíamos qué?

—Probar los hechizos. Es peligroso.

Nan agachó la cabeza hasta el nivel de la de Teresa; sus oscuros ojos semejaban un cielo sin estrellas.

—¿Y qué? ¿Y qué?

Se marchó, enfurecida, y Teresa atravesó el largo patio hacia su propia casa, donde su madre preparaba la cena. Sentía todo su interior tembloroso. Tal vez la abuela y las Zizis habían creado un hechizo para salvarla y esto era lo que se sentía cuando alguien te hechizaba. De ser cierto, se preguntó lo que se sentiría si una fuera la persona que echaba el sortilegio.

Teresa se detuvo debajo del emparrado; bajo sus pies, la grava caliente crujía; por encima de su cabeza, las abejas chupaban las frutas maduras. Por primera vez, se preguntó cómo se sentiría si fuese bruja. Poseer ese poder.

¿Se enojarían contigo, como se enojaban con Nan cuando le faltaba el respeto a su padre? ¿Te sentirías sola? ¿Tendrías miedo de lo que pudieras hacer? Nan parecía sentirse aislada a menudo, pensó. Quizás eso fuera lo que se sentiría si una fuera bruja.

Pensativa, anduvo por la entrada de coches de su casa, subió los escalones y abrió la puerta. Una vez en la limpia y luminosa cocina, clavó la vista en su madre, que estaba metiendo un pollo en el horno. Se lo había perdido todo. No había oído los gritos. Se afanaba acompañada por el estruendoso sonido del televisor de la sala de estar en el que transmitían un concurso.

Puede que la abuela fuera una bruja, pero su madre no lo era, ciertamente. Quizás el mundo de su madre fuese más seguro. Menos confuso.

—Mami.

Su madre se volvió y le sonrió.

—La cena estará lista en una hora —dijo alegremente. El sonido de la tele atrajo su atención y habló con el aparato—. Andrew Jackson. No, idiota, Jefferson, no, Jackson. —Agitó la cabeza—. ¿Por qué es tan cretina la gente que sale en la tele? Yo debería apuntarme a uno de esos concursos.

—Mami —insistió Teresa.

Su madre parpadeó, se puso una mano en la cadera y ladeó la cabeza.

Teresa aguardó un instante. Pensó que su madre quería decirle algo.

—Cariño, tengo que empezar a preparar las patatas.

—¿La abuela es bruja? —preguntó Teresa.

La risa de su madre, suave y plateada, parecía música que descendiera sobre la estancia a través de una ventana abierta.

—Claro que no. No existen las brujas. ¿Qué te ha hecho pensar eso?

Sábado

El sótano de Teresa

Delia se incorporó y contempló la luz grisácea de la mañana. Transcurrido un momento, se acordó de dónde se hallaba y por qué.

—Vaya —exclamó—. Lo conseguí.

Un gemido surgió del montón de mantas que Amberlin ocupaba a su lado.

—Al final me he quedado toda la noche —puntualizó.

Se frotó los ojos para quitarles el sueño y echó otro vistazo alrededor. De Amberlin se veía únicamente la coronilla; las mantas ocultaban el resto. Christine parecía dormir y Teresa se había marchado.

—¡Ay, mierda! —exclamó—. ¿Qué hora es? —Se deshizo de las mantas, se inclinó sobre Amberlin y le dio un suave empujón; por respuesta recibió otro gruñido—. Venga, chica. Tenemos un día muy ajetreado por delante. Tengo que ir a casa a por mis cosas… y además tengo que hacer todas las llamadas que no hice anoche. ¿Vas a levantarte?

Amberlin pronunció unas palabras amortiguadas por las mantas, imposibles de captar.

—Oye —dijo Delia—. Tengo que irme. No te vayas a dormir de nuevo. ¿Vale?

Se levantó, y Amberlin, que intentaba no despertarse, no pudo evitar oír el taconeo de sus zapatos mientras subía por la escalera.

Después se esforzó por obedecerla, por despertarse, pero su cuerpo quería permanecer bajo el calor de las mantas y la dulzura de sus sueños. Se dijo que cinco minutitos no harían ningún mal y cerró los ojos.

Cuando los abrió de nuevo, la claridad se había convertido en luz directa que entraba a raudales y sintió algo que le hacía cosquillas en la nariz. Cruzó los ojos e intentó ver qué era. Una araña. Se la quitó de un manotazo, se incorporó a toda prisa y se dio cuenta de que tenía mucho frío. Mucho más de lo que le gustaba. Lanzó una ojeada a Christine, que parecía dormir todavía bajo un montón de mantas que ahora incluía las que Teresa había usado. Se puso en pie y trató de orientarse. No tenía idea de qué hora era ni de cuánto tiempo había dormido. Aguzó el oído, no percibió ningún indicio de vida humana y subió, medio dormida, a la cocina.

—¿Teresa? —Nadie contestó—. ¿Delia? —No hubo respuesta.

Advirtió el taco de papel blanco sobre la mesa y fue a leer la nota que le habían dejado:

«Se nos ha acabado el gasóleo, pero el camión debería llegar pronto. He ido a la tienda. Delia está en su casa, dándole besos a su marido y a sus hijos. Por favor, corta el salmón».

—Estupendo —rezongó—. Ahora me voy a congelar cortando el maldito salmón.

El teléfono sonó y, aunque no contestó, escuchó el mensaje que dejaban.

—Soy James —dijo una voz malhumorada—. Quisiera hablar con Christine si está ahí. Si no está, y de verdad no sabes dónde se encuentra, creo que deberíamos tomar algunas medidas. —El tono cambió de malhumorado a firme—. Te aconsejo seriamente que me llames pronto, de lo contrario me veré obligado a actuar sin ti.

Amberlin puso los ojos en blanco.

—Sí, ¿y qué más?

Ojalá hiciera algo de verdad, como venir e insistir en ayudar a Christine, en lugar de limitarse a telefonear. ¿De qué servía llamar, excepto para alarmar a todo el mundo?

Temblando, con escalofríos, fue a encender el fuego en la chimenea y se percató de que Teresa ya lo había hecho. Se calentó frente al hogar, fue al armario empotrado del pasillo, cogió un jersey de lana y se lo puso por encima de la ropa; luego regresó a la cocina, sacó un filete de salmón de la nevera y cogió un pequeño cuchillo para cortar el pescado en lonchas finas, tal como Teresa lo querría.

Era una de las responsabilidades que menos le agradaban, y que generalmente le tocaba a Christine, así que cuando alguien llamó a la puerta, se olvidó de sus padres ateos y alzó los ojos hacia el cielo.

—¡Gracias a Dios! —susurró, y fue a abrirla.

El hombre, que llevaba un gorro en el cual se leía el nombre JOE, le entregó un albarán, inclinó el gorro y masculló algo que Amberlin fue incapaz de entender. Cuando trató de pasar a su lado y entrar en la casa, le negó el paso.

—¿Qué? —preguntó—. ¿Qué ha dicho?

—Purgar, señora. El tanque estaba vacío y la calefacción no funcionará a menos que purgue las tuberías.

—Ah, ya veo. Bueno, ¿y eso cómo se hace?

—Bajo al sótano y aflojo la espita hasta que salga el combustible.

—Ah —repitió Amberlin—. Eso. La espita. Bien, de acuerdo. Ya lo haré yo.

El hombre levantó un pie y la miró con aire desconcertado.

—¿Sí?

—Claro —contestó ella, confiada—. Lo he hecho miles de veces. Gracias, ¿eh? Y feliz Navidad.

Cerró la puerta en las narices del sorprendido técnico, regresó al intenso frío de la cocina, golpeó el suelo con los pies, saltó y soltó varios tacos.

—Purgar la maldita tubería —rezongó—. Maldita sea. ¿Dejar que baje y explicarle lo de Christine? ¿Cómo? ¿Una huésped a quien le van las ataduras? Maldita sea Teresa. Maldita tubería de gasóleo. Maldito salmón. Delia tiene razón. Tenemos que hacer algo.

Hurgó en diversos lugares, abriendo puertas y cerrándolas de golpe, encontró una llave inglesa y un destornillador y regresó al sótano; se arrodilló frente a la caldera, como si estuviera adorando un antiguo dios del calor, y trató de averiguar cuál, de entre los centenares de protuberancias que había en la superficie metálica, era la espita a que se refería el técnico.

Mirándola fijamente durante un buen rato, trató de determinar cuál sería el curso lógico del combustible, por dónde saldría, por dónde entraría, dónde se calentaría. Era como preparar *brioches* sin receta, pensó. Quizá te salieran bien después de varios intentos, pero tardaría muchísimo tiempo y se equivocaría un montón de veces.

A su izquierda oyó una pequeña risa. Se volvió y se dio cuenta de que Christine intentaba reprimirse las ganas de seguir riendo.

—¿Te parezco graciosa? —inquirió en tono cortante.

Se avergonzó de inmediato. No estaba bien ser cortante con las amigas que pretendían suicidarse. Ya sólo le faltaba aparcar en el lugar reservado a las personas con discapacidad física, alegando tener mucha prisa.

—Yo sé cómo purgar una tubería, Amberlin —explicó Christine—. Desátame y lo haré.

Amberlin volvió hacia ella el rostro cansado.

—Y luego, ¿qué?

—Luego me marcharé. Así de sencillo.

—¿Y cuánto tiempo crees que seguiría viva después de que Teresa regresara?

Amberlin negó con la cabeza y sintió otro ramalazo de vergüenza. Había pensado primero en su propia vida, en lugar de pensar en Christine, cuando era esta última la que precisaba ayuda.

No. Ella, Amberlin, necesitaba ayuda. Estaba helada.

—¿Por qué no me explicas cómo se hace? —sugirió—. Puedo seguir tus instrucciones.

—No. Sólo si me sueltas.

Amberlin le dirigió una mirada airada. Los del Teléfono de la Esperanza le habían dicho que los suicidas podían tratar de manipularte. Su última manipulación.

—¿Tantas ganas tienes de morir? —le espetó—. Pues allá tú.

Se levantó haciendo palanca con los brazos y, enfurecida, subió por la escalera. Sabía dónde se encontraba la pistola de Christine y estaba harta de que la manipularan. ¡Hasta la coronilla! Se pasaba el día entero preparando comida para que la gente comiera cosas saludables, y luego regresaba a su piso, pasando frente a las colas del McDonald's, porque esta cadena sabía manipular a la población. Trataba de hacer que Teresa entrara en razón, pero esta no le hacía caso. Probó la compasión con Christine, y vio que era incapaz de experimentar ese sentimiento. Y había defendido a James que, en lugar de encargarse del asunto con eficacia, no hacía más que estúpidas llamadas vagamente amenazadoras.

Toda la vida había hecho caso de lo que era correcto, había hecho todo lo apropiado, había dicho las palabras indicadas, había cocinado los alimentos adecuados, se había acostado con los hombres convenientes y hasta se había casado con uno. ¿Y de qué le había servido?

¿Era feliz? Y Christine, ¿se encontraba mejor? Y ella, la propia Amberlin, ¿estaba helada, o no?

Fue al dormitorio de Teresa y divisó, sobre el tocador, el bolso de Christine, en cuyo interior se hallaba la pistola. La sacó; su mano percibió su frío y su peso. La llevó abajo, al sótano, y se detuvo frente a Christine, apuntándola con el arma.

—¿Es esto lo que deseas? —la interrogó—. ¿Quieres que te mate de un tiro?

El rostro de Christine expresó una mezcla de rabia y aburrimiento.

—No seas fantasma, Amberlin. Desátame o vete a la mierda.

—No. —Amberlin alzó la pistola y apuntó mejor—. Voy a matarte.

Christine sonrió, divertida ante aquella perspectiva o al ver la mano temblorosa de Amberlin.

—¿Es uno de tus trucos del Teléfono de la Esperanza? ¿Algo que has sacado del manual?

—¿Tú qué crees? —contestó Amberlin, apretando los dientes.

No podía contestar porque no sabía la respuesta. No tenía la menor idea de lo que estaba haciendo ni de por qué lo hacía.

Christine cerró los ojos y alzó la barbilla, levantando la cara como si fuera una flor que se empapa de luz.

—Hazlo —susurró.

La mano de Amberlin tembló aún más. Se la miró y se dio cuenta de que no era ni por frío ni por miedo, sino por la furia que le recorría los músculos con una energía que no se sentía capaz de controlar. Esto no era lo que quería. Se suponía que no funcionaba así. Deseaba mostrarse comprensiva, bondadosa, amable. Quería arreglar la situación de Christine. Salvarla. Curarla.

Esta, en cambio, la estaba traicionando. Se suponía que eran amigas, y, sin embargo, no dejaba que Amberlin fuera su amiga, se negaba a colaborar, a ponerse bien. Delia y Teresa la habían abandonado; James era un maldito idiota impotente; Christine rechazaba su ayuda. Todo esto le provocaba tal rabia que no sabía de qué podía ser capaz. Su temblorosa mano soltó la pistola. Le dio un puntapié con todas sus fuerzas. El arma se deslizó por el suelo hacia la escalera.

—¡Joder! —rugió—. ¿Qué coño te pasa?

Levantó violentamente un brazo, que topó con un tarro de tomates en la estantería a su izquierda. Lo cogió, echó el brazo hacia atrás y lo lanzó por encima de la cabeza de la chica. Observó, satisfecha, cómo se hacía añicos contra la pared que había detrás de Christine. Esta abrió los ojos como platos, agachó la cabeza y se la cubrió con los brazos.

Amberlin tenía otro tarro en la mano y se detuvo, a punto de arrojarlo.

—Te has agachado —afirmó, asombrada.

Christine la miró boquiabierta y se sonrojó.

—Te has agachado —repitió Amberlin—. Lo has evitado.

Cogió otro tarro y lo lanzó. Christine volvió a agacharse.

—Venga, protégete —sugirió Amberlin entre descontroladas carcajadas—. No puedes evitarlo, ¿verdad?

Arrojó tarros de tomates, tarros de pepinillos, tarros de alubias, hasta que la pared semejó una versión de Kandinsky de la Navidad, roja y verde y roja otra vez. Siguió arrojándolos, y Christine acabó por meterse del todo debajo de las mantas, acobardada, esperando a que la tormenta amainara.

Ya sin aliento y encantada, Amberlin recogió la pistola y volvió a subir a la cocina.

Los regímenes

Teresa nunca había hecho régimen y no tenía idea de lo que para su salud corporal suponía comer en exceso o demasiado poco. Comía lo que le pedía el cuerpo y esto parecía funcionar.

Sin convicción, Delia había intentado una variedad de programas de pérdida de peso y había descubierto que sus dimensiones se mantenían bastante estables sin ellos, aparte del embarazo y otros desastres para la cintura y las caderas. Podía engordar diez kilos o perder cinco, pero lo llevaba bien. Era más fibra, músculo y hueso que grasa, porque nunca detenía su actividad diaria el tiempo suficiente para que esta se le acumulara.

Amberlin, por otro lado, lo había probado todo, desde una dieta vegetariana a otra mediterránea, pasando por una de puras proteínas. No buscaba tanto el cuerpo perfecto como el yo perfecto. Nunca había tenido problemas de peso, excepto en la universidad, y esto lo achacaba al hecho de que, lejos de la familia, había probado por primera vez la comida basura sin que nadie se lo prohibiera. Y no es que le hubiese ayudado mucho su compañera de habitación, Sarah.

Ese primer día, cuando Amberlin llegó a su dormitorio estudiantil, Sarah se hallaba sentada en una de las camas junto a un joven moreno que rasgueaba una guitarra. La chica llevaba un vestido blanco que parecía un globo y una cinta azul atada en torno al corto y fino cabello. Ojos grandes y rasgos delicados. Se levantó para ir a saludar a Amberlin con tal porte que parecía convencida de que era hermosa.

—Hola —dijo—. Soy Sarah y este es mi novio italiano, Tonio.

Amberlin se preguntó si tendría otros novios de otros países y al día siguiente la vería con otro joven, que le sería presentado con un «este es mi novio irlandés, Patrick».

—Encantada de conocerte —contestó Amberlin educadamente—. ¿Interrumpo algo?

—Claro que no. Espero que no te moleste que Tonio se quede con nosotras unos días.

El aludido sonrió, mostrando el destello de su blanca dentadura y Sarah la observó con sus grandes ojos.

—Claro que no —respondió Amberlin.

Tonio permaneció allí una semana, para ser sustituido por un belga y luego por un israelí. Todos se mostraron muy discretos a la hora de emparejarse y todos le enseñaban sus blancos dientes en lugar de hablar.

Según progresaba el semestre, Amberlin se percató de dos cosas. Primero, que su corazón latía con mayor fuerza cuando Sarah entraba en la habitación y deseaba con frecuencia, vagamente y sin compromiso, que los novios regresaran a sus países de origen, dejando vacía y disponible la cama de Sarah. ¿Disponible para qué? Eso era algo a lo que no ponía nombre; sólo sabía que estaba medio perdida por Sarah, y como nunca se había visto a sí misma como alguien que pudiera enamorarse de otra mujer, se sentía profundamente angustiada.

No es que fuera algo malo en sí. Hacía ya mucho tiempo que sus padres le habían hablado de la homosexualidad, le habían dicho que no debía utilizar términos como marica o tortillera, porque cualquier persona podía serlo. No estaba segura de cómo reaccionarían si ella o su hermano anunciaban que eran *gays*, pero sí sabía que harían de tripas corazón. Esto, sin embargo, era distinto. Los chicos la atraían antes y ahora la atraían las chicas. Eso sí no que no podía ser. A sus padres no les agradaría que no llegara a decidirse.

Después de darse cuenta de esta característica en sí misma, se fijó en que, aunque no le preocupaba ser buena persona o buena ciudadana, Sarah estaba radiante y llena de energía, cosa que la sorprendía, pues en el fondo creía que moriría sin una razón importante para ocupar un espacio en el planeta. No se trataba de un concepto expresado en palabras o pensamientos, sino de invisibles plaquetas que la dieta nutritiva que sus padres le habían dado precipitaban por sus venas.

Para experimentar, trató de adaptarse a las costumbres de Sarah, pues esta era a todas luces feliz y ella no. Salía a cenar con Sarah y su acompañante internacional del momento y engullía con voracidad las comidas rápidas, que eran las que a los novios más les apetecían. Aunque Amberlin anhelaba probar sus platos nacionales, ellos preferían el McDonald's, el Perkins Pancakes y la Pizza Hut.

No se sintió más feliz, pero engordó diez kilos; como era alta, no se notaban mucho; sin embargo, cuando fue a casa en Navidades, sus padres se quedaron atónitos.

—Deberías empezar a correr —le sugirió su madre con gentileza, y aquella crítica implícita la despojó de todas las capas de confianza en sí misma que había acumulado mientras estuvo fuera.

—Si te involucraras en las actividades locales te mantendrías ocupada —le sugirió su padre—. ¿No hay por allí una sección de Santuario? —preguntó, refiriéndose a una organización dedicada a recoger animales perdidos.

Durante ese mes de vacaciones, cada vez que Amberlin se miraba en el espejo, veía fofos cúmulos de grasa en caderas o tobillos, y brazos carnosos. Su rostro resultaba vulgar y sus mejillas obviamente gordas; era demasiado alta y torpe. Había cedido a la presión social, había renunciado a su código moral bien cimentado, era tan voraz que codiciaba no sólo a hombres y mujeres, sino también Big Macs, y aquel era el resultado, el inevitable castigo.

Cuando regresó a la universidad, armada con la mezcla especial que su madre le había preparado para alejar el hambre y, a la vez, quemar calorías, había decidido poner fin a su vida de glotonería. Por azar, por suerte, Sarah tenía la misma idea: su último novio, de Ghana, la había abandonado por una mujer de 1,75 metros y cuyo peso no llegaba a los cincuenta kilos. Estaba resuelta a recuperarlo.

Juntas formularon un plan. Dejaron de ir al comedor estudiantil. Dejaron de ir a los restaurantes de comida rápida. Eliminaron todo tentempié, toda migaja de su habitación y desconectaron la pequeña nevera donde guardaban las sobras. Y probaron toda clase de regímenes.

A Amberlin los batidos dietéticos de leche le provocaban flatulencia y jaquecas. Las dietas que exigían cocinar eran imposibles, y las que exigían ejercicios no les dejaban tiempo para estudiar y hacer sus deberes. Finalmente, escogieron un régimen que estaba en boga, a base de pomelos y huevos.

Consistía en una comida muy ligera el primer día, seis huevos y dos pomelos al día siguiente, y ayuno el tercero. No costaba nada recordar las normas, los huevos podían cocerse en un hornillo y resultaba fácil cumplir con el programa. Amberlin experimentó algo parecido al júbilo, que se convirtió en éxtasis por su capacidad de ajustarse a las normas. En un mes perdió los diez kilos de más y, como le iba tan bien, decidió continuar.

Perdió otros cinco kilos, y la gente le dijo que parecía enferma, pero ella lo achacó a los celos que provocaba su transformación. Según asumía el poder sobre sí misma, su cuerpo y su rostro cambiaban, desprendiéndose de todo lo innecesario. Era un poder que le pesaba. Lo sentía en las piernas, que le respondían con dificultad, y en la cabeza, que a veces le retumbaba como si le hubiesen puesto pesas sobre el cráneo; esa pesadez, sin embargo, no era sino otra indicación de su fuerza. Como si fuera un levantador de pesas en pleno entrenamiento, su capacidad para soportar el incremento de poder creció con la práctica, de modo que cuanto más la hundía el régimen, tanto más orgullosa se sentía. Podía hacer cualquier cosa.

Acentuó su éxito el hecho de que Sarah no aguantara más de tres semanas antes de volver a lo que Amberlin veía ahora como el mundo degradante de la comida verdadera. Era más fuerte que Sarah. Además, su abstinencia alimenticia disipó todo deseo sexual, por lo que creía haber triunfado también sobre la lujuria. A condición de no comer, no tenía que preocuparse por quién o qué deseaba. No precisaba más sustento que esta victoria tan completa.

Seguramente se habría matado de hambre si los planetas no se hubiesen alineado de un modo extraordinario. Se llamaba «Convergencia Armónica». Lo oyó en un programa de radio, una noche ya muy tarde, mientras fregaba aulas después de clases, como parte del pago por su beca ese semestre.

La Convergencia Armónica suponía una alineación perfecta de

los planetas, dijo el presentador, y añadió que muchas personas creían que esto significaba que el mundo se hallaba a punto de acabarse. Amberlin estaba empujando silenciosamente la fregona sobre el suelo de linóleo gris, entre las sillas de metal y formica. En el edificio no había nadie más que ella y Jasmine, que limpiaba los servicios. Jasmine, una anciana negra de tez amarillenta y cabello color naranja, fumaba largos y finos cigarrillos torcidos. La pobreza y el trabajo excesivo la habían dejado tan delgada y encorvada como sus cigarrillos. Su contacto más estrecho con la educación superior era aquel, limpiar los retretes de los estudiantes universitarios. Amberlin se sentía culpable por su vida, comparada con la de Jasmine, si bien no sabía qué hacer al respecto.

—Oye, Jasmine —gritó—, ¿has oído eso? Dicen en la radio que el mundo está a punto de acabarse.

Oyó cómo tiraban de la cadena de un retrete y luego unos pasos.

Jasmine apareció en el umbral del aula y volvió sus ojos ligeramente estrábicos hacia el cielo.

—¿Cómo sabes que no es cierto? —preguntó.

Amberlin no encontró respuesta.

De repente le pareció que era posible que el mundo se acabara mientras ella barría. ¿Por qué no? Aunque al haber escuchado las explicaciones sobre las varias religiones del mundo, había aprendido a ser más escéptica que respetuosa. En este momento le pareció factible que tuvieran razón quienes creían en la magia, la religión o los planetas; que era ella la que se equivocaba.

Jasmine seguía en el umbral, y Amberlin pensó que sus propios ojos se habían vuelto transparentes y que la anciana sabía precisamente lo que estaba pensando. De hecho, bien podría ser de otro planeta. Uno de esos cuerpos celestes alineados donde todos conocían el modo idóneo de vivir.

Se apoyó en la escoba y percibió en su interior el movimiento de los planetas, cómo se alineaban; de súbito se trasladó al espacio entre ellos. El cielo la hendió, pálido e indiferente, en tanto la ausencia de atmósfera la succionaba hacia la nada, hacia un lugar donde no había fronteras, ni límites, ni normas que pudiera interpretar, ni regímenes que pudiera seguir.

Fue una larga caída hacia el vacío, pero le sentó bastante bien, de modo que se dejó ir. Lo que vio a continuación fue el rostro de Jasmine mirando el suyo, al revés. Primero pensó que era un planeta nuevo. Después se dio cuenta de que se había desmayado y se encontraba boca arriba, y que la anciana se inclinaba sobre ella con expresión espantada.

—¿Se ha acabado? —inquirió Amberlin.

—¿Qué? ¿Qué? —balbuceó Jasmine.

—El mundo. ¿Se ha acabado?

Jasmine le dio unas palmaditas en el hombro.

—Tú quédate ahí, yo voy a buscar a alguien. ¿Tienes familia por aquí?

Familia. Amberlin jadeó. Le horrorizaba la idea de que llamaran a su familia.

—Estoy bien —farfulló. Se incorporó, y, con piernas temblorosas, se puso en pie—. Es sólo que... no he comido suficiente hoy. Se me ha bajado el azúcar.

—Oye —le gritó Jasmine, al ver que Amberlin recorría el pasillo, pero esta no se detuvo.

Regresó a trompicones a su dormitorio, donde podría derrumbarse más elegantemente en su propia cama, sin que su familia interviniera. En cuanto entró en la habitación y se acostó, Sarah levantó la cabeza de la almohada.

—Hola —dijo—. Has vuelto temprano.

—No me sentía bien.

—No me extraña. Es ese régimen que has seguido.

Amberlin permaneció tumbada, temblorosa y confundida. No sabía muy bien lo que le había sucedido. Había oído hablar de estudiantes de primero que se habían derrumbado. A uno que iba para médico, con un promedio general excelente, lo encontraron en la cafetería una mañana untando todas las tazas de mantequilla. Ella no quería acabar como él.

—Sarah —inquirió—, ¿es hereditaria la demencia, o puede volverse loco uno mismo?

Sarah guardó silencio un momento.

—¿Has estado hablando con tus padres?

—No. Sólo quería que me dieras tu opinión. Aunque lo hagas todo bien, tengas buenos genes y sepas todo lo que necesitas saber, ¿crees que puedes volverte loca a ti misma?

Sarah asintió y contestó con voz queda.

—A veces, lo que te hace cruzar la línea es justamente hacerlo todo bien. Pero cuesta mucho regresar al otro lado, y nadie puede hacerlo por ti.

Sus palabras se introdujeron en la corriente sanguínea de Amberlin, como si fueran un suero, e invadieron su ser más profundo. Fue a la nevera, donde Sarah había dejado tres manzanas, leche y dos crujientes rebanadas de pizza.

Con cada mordisco sintió que se iba aligerando. Como si su régimen la hubiese vuelto tan pesada que nunca podría comer lo suficiente para disminuir el peso que había ganado. La carga de esa sensación era la gravedad que la succionaba hacia los espacios interplanetarios, dejándola sin más que la propia dieta, y esta pesaba más que cualquier pesar.

Acabó la pizza. Era tan sabrosa que pidió otra por teléfono. Y aunque nunca se había permitido reconocer lo que sentía por las mujeres, hasta que Sherry entró en su existencia, supo por primera vez en la vida lo bien que sentaba hacer algo mal.

La cocina de Teresa

Cuando Teresa abrió la puerta trasera y entró en la cocina, desde abajo le llegaron ruidos de vidrio estrellado y hecho añicos. Miró el suelo, miró sus pies, y elevó una oración corta pero contundente.

El silencio volvió muy pronto. Aguardó, con la vista clavada en la puerta del sótano, que se encontraba entreabierta. Oyó pasos que subían. A alguien que tosía y se aclaraba la garganta. Un largo brazo se alargó y se aferró al quicio de la puerta. Finalmente, sosteniéndose con fuerza, Amberlin empujó y entró en la cocina.

—Jesús, María y José —exclamó Teresa, al ver su expresión y la pistola que pendía descuidadamente de su mano—. ¿Qué has hecho?

Amberlin dejó escapar una carcajada ligeramente histérica. Levantó la mano vacía y señaló a Teresa con un largo y elegante dedo.

—Tú crees que soy rígida y boba, que me equivoco al tratar de hacerlo todo bien.

Teresa se puso una mano en la cadera y dio unos golpecitos en el suelo con la punta de un zapato.

—¿Y qué hace que tú creas que estoy resuelta a hacerlo todo mal? Que soy compulsivamente independiente. Exageradamente dramática.

—Confías más en Delia que en mí —la acusó Amberlin—. Te cae mejor. —Teresa se encogió de hombros.

—Hace más tiempo que la conozco. No es que me caiga mejor, sino que la conozco mejor.

Amberlin dejó caer el brazo.

—¿Es por eso?

—Pues sí. Claro. O sea, hace tanto tiempo que nos conocemos que sé que no se va a largar sólo porque cometa una estupidez.

Amberlin observó la postura orgullosa de Teresa, la mano en la cadera y la barbilla alzada. Entonces se percató por primera vez de que sus ojos encerraban una expresión un tanto tímida y vulnerable. Y pensó algo que no había pensado hasta entonces. Teresa tenía miedo de que la abandonaran. Estuvo a punto de abrir la boca y decir algo, pero se contuvo. De pronto entendió que de nada serviría, que no haría ningún bien. En lugar de esto, inquirió:

—¿Y conmigo no lo tienes tan claro?

Teresa la escudriñó y en su rostro se dibujó una media sonrisa.

—Todavía no, pero lo sabré.

Amberlin empezó a sonreír también, pero se puso seria.

—¿Cómo? ¿Cómo lo sabrás?

—¿Cómo sabes que una salsa está lista? Tiempo y amor, supongo.

Teresa le tendió una mano, conciliadora y generosa. Amberlin la cogió y se la estrechó.

—¿Crees que está bien que pensemos esto la una de la otra? —preguntó.

Teresa se encogió de hombros.

—Yo te quiero igual, y aunque me parece que pones demasiado empeño, lo que valoro es la sinceridad con que lo haces.

Amberlin se rió.

—Tú siempre aprecias las cosas que se hacen de corazón porque eres exageradamente dramática.

Teresa bajó la mano.

—Sí. Me crié escuchando ópera. Las grandes obras operísticas. —Señaló la puerta del sótano con un dedo—. ¿Quieres contarme lo que ha pasado allí abajo?

Amberlin asintió con la cabeza y levantó la pistola.

—Debería poner esto en su lugar y asearme.

Teresa la siguió escalera arriba, primero a su propio dormitorio, donde Amberlin dejó la pistola en el tocador, y luego al cuarto de baño. Rebosante de emoción y de jabón, Amberlin le explicó lo que había hecho, lo que Christine había hecho y lo que creía que significaba.

—Intentó protegerse, Teresa. ¿No ves lo que quiere decir? —inquirió, radiante, mientras se secaba la cara con una toalla—. ¿No lo entiendes?

—Sinceramente, no. Sólo veo que has tirado muchos de mis mejores tomates.

—Por una buena causa, Teresa. Lo que hice fue probar que Christine no desea morir. Se protegió por instinto. Sin pensárselo. No quiere morir. Quizá podamos soltarla.

—No —dijo Teresa, contundente—. Todavía no.

Se volvió y salió del cuarto de baño; Amberlin la siguió escaleras abajo y a la cocina.

—¿Adónde vas?

Teresa se detuvo un momento con una mano en el pomo de la puerta del sótano.

—¿Quieres calefacción? Tengo que purgar la tubería.

Desapareció en el sótano y cerró tras de sí. Amberlin se preguntó si debía seguirla, pero la puerta de la cocina se abrió y Delia entró, con una bolsa de ropa en el brazo.

—Buenos días —exclamó—. Los chicos están bien. Mi marido está bien. Tengo aquí mi vestido de terciopelo azul y estoy lista para todo el jolgorio. ¿Y Teresa?

La puerta del sótano se abrió con un chirrido. Ahí tenía su respuesta.

—Eh, ¿qué pasa? —quiso saber Delia.

—No mucho —contestó Teresa—. Ya tenemos calefacción y demasiado trabajo por delante. Hay que cortar el resto de las verduras y preparar la salsa para el salmón.

—Espera —pidió Amberlin—. ¿Cómo está Christine?

Teresa fue a la nevera, sacó las verduras y las echó sobre la tabla de cortar.

—Duerme. Le di una toalla para limpiarse los tomates.

—¿Tomates? —interrogó Delia, mirando la cara alterada de Amberlin a la espalda de Teresa, cuya postura expresaba con elocuencia su terquedad.

El teléfono sonó. Las tres mujeres se sobresaltaron y se miraron mutuamente.

—No contestes —siseó Teresa al ver que Amberlin iba decidida a hacerlo.

Desafiante, Amberlin alzó la barbilla y levantó el auricular.

—Diga. —Pronunció en silencio la palabra «James» y escuchó durante un prolongado tiempo. Delia colgó su vestido sobre una silla y se sentó.

—¿Y por qué íbamos a impedirle que te hablara? Si lo supiéramos y ella quisiera que te lo dijéramos, claro que lo haríamos.

Teresa tendió la mano.

—Dámelo —susurró—. Dámelo —insistió.

Amberlin le dio un manotazo.

—Sí, claro que estás invitado a la fiesta. Según tengo entendido, se ha ido a pensar a solas, pero, que yo sepa, no siente animosidad hacia ti.

—Yo sí sé de alguien que la siente —masculló Teresa. Amberlin la mandó callar y asintió con la cabeza.

—Sí, claro. Se lo diré. Desde luego. Adiós, James.

Colgó el auricular.

—¡Madre mía! ¿Va a llamar a la policía? —inquirió Delia.

—Todavía no. Llamó antes, todo alterado porque no nos poníamos en contacto con él. Le dije que viniera esta noche. Me habéis oído.

—Mierda. No vendrá —afirmó Teresa.

—Puede que sí. Aunque tengo que decir que hasta ahora ha mostrado el temple de un calzonazos. Si viene, tendremos que soltarla. Y de verdad creo que está preparada para que la soltemos.

—¿Sólo porque se protegió de un tarro de tomates? —preguntó, escéptica, Teresa.

—¿Podría alguien decirme lo que ocurre? —exigió Delia.

—Es Christine. Se protegió de los tomates —explicó Amberlin.

Cuando Delia puso los ojos en blanco y gruñó, le explicó los detalles. Teresa les daba la espalda mientras lavaba las verduras y las separaba en la tabla de cortar.

Delia parecía aliviada.

—Estupendo. Hagámosla subir. ¿Qué crees tú, Teresa?

Ella se volvió hacia la encimera, extrajo del portacuchillos un cuchillo de picar y pasó el dedo por el filo. Negó con la cabeza.

—¿No? ¿Así, sin más? ¿Sólo que no? —se indignó Delia.

—Sólo que no —declaró Teresa con firmeza y cortó un pimiento en dos.

—¿Qué coño pasa? ¿Es que el Papa ha muerto y te han nombrado en su lugar?

—Delia —le reprochó Amberlin.

—No, lo digo en serio. Teresa, no puedes decir que no, sin más. No puedes comportarte como si fueses la única involucrada en esto.

—Es responsabilidad mía.

—Y es amiga nuestra —replicó Amberlin.

Teresa extrajo las semillas y los hilos blancos de un pimiento, alzó la cara y las miró a ambas con expresión penetrante.

—No —repitió—. No. No. No. No vamos a desatarla esta noche. No.

Les dio la espalda de nuevo y continuó cortando, con todas sus fuerzas.

Delia se dio unos golpecitos en la frente. Amberlin sacudió la cabeza y, con un dedo levantado, le pidió silencio.

—Teresa, de verdad creo que ya no habrá problema. Lo más probable es que ni tan sólo quisiera hacerlo en realidad. A menudo los primeros intentos de suicidio constituyen un grito de socorro. Y es buena señal que viniera a verte. Hasta cabe la posibilidad de que esperara que la detuvieras.

—No.

—Terca —exclamó Delia—. Estás siendo una terca y creo que tenemos derecho a que nos des una explicación.

—No lo tenéis. Es mi familia.

—Tu familia. ¿Tu familia? ¿Y qué somos nosotras? ¿Forasteras? ¿Crees que tienes que controlarlo absolutamente todo?

—Sí. Esta vez, sí. No forcé a mis padres cuando Nan estaba chiflada y necesitaba ayuda y ellos no le hacían caso. No insistí en traerme a Christine porque mi marido no quería. No fui a ver a un abogado para divorciarme cuando debí hacerlo, porque Donnie podría haberse angustiado. Demasiadas veces he sabido que debía hacer algo y he dejado que se me escapase de las manos. Esta vez no se me va a escapar.

—Teresa... ¿de qué hablas?

—Hablo de lo que sabía y no hice nada por cambiar. Como Nan. —Trocitos verdes salían volando de debajo del cuchillo, y cada palabra iba acompañada por el eco del filo de metal contra la tabla de cortar.

—¿Nan? —preguntó Delia—. ¿Qué tiene que ver Nan con esto?

—Nan. Mi hermana. La noche antes de que se pegara un tiro, me llamó desde el centro de rehabilitación. Para despedirse.

Delia se apoyó en la encimera. Amberlin se quedó quieta.

Quizá no creyera en fantasmas, pero sí que sabía cuándo uno acababa de entrar en una habitación, y en ese momento Nan penetró susurrando en la cocina de Teresa y se detuvo detrás de su hermana.

—Le pregunté: «Nan, ¿qué quieres decir con eso de adiós? —continuó Teresa, sin mirar al fantasma, sin dejar de trocear el pimiento—. Estás allí para curarte. A la cuarta va la vencida, ¿no?».

Amberlin dio unos pasos vacilantes hacia ella y se paró. Nan inspiró y soltó un hondo y triste suspiro. Teresa mantuvo la vista fija en lo que hacía y, cuando habló, su voz se quebró de profundo dolor.

—Sabía que iba a hacerlo. Lo sabía y no hice nada por impedirlo. Dios, soy tan cretina. Tan cretina cuando se trata de la gente. *Stupida*, estúpida.

Teresa cortaba y cortaba, y se desprendía de las palabras como si se las estuvieran arrancando.

—Soy estúpida y he permitido que mi hermana muriera, que mi marido haya estado con otras mujeres y que mi hijo esté enfadado conmigo. No acogí a Christine cuando debí hacerlo, pero no voy a dejar que muera. Sé que creéis que hice mal... le di un golpe en la cabeza, la até... pero, ¡qué coño! Por una vez en mi vida he hecho algo en lugar de callarme e irme. Y no voy a dejarla morir, no pienso hacerlo, no señor, no se lo voy a permitir.

El fantasma de Nan negó con la cabeza. Suplicante, se volvió hacia Delia y Amberlin con una expresión mezcla de tristeza e irritación. Haced algo con ella —parecía decir—. Mirad cómo está.

Delia asintió con la cabeza, se acercó y puso una mano sobre la de Teresa.

—Creo —comentó con firmeza—, que deberías dejar el cuchillo.

Las lágrimas le nublaban la vista, pero Teresa miró hacia abajo y vio que no dejaba de cortar verduras, que seguía trabajando sin parar.

—Dios, estoy como el conejo de la tele —sollozó, refiriéndose al conejo de un anuncio de pilas—, sigo y sigo sin saber por qué.

—Sí que sabes por qué sigues —afirmó suavemente Amberlin, y se acercó a ella—. Y nosotras también lo sabemos.

La bondad de sus amigas le llegó mucho más hondo que cualquier momento de crueldad de su pasado, y en el pecho sintió como si estallara una antigua tos seca, pero convertida en lágrimas que hicieron que su cuerpo se convulsionara en torrentes de palabras que no era consciente de haber mantenido bajo tanta agua, tanta y tan antigua agua acumulada.

Amberlin la llevó a la mesa de la cocina, la sentó y le sirvió una copita de vermú dulce. Teresa percibió que Nan flotaba a sus espaldas, le ponía una mano en el hombro, acercaba el rostro a su oreja y le hablaba para que pudiera captar las palabras en la mente y en el corazón.

—Compartíamos una habitación y nos repartíamos el armario a partes iguales. Grabamos nuestras iniciales en la pared —dijo Nan en su cabeza—. Solíamos comer *pizzelle* con helado en medio. En verano merendábamos bocadillos de *pizzelle* porque la abuela no quería que nos muriéramos de hambre entre la comida y la cena.

Amberlin acarició el brazo de Teresa y Delia le acarició la mano. Tomó un sorbo de vermú y la garganta le ardió con palabras y agua, como si un incendio se la estuviese abriendo.

—Creíamos que podíamos aprender todos los hechizos y volar y tocar las estrellas. Solíamos coger paraguas y abrirlos y saltar desde el peldaño más alto, tratando de volar. Cogíamos sábanas y fabricábamos paracaídas con los cuales saltar desde las mesas de picnic. Hicimos todo lo que pudimos para volar.

Teresa se dio cuenta de lo húmedo que tenía el rostro y de que precisaba un pañuelo de papel. Sintió las manos de Nan presionándole los hombros, como si estuviese introduciendo algo en su interior, dándole algo; sin embargo, no dejó de tener la impresión de que se estaba desmoronando, desintegrando, de que se le caían trozos de su ser, arrastrados por palabras y agua.

Y aunque no se dio la vuelta para mirar al fantasma de su hermana que flotaba a sus espaldas, oyó su voz tan clara como si se encontrasen sentadas a la mesa de la abuela, hablando de música y de chicos.

—Sí que volamos. Por un tiempo.

Teresa negó con la cabeza.

—Yo no volé. No volé. Sólo tú volaste y te largaste volando.

—Sí. Me fui volando.

—No pude impedírtelo.

—No. No podías retenerme, Teresa. Yo no te pertenecía. No podías retenerme.

Teresa descansó la cabeza sobre la mesa y permaneció en esa posición. Ya no quería oír nada más. Le dolía demasiado. Amberlin y Delia se miraron y dieron un paso atrás. Era un momento adecuado para que Teresa se encontrara con su hermana y, por mucho que desearan expresar su cariño, no querían ser intrusas.

Nan suspiró con paciencia y prosiguió. Sus palabras retumbaban en todos los lugares heridos del corazón de Teresa.

—¿Te acuerdas de lo que te dije? ¿Cuando estaba en el centro de rehabilitación? ¿Te acuerdas?

—No puedo —gimió Teresa—. No puedo.

—Sí. Sí que puedes. Te dije: «Quiero que hagas algo por mí. Quiero que te prepares un enorme plato de pasta *fra diavolo*. Tan picante como puedas. Tan picante que te queme toda la boca y la garganta».

Y Teresa lo recordó. *Fra diavolo*. Antes de suicidarse, Nan le había pedido que preparara *fra diavolo*.

—Luego te dije, «prepara un plato de arroz integral, que no llegue a estar al dente». ¿Te acuerdas de que te lo dije? «Que se quede duro y rasposo, como lo preparaba mami a veces». No te lo comías porque decías que te dolía. «Prepáralo así» te dije. ¿Te acuerdas?

Teresa asintió.

—De acuerdo —te dije—. Cómete el *fra diavolo* y luego el arroz y luego prepara *tiramisú* y cómetelo.

Por mucho que se acordara, Teresa no entendía aún adónde quería ir a parar.

—Hazme caso, tonta. Siempre has sido una boba. Escucha. Es magia. La salsa picante te quema la piel de la boca y te la arranca. El arroz te raspa la lengua y la garganta. Después ya no queda más que piel nueva, fina y sensible, así que cuando comas el *tiramisú*, lo saborearás de verdad. Percibirás toda su suavidad. No habrá nada entre tú y esa sensación.

—Duele —aclaró Teresa.

—Sí. Duele. Oye, boba.

—¿Qué?

—¿Te acuerdas de lo que te dije? «Cuando comas el *tiramisú*, piensa en mí.»

Nan besó a su hermana en lo alto de la cabeza, quitó las manos de sus hombros y desapareció entre susurros.

Teresa lo recordó. Ahora experimentaba un dolor sordo en el estómago, los restos del pesar y el lamento. Se acordó de toda la conversación y de que después de hablar con Nan había llamado al centro para decírselo a alguien, pero nadie contestó en la centralita debido a la diferencia horaria. Quizá la oficina estuviese cerrada, o tal vez se había equivocado de número. No sabía a quién más llamar y se dijo que estaba exagerando, que estaba siendo melodramática. ¿Y quién era ella para saber tanto?

Pero lo sabía, si bien no confiaba en su propio conocimiento, y desde ese momento hasta ahora, la muerte de su hermana pesaba sobre sus hombros, como si fuera un ángel sin alas. Nunca había preparado *fra diavolo.* No soportaba el arroz integral. Nunca había preparado *tiramisú*, y eso que sus clientes se lo pedían con frecuencia.

Teresa sintió un golpecito en el hombro y levantó la cabeza. Amberlin sostenía un papel de cocina. Lo cogió.

—Gracias —dijo, y se secó la nariz—. Dios, cómo odio llorar. Se pierde toda dignidad.

—Es demasiado para guardárselo todo adentro —comentó Amberlin.

—Sí. Demasiado —reconoció Teresa.

—Bien. ¿Alguna de vosotras quiere beber de verdad algo fuerte? —preguntó Delia—. Se me ha ocurrido que tal vez sería una buena idea.

Teresa volvió a sonarse.

—Podrías darme otro de estos —pidió Teresa y levantó su vaso vacío.

—No sé cómo puedes beber esto —se quejó Delia—. Es tan dulce que me da dolor de cabeza.

—Leche materna —respondió Teresa.

—Alimento consolador —convino Amberlin—. Para mí, un whisky.

Se sirvieron y se sentaron a la mesa, mirando por la ventana, en silencio; cada una percibía la reciente presencia de los fantasmas.

Delia sabía que esos momentos demasiado grandes para que los comprendas pueden dejarte sin habla. Amberlin sabía lo fácil que resultaba no tomar decisiones en lugar de arriesgarse a cometer una equivocación. Cada una de ellas deseó que una voz les dijera qué hacer en el momento en que fuera necesario hacerlo.

—Lo que pasa... —declaró Teresa, por fin—, es que Christine podría soltarse si de verdad lo quisiera. La cuerda no está muy apretada. Me imagino que cuando esté lista para irse, lo hará. Cuando sepa que está a salvo.

—Puede que necesite tu permiso —sugirió Delia—. ¡Te admira tanto!

—Sí. A mí también me gustaría admirarme. Nan poseía toda la confianza en sí misma y de la familia, y luego resultó que no le servía de gran cosa. He llegado a pensar que quizá sea mejor hablar poco y no hacerse notar mucho.

—No habrías podido detener a Nan —dijo Delia—. Hacía lo que quería, fueran cuales fueran las consecuencias.

—¿Eso crees? ¿Así la veías?

—No la conocía tan bien como tú. Ya estaba bastante chiflada cuando nos hicimos amigas tú y yo, pero recuerdo que me parecía una de esas hadas de las que me hablaba mi padre. Dispuesta a escaparse al otro lado del mundo a la menor oportunidad. Tú, en cambio, estabas aquí. —Delia levantó un pie y lo plantó firmemente en el suelo—. Así.

—Eso sí que es cierto —convino Amberlin—. Estás aquí. Creo que Christine también posee un poco de esa resistencia.

—Necesitaba resistencia y flexibilidad para haberse criado con Nan y haber salido tan bien... más o menos.

—¿Qué crees que le ha provocado esta crisis? —preguntó Amberlin—. ¿La Navidad? ¿James?

—Creo que ha sido sobre todo el aniversario. Nan lleva muerta siete años. Tiene que dejarla ir y no quiere hacerlo. Y yo tampoco.

—¿Por eso siempre hablas de ella como si estuviese viva? —inquirió Amberlin—. Creo que esta es la primera vez que me doy cuenta de verdad de que no lo está.

—¡Ja! —exclamó Delia—. Tienes razón, Amberlin. Yo también lo hago, sin pensar.

Cada vez que el nombre de Nan salía a colación, podría decirse que se trataba de alguien que vivía muy lejos, alguien con quien Teresa ya no tenía contacto, por lo que nunca hablaba de lo que la ausente hacía en el presente. Al mismo tiempo, sin embargo, se refería a ella como si fuera todavía una fuerza vital en el mundo, una fuerza que la afectaba y, en este sentido, muy viva todavía.

—Supongo que lo está.

Teresa apuró el resto de su vermú y apoyó la cara en las manos. Murmuró algo que las otras dos no captaron.

—¿Qué? —quiso saber Delia.

Teresa se apartó las manos de la cara.

—Que Christine nunca lloró. No lloró en el entierro de su madre. Le pregunté por qué, y contestó que hacía años que había dejado de llorar por su madre, pero no le creí. Me imaginé que un día necesitaría llorar y que alguien tendría que estar allí para cogerle la mano. Alguien que conociera a su madre.

—¿Cogerle la mano o darle un golpe en la cabeza? —ironizó Delia.

—Eso también puede provocar lágrimas.

Si pudiera sentirse realmente mal durante un tiempo, entonces quizás acabara por sentirse mejor. Vería su vida con mayor claridad.

Habría en ella más espacio para la vida, para aprovechar la vida. Eso, al menos, era lo que pensaba Teresa... antes. Ahora ella era la única que lloraba, y Christine, que ella supiera, seguía igual que siempre.

—Bueno. La soltaré después de la fiesta —propuso—. Entonces podré seguirla por todas partes, quedarme con ella sin miedo a distraerme. Esta noche, cuando se hayan marchado todos, la desataré y... y le daré permiso para irse. Pero si la suelto ahora y le pasa algo, no me lo perdonaré nunca. ¿De acuerdo? ¿Después de la fiesta?

—De acuerdo —aceptó Delia—. Después de la fiesta. Y todas podremos pasar un tiempo con ella.

—Tengo el nombre de una psiquiatra muy buena, especialista en el dolor por la pérdida de un ser querido —declaró Amberlin—. Me la han presentado y es una persona muy cálida, muy agradable.

Teresa sonrió.

—¿Te da comisión?

—¡Claro que no! Oh. Era un chiste, ¿no? —Amberlin sonrió—. Bien. Después de la fiesta. Estará... bien, aunque no creo que «bien» sea la palabra precisa.

—«Viva» es la palabra indicada —repuso Teresa. Apoyó las manos en la mesa y se levantó. Miró el reloj—. Mirad la hora. A moverse. Dios, todavía no sé lo que voy a ponerme. ¿Tú, Amberlin, qué vas a ponerte?

—El vestido dorado. El que te gusta. Tú deberías ponerte ese traje pantalón de seda verde.

Delia se inclinó y susurró a Teresa:

—Buena idea. A Rowan le gusta el verde. —Teresa puso los ojos en blanco y Delia le apretó el brazo—. Ahora vuelvo.

Fue a la sala de estar y regresó con un florero azul cobalto con dos tulipanes y un ramillete de florecitas rosas. Debajo del brazo llevaba el mantel de encaje irlandés.

Tocó las florecitas rosas.

—¿Cómo se llaman estas, Teresa?

—*Escobas de bruja*. ¿Por qué?

—Las cogí cuando venía de camino. Voy a bajárselas a Christine. —Señaló la puerta con la cabeza.

Teresa se mordisqueó un labio y observó su descenso, que en

esta ocasión resultó mucho más fácil para Delia, ya que las dos mujeres estaban en la cocina y había suficiente luz para ver.

Llevaba aquel florero como si fuese el único en el mundo. Se detuvo junto al plato que Christine había dejado la noche anterior y que contenía todavía las galletas *ceci*. Christine no era sino un bulto debajo de las mantas. Ni mayor ni más fuerte, a los ojos de Delia, que su propio padre cuando estaba en los huesos y a punto de morir. Ni mayor ni más fuerte que sus propios hijos al nacer. Poseía toda la fragilidad de los moribundos y de los recién nacidos, y Delia se preguntó en cuál de estas categorías encajaría la joven al término de la fiesta.

—Christine —susurró, y aguardó. No hubo respuesta, aunque las mantas se movieron y sacó la cabeza con los ojos abiertos.

—Te he traído esto —Delia le enseñó las flores—. Se me ocurrió que te gustarían.

Sin decir nada aún, Christine continuó contemplando a Delia, que esperó a ver si se le aparecían otras visiones horribles y de ardiente vacío. Ninguna. Oía el latido de su corazón. Oía sus pulmones absorber el aliento y expulsarlo. Oía igualmente la respiración de Christine, más trabajosa que la suya.

Delia se encontraba en un buen momento de su vida. Amaba a su marido, sus hijos eran estupendos y su trabajo iba bien. Poseía una casa, podía pagar todas sus cuentas y ahorrar para vacaciones y regalos. Tenía buenos amigos. Muy buenos amigos. Estaba bien de salud y tenía más energía de la que se merecía un ser humano. Era feliz.

Aunque sabía que eso cambiaría, porque el tiempo lo cambia todo, no quería que ocurriese. Deseaba que ninguna tragedia y ningún dolor profundo interfiriera en la celebración de su vida presente. Quizá fuese egoísta. O tal vez fuese prudente. Sin embargo, ante una amiga que experimentaba dolor, resultaba imposible. No era capaz de apartarlo de su mente, de organizar algo mejor en este caso.

Escuchó el dolor del que Christine no hablaba; sintió que le penetraba como si fuera una mano que se movía en su pecho y le rodeaba el corazón, diciéndole: «Así están las cosas. ¿No me oyes? ¿Lo sientes?».

Apoyó la barbilla en el pecho y escuchó; sintió las lágrimas que se le escapaban de los ojos y caían dentro del florero. Trató de contenerlas, aunque no pudo, y a través del velo de líquido vio que Christine la contemplaba con los ojos grandes como platos, boquiabierta.

—Lo siento —susurró. No había bajado para alterarla aún más, para empeorar las cosas llorando a moco tendido—. Lo siento —repitió—. Ojalá fueras feliz.

Dejó el mantel en el suelo y a su lado el florero, y se dio media vuelta.

Christine vio que su amiga se giraba para irse. Cuando estaba llegando al pie de la escalera, le gritó:

—Delia. —Esta se detuvo y se volvió hacia ella.

—Gracias. Muchas gracias —dijo Christine.

Y desapareció bajo sus mantas. Delia se secó los ojos y subió por la escalera.

Alimentarse de luz

Christine siempre le había tenido un poco de miedo a la oscuridad, a la noche en general, pues era cuando a su madre más le daba por embriagarse, cantar demasiado alto, bailar de modo escandaloso o reñir con su novio. Para Christine la noche estaba hecha de continuas esperas. De esperar a su madre. De esperar a que los vecinos llamaran a la policía. De esperar a que uno de los novios de Nan se emborrachara demasiado y le pegara. De esperar a que su madre se desmayara o vomitara, según el día. De esperar a los demonios que emergían de Nan, a quien amaba y a veces odiaba y a veces veía en sí misma. Huía de la oscuridad hacia cualquier lugar claro, ligero. Esta última vez había intentado hacerse tan ligera que pudiera llegar a desaparecer del todo. Pero había fracasado.

A menos que debajo de la luz hubiera encontrado la oscuridad, omnipresente, dispuesta siempre a succionarte. Se preguntó si en caso de seguir descendiendo hallaría la luz bajo la oscuridad. Tal vez por eso Teresa la había atado. Para que se mantuviera quieta y disfrutara del tiempo suficiente en la quietud de la larga noche, la gran oscuridad, el solsticio de invierno y sus sueños.

Descansó la cabeza en el montón de mantas; junto a ella, una tubería empezó a zumbar porque alguien había abierto un grifo arriba. Descubrió que en el sótano sucedían toda clase de cosas: zumbidos y pequeños sobresaltos mecánicos, crujidos de madera, el correteo de un ratón, la araña que, por encima de su cabeza, tejía silenciosamente su tela; la caldera que se encendía y apagaba, el agua que corría por las tuberías; todas las necesidades ocultas se manifestaban allí, y su miedo a la oscuridad le había impedido fijarse en ello. Miedo de ver lo que vivía abajo. Miedo de abandonar la luz.

No se sentía nada dispuesta a desatar las cuerdas y huir. Teresa le había susurrado algo, algo así como un hechizo para las sogas; pero Christine no creía en sortilegios, y se imaginaba que Teresa tampoco. No obstante, prefería no intentarlo. Si lo hacía, su tía probablemente le daría otro golpe en la cabeza, en esta ocasión con una aspiradora. Se dijo que más valdría aguardar a que la situación se calmara. Entonces podría marcharse y tomarse su tiempo para hacer lo que precisaba hacer. Con dignidad.

De momento bastaba con estar sentada y escuchar cómo el sótano cumplía sus funciones; escuchar lo que caminaba dentro de ella, en lo más hondo de su ser, dejarlo salir y juguetear con arañas y ratones.

Le humillaba la idea de que Amberlin pudiera decir a las otras que había esquivado los tarros que le lanzaba y que lo suyo había sido una falsa alarma. Podrían interpretarlo como que no deseaba suicidarse sino llamar la atención. A la humillación subyacía el miedo que le daba pensar que tal vez sí quería seguir viviendo. En aquel momento esto representaría un enorme compromiso, y se preguntó si alguna vez se había comprometido con algo. Había nacido. Estaba viva. ¿Pero acaso había afirmado que quisiera vivir? ¿Claramente y de todo corazón?

El tema nunca se había planteado.

Cuando Nan aún vivía, la preocupación principal de Christine era que no se muriera. Cuando murió, estuvo demasiado ocupada tratando de entender cómo arreglárselas en el mundo como una persona, en lugar de ser la hija de Nan. Demasiado ocupada tratando de no experimentar todas las complejidades del pesar.

Si alguien se lo preguntara en este preciso momento, diría que no sabía lo que quería. Diría que querer algo exigía demasiada energía. Diría por favor, dejadme en paz.

La caldera empezó a traquetear y a zumbar y Christine se sentó; buscó la chispa que se veía muy en el fondo, a través de la ventanilla. Se fijó en que su espacio comenzaba a parecer un antiguo escenario de sacrificios. El gran fuego en el cual quemar el incienso. En las paredes, la sangre de los tomates del sacrificio. En el suelo, para los dioses, trozos de pollo y migajas de pan. En un sagrado plato blanco, una importantísima galleta *ceci*. Y, junto a este, un florero azul cobalto con un tulipán rojo y otro blanco, un ramillete rosa de escobas de bruja cuyas flores se alzaban, ofreciéndose a los dioses.

El color la traspasó. El rojo parecía almacenar toda la profundidad. El blanco capturaba la luz de las farolas que se filtraba por la ventana del sótano e iluminaba exageradamente la claridad grisácea de la estancia. Se acordó de los huevos de azúcar que veía, fascinada, en los escaparates en Pascua. En una ocasión, Nan hasta le había comprado uno, y ella lo había observado atentamente durante horas, asombrada por el suave destello de la cáscara, por los pequeños pájaros y las flores de azúcar que estaban en su interior.

El que le había comprado su madre contenía dos patos en un lago azul, rodeado de tulipanes de azúcar. Mientras los contemplaba, se preguntó cómo sería vivir en un mundo en que todo fuera dulce, suave y contenido. El interior del huevo daba una impresión de quietud absoluta, como si adentrarse en él hubiese de brindar a su vida un silencio que nunca encontraría allí, en la pocilga de su casa y con una madre que bebía en exceso. Dentro del huevo había paz, había belleza, y la vida tenía sentido.

Ahora, en el sótano, miraba el mosaico de verduras de la pared, los nidos de mantas, los tulipanes. Sonrió con ironía. Sí que había silencio. No había nada que la molestara. Quizás había encontrado su huevo, tulipanes incluidos.

Sin embargo, los tulipanes constituían cuencos que atrapaban la oscuridad y la luz, las agarraban, las abrazaban y se las irradiaban. Daba la impresión de que ansiaban desesperadamente que los viera, de que los viera de verdad. Deseosos de sentir su tacto.

—De acuerdo —consintió, por fin.

Se estiró cuanto se lo permitió la maraña de cuerdas y su dedo rozó los suaves pétalos del tulipán rojo. Este se meció y se inmovilizó. Christine regresó a su nido y se frotó el índice con el pulgar. Las flores ansiaban su tacto. Y ella tenía hambre.

¿Que tenía hambre?

Una sensación molesta, familiar, no deseada. No quería tener hambre. No tenía intención de volver a sentir hambre nunca jamás. Sin embargo, la sentía.

—Tengo hambre —dijo en voz alta, para ver si era cierto.

Las tripas le respondieron con un hormigueo. Había en ella cierto vacío, una especie de temblor y de anhelo. Sus dientes deseaban morder algo. Sí, no le quedaba más remedio que reconocerlo, se trataba de señales de hambre. Suspiró. Al parecer, su cuerpo no había captado que ella aún no había decidido vivir.

Pese a la intención de morir, tenía hambre. ¿De verdad pretendía morir?

Sabía que arriba se ultimaban los preparativos para la fiesta. Las mujeres se vestirían, los camareros y camareras llegarían, los invitados entrarían y consumirían toda esa sabrosa comida. Una parte de ella deseaba estar allí, quizá por costumbre, tal vez porque pensaba que sin duda las mujeres echarían de menos su presencia. Había entrado a formar parte de su familia, y por mucho que te exasperaran, echabas de menos a los miembros de tu familia cuando se encontraban ausentes.

No estaba segura de si tanto rugido y zumbido en su cuerpo significaba que había cambiado de opinión en cuanto a lo de permanecer viva. No tenía ningún motivo para ello. Nada, salvo una sensación que en este momento constituía una mezcla de hambre, cansancio y el despertar de su interés por el mundo que le rodeaba. ¿Bastaría eso para seguir viviendo? ¿La oportunidad de comer, dormir y comprobar si el mundo sentía cosquillas?

En su florero de cristal azul cobalto, el tulipán rojo y el tulipán blanco absorbían energía en forma de luz y oscuridad, y las irradiaban. Christine se acostó de nuevo y los contempló; no les pedía nada; se limitaba a escuchar los crujidos y los zumbidos que continuaban produciéndose en su entorno y también en su interior.

La cocina de Teresa

Cuando Amberlin le dijo que en todo caso estaba invitado a la fiesta, James contuvo el impulso de gritarle que no necesitaba una invitación, que iría, lo quisieran o no. Después de todo, que él supiera, todavía era el prometido de Christine.

Estaba convencido de que las mujeres trataban de alejarlo, trataban de volverle loco, pero no les daría el gusto de verle perder los estribos. Amberlin le aguijoneaba, dando a entender que Christine no quería verlo, pero daba la impresión de saber dónde se hallaba. Todas lo sabían, de esto estaba seguro, y trataban de evitar que la viera.

Teresa no se dejaba llevar por el pánico y Amberlin se mostraba tan fría como el hielo. Probablemente entre las dos y Delia —aunque creía caerle bien a Delia— habían hecho que la cabeza de Christine diera tantas vueltas que ya no sabía ni qué pensar ni qué hacer. Tal vez Teresa le hubiese convencido de que lo abandonara, o, en palabras del poli, le dejara plantado.

Sin embargo, Christine no lo haría. Era demasiado madura. Ya habían hablado varias veces sobre la mejor y la peor manera de acabar una relación, y estaban de acuerdo en que, de llegar a ese extremo, lo harían como adultos. No. No lo estaba dejando plantado. O bien Teresa debía estar alimentando sus miedos y convenciéndola de que se mantuviera alejada de él, o bien, y esto era lo más probable, Christine había sufrido una crisis emocional, tal vez un episodio psicótico, y Teresa estaba ocultándola, convencida de que sería capaz de afrontarlo sola. Le sorprendía que las otras le siguieran la corriente, sobre todo Amberlin, pero Teresa sabía imponerse. Era terca. Obstinada. Y, para colmo, su jefa.

Si las mujeres sabían dónde se encontraba Christine, cosa que a James le parecía enteramente posible, eso quería decir que no estaría presente en la fiesta, porque acababan de invitarle y eso era señal de que no estaban preocupadas por que pudiera encontrarse allí con ella. A menos que se estuviesen marcando un farol.

Había pasado frente a la casa varias veces ese día, en un intento de verla. No lo consiguió, aunque le pareció ver su coche en la entrada del aparcamiento posterior. No estaba seguro, debido al ángulo del camino y a que los vehículos de Amberlin y Delia le obstaculizaban la visión, pero podría ser el suyo. De ser así, tarde o temprano haría acto de presencia.

Al regresar a casa se preguntó si estaba perdiendo la calma emocional, cayendo en una trampa compuesta de excesiva presión e insuficiente análisis. Él no solía reaccionar de aquel modo tan furtivo, no solía espiar ni telefonear repetidamente y mostrarse casi grosero con las mujeres. Siempre se había considerado un caballero, demasiado mundano, demasiado sensato y astuto para dejarse llevar por algo tan semejante a la obsesión. No era, en principio, de esos que persiguen a los demás. No se entrometía. No espiaba. Las relaciones se fundamentaban en la confianza y el respeto mutuos, en ellas no tenían cabida esos comportamientos.

Pero, se dijo, eso era distinto. No se trataba de su ego. Se trataba de la seguridad y el bienestar de Christine. No hacía falta que se sumiera en el melodrama para saber qué hacer. Debía encontrar a Christine y alejarla de la influencia tóxica que la rodeaba.

Decidió que, en lugar de ir a la fiesta, la observaría de cerca. Si veía a Christine, entraría. De lo contrario, idearía un plan para que la policía fuera a registrar la maldita casa. Sí, era la actitud más sensata.

Durante el resto del día, las mujeres estuvieron demasiado ocupadas como para preocuparse por algo más que no fuera colocar la comida en las fuentes, disponerlas estratégicamente, poner las mesas, situar las sillas, colocar más comida en las fuentes y más fuentes en las mesas. Más o menos cada hora, Amberlin y Delia bajaban al sótano a preguntar a Christine si le apetecía algo; al subir informaban a Teresa de que las miraba con más curiosidad que rabia. Sin embargo, no le apetecía nada... nada, al menos, que expresara con palabras.

La fiesta empezaría a las siete de la tarde; a las cuatro todo estaba listo y los camareros y camareras habían llegado. Las mujeres subieron al dormitorio de Teresa, sacudieron sus vestidos de fiesta, se los probaron todos y se maquillaron.

—Caray, que gorda estoy —dijo Delia, al alisarse el terciopelo azul sobre las caderas.

—¿Gorda? —preguntó Teresa—. ¿Es que los árboles son gordos? —Se miró de cerca en el espejo y le pareció que su rostro se veía cansado, necesitaba más máscara o alguna otra cosa.

Amberlin salió del cuarto de baño envuelta en satén color bronce y Delia exclamó su aprobación.

—Gracias. A mí también me gusta —manifestó Amberlin.

—La confianza de la juventud. —Delia suspiró. Estudió a Teresa de arriba abajo—. Tú, en cambio, estás demasiado delgada. Unos quilos de más no te irían mal.

—Sí. —Teresa se pasó las manos por la cintura, las caderas y los muslos—. Puede que sí.

—¿Creéis que los hombres hacen esto? —preguntó Amberlin—. Esto de mirarse al espejo y criticar su propio aspecto...

—No lo suficiente —respondió Delia con gesto de desagrado—. Vámonos.

Justo cuando llegaban al pie de la escalera, el timbre sonó por primera vez. Teresa abrió. Michael entró, con su padre y sus hijos. Jessamyn la saludó educadamente y hasta le hizo una pequeña reverencia; todas le expresaron su admiración por su vestido de terciopelo rojo.

—¿Habrá mucha gente? —le preguntó.

—Supongo que se llenará la casa. ¿Por qué?

—Quiero que todos me vean —Jessamyn dio una vuelta y la falda se le hinchó con el aire—. Todos.

—Tan jovencita y ya empieza —susurró Teresa.

Anthony le estrechó la mano y masculló algo, a lo cual Teresa contestó:

—¿Sabes? Si te aburres, encontrarás un televisor arriba en la habitación que hay al lado de la mía.

El joven paseó la mirada de aquí para allá, a fin de averiguar si sus padres le habían oído; entonces esbozó algo así como un amago de sonrisa.

—Gracias— dijo con voz clara.

—¡Eh! —casi gritó Delia—. Chicos. —Abrió los brazos y los abrazó por turno, les dio un sonoro beso y los soltó.

—Mami, vas a arrugarme el vestido —se quejó Jessamyn.

—¿Quién se puede creer que tengo una niña tan delicada? —comentó Delia a Teresa.

—Nunca se sabe con los genes. ¿Cómo estás, Michael?

Este se inclinó y le dio un beso en la mejilla. Era un hombre alto.

—Bien, Teresa. Ya conoces a mi padre, creo.

Teresa le tendió la mano.

—Le conocí hace algún tiempo en la fiesta de cumpleaños de Jessamyn. Qué gusto volver a verle.

El anciano se la estrechó con la suya, que estaba seca y fría; sonrió, moviendo únicamente los músculos de la mitad de su rostro.

—Gra… —dijo— ci… cias.

Michael le encontró un sillón cómodo y lo sentó. Delia, tras mordisquearse un labio con expresión preocupada, le trajo un cojín y un plato con comida. La puerta se abrió para Sherry, que traía su guitarra; colocó una silla cerca de la chimenea, donde más tarde pasaría un buen rato tocando villancicos. De vez en cuando alguien empezaría a cantar con ella, mientras los invitados bebían vino, comían y se relajaban. La voz de Sherry resonaría, como si fuera una campana, por encima de las demás; aunque cada uno se dedicaría a disfrutar más de su propia voz.

Sherry miró a Amberlin como si se tratara del mejor regalo que pudiese encontrar bajo el árbol de Navidad, lo que provocó que las mejillas de esta se sonrojaran. Como el agua a distintas alturas que busca nivelarse, se dirigieron la una hacia la otra, y Amberlin le tendió la mano. Sherry se la estrechó brevemente, se la apretó y le dio un beso en la mejilla.

Por muy irreprochable que fuera el gesto, la mirada que intercambiaron resultó tan íntima que Teresa les dio la espalda, reacia a invadir su intimidad. A fin de ver quién acudiría después, descorrió la cortina de la ventana y dejó entrar en su casa el destello de las luces parpadeantes del barrio.

Había un BMW azul aparcado en la acera del frente. Clavó la vista en el vehículo, a la espera de que alguien saliera; entonces se percató de quién estaba sentado en el asiento del conductor. Apretó los labios y corrió la cortina.

—Ave María purísima —exclamó—. Un BMW azul. Es James.

Entreabrió la cortina y se asomó. Sí, era James, pero no parecía estar preparándose para salir. Vio que buscaba algo en el asiento del pasajero y, luego, que se llevaba algo a los ojos. ¿Prismáticos? Volvió a cerrar la cortina.

Aparcado frente a la casa, James las espiaba. Menudo idiota, pensó. Sin embargo, por mucho que le irritara su estupidez, se dio cuenta de que debía de tener hambre, allí fuera, con aquel frío, y que, quizá si comía algo, dejaría de comportarse tan mal. Le prepararía un plato y tal vez pudieran conversar sensatamente.

¿Ostras? No, pensó. Sería de mal gusto. Gambas, sí, eso sí. Gambas gigantes con salsa. También un trozo de bacalao frito y unas cuantas setas. Y, por supuesto, algunas de las diminutas salchichas picantes que había adquirido especialmente para la ocasión. Eran realmente minúsculas.

Amontonó la comida en un plato, fue a por una taza de cidra caliente, se puso el abrigo y se tapó la cabeza con un fular. Haría frío. Sería una noche helada y serena, con luna llena.

Salió por la puerta trasera. Andando por el camino posterior veía a James mirando su ventana a través de sus prismáticos. Estaba tan concentrado en lo que observaba que no la vio acercarse y, cuando ella dio unos golpecitos en la portezuela, le provocó tal respingo que se golpeó la cabeza con el techo.

—¿Hay alguien aquí? —inquirió Teresa—. Soy del comité de bienvenida del barrio. —Le enseñó el plato.

James bajó la ventanilla mientras se frotaba la cabeza.

—Yo diría que eres más bien el comité de «malvenida».

—Puedes entrar, James. Eres bienvenido mientras Christine diga que lo eres y no ha dicho que no lo seas. Todavía no.

James la miró enfurecido.

—Eres peor que cualquier suegra.

—Sólo si tienes mucha suerte y eres un poco más listo que ahora —replicó Teresa—. Te he traído comida. Ten.

Pasó el plato por la ventanilla abierta. James estaba decidido a rechazarlo, pero su olfato captó el aroma. El estómago superó a la virtud, cosa que Teresa aprobó. Se llenó la boca de gambas y la señaló con un dedo.

—Tú sabes dónde está.

—¿Qué te hace creerlo?

—Porque, de lo contrario, la estarías buscando.

Teresa podía callar ciertas verdades, pero negarlas abiertamente ya era otra cosa, de modo que se encogió de hombros. James chasqueó la lengua y sacudió la cabeza. Se metió un par de salchichas en la boca y las masticó con energía.

—Tú, más que nadie —argumentó—, deberías saber que no está bien impedir que Christine reciba la ayuda médica que precisa.

—¿Eso eres para ella? ¿Ayuda médica? —preguntó Teresa en voz queda—. Yo creí que querías ser su marido.

—Y lo quiero —exclamó James; de sus labios salieron despedidas migas de pan y trocitos de salchicha—. Claro que quiero, pero ya conoces sus antecedentes familiares. Teresa, el otro día discutimos y tengo miedo de lo que pueda hacer. Y tú también lo tendrías si no fueras tan propensa a indigestarte con tus propios sentimientos.

Teresa fijó la vista en su boca, que bregaba enérgica y rápidamente con toda esa comida que se había metido dentro.

—En este momento no soy la única que se está indigestando —apuntó, en tono ligero.

—Muy graciosa. Pero ¿crees que te reirías si Christine acabara como su madre?

Teresa negó con la cabeza.

—Christine no es Nan. Y no está loca. A veces me parece que

preferirías que lo estuviera, así tendrías escapatoria. O te sentirías más hombre o algo así.

James dejó de masticar y trató de devolverle el plato, pero ella se puso las manos a la espalda y se negó a cogerlo.

—Limítate a hablar sólo de lo que conoces, Teresa —sugirió James—. Tú sabes de comida. Yo sé de salud.

—¿Y tú te crees que yo no sé lo que es saludable? ¿Lo que es real? —inquirió Teresa, irritada—. Yo viví con Nan. Era mi hermana. Sabía cuando estaba bien y cuando estaba enferma. Conozco la diferencia.

—No serías capaz de reconocer lo saludable o lo real ni aun teniéndolo delante de tus propias narices. —James gesticuló con una gamba en la mano—. Ni siquiera si te estuvieran besando en los labios.

Teresa se puso una mano en la cadera y golpeteó el suelo con la punta de los zapatos.

—Entra si tienes frío, James. Quédate aquí fuera si prefieres. Haz lo que quieras.

Se dio la vuelta para volver a casa.

—Sé que está ahí, Teresa, pero no podrás tenerla siempre escondida —le gritó James—. Y si la policía se presenta con una orden de registro, ya no tendrás nada que decir al respecto.

Teresa continuó andando hasta que la voz se desvaneció, cuando llegó a lo alto del camino. Permaneció un momento fuera, junto a la puerta; analizó las palabras de James para averiguar si representaban un auténtico peligro o si no eran más que una fanfarronada con la cual pretendía reforzar su ego tras un mal trago. Probablemente esto último, se convenció. Si de verdad quisiera causar problemas, o, más importante aún, si de verdad quisiera ver a Christine, habría entrado cuando le invitó a hacerlo.

Se planteó la posibilidad de regresar y preguntarle por qué no lo hacía, por qué no entraba en aquel mismo instante y registraba la casa. Sin embargo, no sabía de qué era capaz si aceptaba. Estaban jugando a un juego bastante idiota, pensó. Ojalá se largara y las dejara en paz.

Su gata le pasó por entre las piernas y ella se inclinó para acariciarla.

—¿Qué haces aquí, cielo? Creía que Delia te había bajado al sótano.

Al parecer se le había olvidado. Cogió al animal y se enderezó tan de repente que no vio a un hombre que se le estaba acercando. Casi le golpeó la barbilla con la cabeza. Algo salió despedido de la mano del hombre y cayó a la acera.

—Ay —exclamó, dio un paso atrás y soltó a la gata, que corrió a la puerta para esperarla—. Ay —repitió y se esforzó por ver en la penumbra—. ¿Rowan?

—Sí, soy yo —contestó. Se inclinó y recogió lo que fuera que se le había caído. Ella se inclinó al mismo tiempo.

—¿Qué es? ¿Se ha roto? Lo siento, ni siquiera te había visto.

—No pasa nada. Yo tampoco te he visto, hasta que me he topado contigo. ¿No querrás encender una luz aquí?

—La mayoría de las personas entran por la puerta principal.

—Es la costumbre. Soy un hombre de puertas traseras.

Teresa dejó escapar una risa nerviosa; se enderezaron simultáneamente y él le entregó el objeto que había dejado caer.

—Bueno, puedo dártelo aquí mismo —manifestó Rowan, empujando el objeto hacia ella—. Feliz Navidad.

—Pero si ya me has hecho un regalo —protestó Teresa.

—Esto es diferente. —Rowan colocó en su mano algo que parecía una pequeña corona—. Cógelo. También es un regalo para mí.

—Oh. ¿Qué es?

—Muérdago. —Rowan se inclinó y la besó.

La primera intención de Teresa consistió en retroceder; sin embargo, sus labios resultaban suaves y parecían decir algo que ella llevaba mucho tiempo deseando oír; y como hablaban muy quedamente, tuvo que escuchar con mucha atención. Permaneció quieta, dejó que la besara, escuchó lo que esos labios le decían. Luego se acercó más, para oírlos mejor, y él le pasó sus brazos grandes por los hombros y la estrechó con fuerza.

James se equivocaba, pensó Teresa. Sí que sabía reconocer la realidad si la realidad se le plantaba delante y le daba un beso en la boca. Y cuando sucedía, era lo bastante sensata como para callarse y escuchar.

Pan y rosas

Había, por supuesto, rosas. Capullos de rosas rojas, capullos de rosas de una blancura centelleante. Capas de rosas en flor, abiertas, que extendían su fragancia, y estrechos y gráciles botones de rosas, la punta de cuyos pétalos se rizaba ligeramente hacia fuera, un vaticinio de su futura lozanía. Su aroma impregnaba la casa entera, como un contrapunto a los aromas de la comida y el crujiente olor a humo de una chimenea que cumple bien con su cometido.

La casa se llenó de personas, cada una de las cuales regresaría a su hogar saciada y con al menos una rosa. A muchos, Teresa les prepararía platos para que se los llevaran a casa, una tradición que recordaba de todas las fiestas familiares a las que había asistido. Al final de cada fiesta, ya fuera una boda, una despedida de soltera, un funeral o la celebración de una graduación, había una mujer con un plato de cartón en la mano, diciendo:

—¿No quieres llevarte algo para tus hijos?

Para tu esposo. Para tu padre. Para ti. Llévate algo, porque este mundo es para que compartamos los alimentos. Puesto que hoy tengo tanto que compartir, me encantaría que te llevaras un poco a casa.

Sherry tocaba música ligera junto a la chimenea, y los invitados que se encontraban cerca de ella tenían ocasión de perder la mirada en las llamas siempre cambiantes mientras la escuchaban. Cuando Sherry se tomaba un descanso, Teresa ponía una cinta de sus arias preferidas, cantadas por sus cantantes favoritos: Kiri Te Kanawa, Renata Scotto, Pavarotti y Domingo; Marilyn Horne y Marian Anderson.

A medida que los invitados iban llegando, Teresa no dejaba de saludarlos, de hablar con clientes, de ponerse al corriente con las amistades. Delia se encargaba de que se mezclaran, de que encontraran a alguien interesante con quien hablar. Poseía el don de hacer que la gente se sintiera a gusto, y su instinto le decía quién congeniaría con quién. Por más superficial que pareciera en estos menesteres, la suya era una sensibilidad profunda, pues le importaban de verdad los sentimientos de las personas. Las mezclaba, como Teresa mezclaba sabores, y el resultado era siempre bueno.

Guió al señor Byron, un vicepresidente del banco donde tenían su cuenta, directamente hacia sor Anna, y los dos se pasaron el resto de la velada charlando sobre teología.

—¿Quién lo hubiera pensado? —murmuró Teresa, al verlos inclinarse muy juntitos y darse cuenta de que el banquero, de rostro habitualmente pálido, se sonrojaba de risa y agitaba los brazos.

Ella casi siempre lo veía detrás de su escritorio, muy quietecito, removiendo papeles y hablando, en tonos muy precisos y empleando un lenguaje que ella todavía no entendía. La había apoyado durante el proceso de formación de su empresa, le había dado consejos sobre inversiones, había ayudado a Delia con la contabilidad, y Teresa nunca había sospechado que le agradaría conversar de teología con una monja. Pero Delia sí.

—Eh, hola, Paul —saludó Delia al hombre que había diseñado y construido su cocina unos años antes—. Ven a conocer a Candy, es criadora de huskies.

¿Qué tendría que decirle Paul a Candy, la criadora de huskies, —se preguntaba Teresa—, aparte de ¿ven a mi casa y nos divertiremos un rato? Pero a Delia no se le había escapado que Paul tenía dos huskies; Teresa, en cambio, no estaba segura de haberse enterado siquiera.

En ocasiones, le preocupaba su escasa capacidad para relacionarse con la gente. Quizá pasaba demasiado tiempo con la cabeza metida en una olla y olvidaba prestar atención a lo que la gente hacía y decía. Se olvidaba de ver a la gente para quien cocinaba. Por otra parte, probablemente fuera que en el último par de años se había retraído, como una semilla que espera a brotar y convertirse en algo nuevo. Tal vez eso fuera lo que Christine estaba haciendo ahora. A lo mejor las dos estuvieran ya preparadas para salir y ver el mundo de nuevo. A lo mejor.

Una mujer sumamente corpulenta, con el cabello rubio, peinado de punta, le dio un golpecito en el hombro y la felicitó por la tarta de *ricotta* y espinacas.

—Gracias —dijo Teresa—. Es una receta de mi abuela. —No lograba recordar de dónde la conocía, si es que la conocía. ¿La había invitado?

—Pues me encantaría incluirla en mi revista —pidió la mujer entre risotadas *jo jo jo*, al estilo de Papá Noel—. ¿Podría dármela?

—Claro que sí —respondió Teresa.

Pensaba que las recetas eran de tradición oral y debían compartirse con el ancho mundo, y aquella señora era bastante ancha, de eso no había duda.

Le gustaba reír, eso sí, y abarcando todo el lugar con un gesto de los brazos, insistió:

—Jo jo jo... es una fiesta maravillosa. ¿Le importaría que sacara unas fotos para mi revista?

—Claro que no —contestó Teresa.

Esperaba que no se tratara de la revista *Penthouse*. Trató de captar la mirada de Delia. Seguro que ella lo había planeado. Acaso ya habían hablado del tema pero no se acordaba, porque cuando se lo había dicho estaba demasiado atareada. No lo sabía.

Sin embargo, Delia estaba ocupada con Jessamyn, que se había subido a una silla frente a un florero con rosas y las estaba oliendo una por una, como para ver si sus fragancias eran distintas. Detrás de ella, su marido le había puesto la mano en el hombro.

Teresa señaló a Delia y a su hija.

—¿Por qué no saca una foto de esa escena? —sugirió a la mujer.

Miró hacia la chimenea y vio a Amberlin, de pie junto a Sherry, con ojos chispeantes y la boca abierta, cantando y agitando un brazo alargado, proyectando la música frente a ella.

—O de esa —agregó Teresa, y las señaló—. Son la esencia de Pan y Rosas.

—Oooh —exclamó la mujer—. Jo jo jo. Qué buena idea. —Y corrió a buscar su cámara.

Teresa hizo una pausa de un minuto e inspiró hondo, antes de que la abordara el siguiente invitado. Mientras hablaba con aquel caballero, un antiguo y muy preciado cliente para cuya empresa preparaba comidas cuatro veces al año, Rowan se acercó con un plato lleno de comida.

Echó un vistazo a su contenido y miró a Rowan, atónita.

—¿Es para mí?

—Tú también tienes que comer.

El solemne caballero asintió con la cabeza y formuló la pregunta que tantas veces oía:

—¿Qué hace usted para mantenerse tan delgada cuando cocina tan bien?

—Uno no engorda cocinando, sino comiendo.

—Esta noche, no —interpuso Rowan—. He pronunciado una bendición anticalórica encima de todos los platos. Venga, come. —Cogió una aceituna y se la tendió—. Mi madre me decía que las aceitunas son buenas para la piel, que la suavizan.

Teresa nunca comía en sus fiestas, sino que esperaba a que se acabara y, cuando ya podía relajarse, se servía un plato con cualquier cosa. Tantos años y nunca había comido con sus invitados. De súbito, le pareció que aquello no estaba bien, que era triste.

Sonrió y abrió la boca para que Rowan le diera de comer.

—Más tarde, si te portas bien, sé dónde hay higos frescos. —Rowan la escudriñó con sus ojos serenos para comprobar sus posibilidades.

Sherry decidió descansar un rato; la relevó una cinta con selecciones de *La Bohème*. Rodolfo cantaba sobre la poesía y el amor. Mimí cantaba acerca de la costura y el amor. Tenía las manos frías y moría; sin embargo, la magia que difundían resultaba tan hermosa como las rosas que Jessie no dejaba de oler.

Teresa escuchaba y oía cantar las voces de todos sus antepasados. Cantaban sobre las cosas importantes. Acerca de la necesidad de pan y de rosas. De hacerle caso a los huesos, al corazón, al núcleo de las cosas. Se dirigió a la ventana y les mandó un agradecimiento especial, aunque no estaba muy segura de lo que estaba agradeciendo. Sería el privilegio de contar con alimentos sabrosos, amigos, y un fuego que ardía en la chimenea y, por primera vez en mucho tiempo, otro en su corazón.

Por la ventana miró hacia el oeste y el sur, el cuadrante de la noche que, según ella, debían ocupar. No obstante, lo que vio fue a James, sentado en su coche y hablando por teléfono.

—Santa Madre de Dios —rezongó—. ¿Qué pretende ahora?

—¿Quién? —preguntó una voz a sus espaldas que la sobresaltó. Era Amberlin.

—¡No me hagas eso! ¡Ssshh! No te alteres, pero es James. No ha dejado de vigilar la casa toda la noche.

En las muecas de Amberlin se adivinaban toda clase de posibilidades. Se enfureció tanto con él como se había enfurecido en el sótano. Teresa tenía razón. Había herido a Christine, había hecho que temiera por su propia cordura. Y seguía comportándose como un idiota.

—La pistola de Christine está todavía en tu habitación —siseó, con la mandíbula apretada—. Podría darle desde aquí.

Teresa la contempló con ojos como platos.

—¿Amberlin? ¿Eres tú?

La aludida se encogió de hombros.

—He encontrado a mi arpía interior y la estoy disfrutando mientras pueda.

Eso sería divertido, pensó Teresa. Podría entregarle unos cuantos tarros de tomates y darle rienda suelta. Sin la pistola, claro. Bueno, no. Necesitaba otra solución, porque en aquel momento James estaba riéndose de modo demencial, señalando el teléfono y pronunciando unas palabras.

—¿Qué dice? —preguntó Teresa—. ¿Lo entiendes?

—Creo que… no sé… algo sobre la policía o que somos idiotas. Puede que las dos cosas. O ninguna.

Teresa se presionó las sienes con las manos. Seguro que no sería capaz de hacerlo, ¿o sí? En caso afirmativo, ¿qué haría la policía? ¿Registrarían la casa? ¿La detendrían? ¿Se llevarían a Christine? Después de todo, James era psiquiatra y podría ordenar que la ingresaran si constituía un peligro para sí misma o para otros. Conocía las reglas… de cuando Nan…

—Amberlin, ¿qué hago?

—Creo que tienes que soltarla.

Teresa negó con la cabeza.

—Si no lo haces, podrían llevársela.

Una mujer que regentaba un café para el cual Pan y Rosas hacía pasteles emitió un grito de entusiasmo al entrar en la casa, y luego se dirigió directamente hacia Amberlin.

Teresa las dejó a solas. No deseaba entablar ninguna conversación más. Advirtió que Rowan hablaba con Delia y que su charla parecía seria. Quizá se estuviese volviendo paranoica, se dijo, y creía que todo el mundo hablaba de ella..., de Christine, o que James estuviera llamando a la poli. Sin embargo, el aliento se le detenía en la garganta. Tenía que ausentarse un minuto.

Se disculpó con los invitados que trataban de charlar con ella mientras iba subiendo hacia su dormitorio. Allí cogió el bolso de Christine. Dentro estaba la pistola. Quizá conviniera ocultarla. A la policía no le gustaba ver pistolas en las casas; además, no estaba segura de que fuera legal. Y si no encontraban la pistola, ¿cómo podían probar que Christine pretendía suicidarse?

Por otro lado, si no pretendía suicidarse, ¿por qué se hallaba en el sótano, atada? Se mirara por donde se mirara, la situación tenía un aspecto muy sospechoso. Cogió el bolso y bajó a la cocina. Mantuvo cerrada la puerta de la parte delantera de la casa; así contaría con una salida, en caso de necesitarla. Podría permanecer allí un momento y reflexionar. Christine lo hacía a menudo en las fiestas. En ocasiones, cuando necesitaba un descanso, se sentaba fuera y fumaba. A veces, justamente en esta época del año, Teresa se reunía con ella y se fumaban juntas un cigarrillo. Ahora, sin embargo, no le apetecía fumar. Deseaba preparar un buen plato. Cogió una galleta *ceci* de una fuente. Un trozo de trucha al jengibre. Un gajo de mango. ¿Quién se resistiría al mango en pleno invierno? Era como comerse un trozo de sol. Y pan, por supuesto. Y olivas.

Con plato y bolso bajó al sótano.

Al pie de la escalera se detuvo y dejó que sus ojos se adaptaran a la ausencia de luz. Antes de que Teresa pudiera divisarla, Christine ya la había visto.

—Hola, Teresa —dijo, desde su nido.

Se había acostumbrado a la oscuridad, pensó Teresa, pero no sabía si aquello era bueno o malo.

—Te he traído comida. De la que más te gusta. Trucha al jengibre. Mango.

Ahora ya la distinguía, una tenue silueta gris, bendecida por un plano de luz que se extendía desde la farola a través de la ventana. Se acercó a Christine y dejó el plato frente a ella. Christine lo empujó con el pie.

Teresa lo recogió y observó la comida. Su mejor comida, y Christine la rechazaba. Lo mejor que podía dar, rechazado.

—No estás loca, Christine, si es que eso es lo que crees. ¿Es lo que te ha hecho creer James, que estarás tan loca como tu madre? Pues ella tampoco estaba loca.

Christine soltó una carcajada desdeñosa.

—¿Cómo lo sabes? Tú no estabas ahí.

Teresa se encogió. El comentario había dado en el blanco. No había estado presente ni para su hermana ni para Christine. Al menos no cuando más la necesitaban. Sintió que se desinflaba. Avergonzada. Humillada. Pero ya no soportaba el peso de su propia insuficiencia. Aquello formaba parte del pasado imposible de cambiar, no del maleable presente.

—Escucha. Por mucho que me haya equivocado, quería que tu madre viviera. Sólo que… se fue volando y nos abandonó. Te abandonó a ti. No pude retenerla. Ahora quiero que tú vivas. Preferiría verte aquí, borracha o viendo a Elvis en tu habitación por la noche… que muerta. ¿Lo entiendes?

—No veo para qué vivir si todo es tan doloroso —contestó Christine.

Teresa desvió la cara y se retrajo. Esa afirmación suponía una negación de todas sus creencias, de su fe en la vida. En su propia existencia. Hasta hacía poco había creído sinceramente que para vivir bien sólo hacía falta esforzarse y trabajar con empeño. Sin embargo, en el último año aquella creencia le había fallado en casi todos los aspectos vitales. Siguió hablando y su voz le pareció ajena, como si nunca la hubiese usado.

—Puede que tengas razón —dijo, sombría—. Duele muchísimo. Supongo que te retuve aquí creyendo que podría... no es que creyera que el dolor desaparecería, sino que podría ayudarte a superarlo y llegar a un lugar mejor, donde vivir te haga sentir bien. Pero probablemente yo ya tampoco sepa dónde se encuentra ese lugar.

Sinceramente, Teresa debía admitir que en el último año se había sentido a menudo como Christine. De noche, cuando se acostaba sola. Por la mañana, cuando despertaba sola y le decía a su gata:

—Pues sí, aquí sigo ¿Y qué? ¿A quién le importa?

Ahora Christine le prestaba atención, con la cara blanca vuelta hacia la tenue luz y la frente arrugada, interrogante.

—Puede que yo también hiciera lo que tú has intentado hacer, sólo que soy una cobardica.

Christine chasqueó la lengua y negó con la cabeza.

—Venga, Teresa. Olvídalo.

—¿Qué? ¿Que olvide qué?

—No lo dices en serio. Lo dices para que yo cambie de opinión.

—¿Ah, sí? —inquirió duramente Teresa e hizo acopio de un poco de rabia—. ¿Eso crees? ¡Pues vete a la mierda! No sabes cuántas noches, aquí a solas, he deseado morir.

Christine guiñó los ojos para apartar la oscuridad y ver bien la cara de Teresa.

—No hables así —pidió con voz ronca, ligeramente confusa; sus ojos saltaban de un lugar a otro—. Tú no te suicidarías por esas tonterías.

—¿Tonterías? —repitió Teresa—. No quieres que me mate por tonterías. ¿Y puedes decirme qué son tonterías para ti? ¿Que mi hijo se niegue a hablarme? ¿Que mi marido me haya abandonado? ¿Que mi hermana se haya suicidado? ¿Te parecen tonterías? Pues entonces, ¿qué te parece a ti el que te niegues a comer?

Cogió el plato, agarró la trucha y se la metió en la boca.

—Es buena —dijo, masticando con energía—. Y todas las manos que la prepararon son de personas que te quieren. Que te quieren, Christine. ¿Que mi amor no signifique nada para ti no debería bastar para suicidarme? ¿Que no signifique nada para nadie?

—Teresa, cálmate —pidió Christine, y Teresa percibió el miedo en su voz.

Reflexionó al respecto y fue dándose cuenta de que podía aprovechar ese miedo. Todavía tenía el bolso en la otra mano. Lo abrió y extrajo la pistola.

Dio unos pasos hacia Christine y agitó el arma. La levantó y se apuntó la cabeza.

—Soy capaz de encontrar mis propias razones para morir.

Christine trató de alcanzarla, pero las cuerdas se lo impidieron.

—No lo dirás en serio —declaró, nerviosa—. No lo harás.

La boca de Teresa esbozó una sonrisa malévola.

—¿Ah, no? —gruñó—. ¿Y si te equivocas?

Christine sacó la pierna de debajo de las mantas y le dio un puntapié. Le dio en el tobillo, con lo que Teresa trastabilló y cayó sobre Christine, que trató de quitarle el arma; lucharon por ella, y Teresa la mantuvo levantada, lejos de su sobrina.

—¡Coño!, Christine —jadeó Teresa—. ¡Apártate! ¡Apártate!

Christine le agarró la muñeca y, aunque las cuerdas le impedían alargar más el brazo, se aferró a ella con todas sus fuerzas.

Teresa agitó el brazo violentamente para quitársela de encima, pero Christine parecía un pitbull, por lo que no le quedaba más remedio que arrojar la pistola lejos. Eso hizo, y el arma cayó estruendosamente a unos metros de ellas.

Christine la miró con dureza sin soltarle la muñeca.

—Si te suelto, ¿vas a hacer otra estupidez? —preguntó con severidad.

Teresa entornó los ojos y se echó a reír. Christine hizo lo mismo. De pronto, las dos se estaban riendo a caracajadas. Se burlaban de sí mismas, del estúpido nido en el que se encontraba Christine, de los tomates en la pared, del florero azul con los tulipanes, de la música —Tosca cantando sobre el arte y el amor— que les llegaba desde arriba; de la gata, que entró en ese momento y les preguntó con un educado maullido si podía comerse el pescado que no parecían apreciar en su justo valor.

—Y tú que te creías que estabas loca —comentó Teresa entre sonrisas y secándose los ojos.

—Creo que es cosa de familia —declaró Christine.

—Nos gustan las emociones fuertes, es cierto. Es cosa de acostumbrarse.

Christine apoyó la cabeza en el hombro de Teresa.

—¿Crees que eso fue lo que le ocurrió a Nan? ¿Que no pudo acostumbrarse a sí misma?

—Puede. O puede que su espíritu fuese mayor que ella. Puede, Chrissy, que fuese alcohólica.

—Traté de ayudarla —dijo Christine apesadumbrada.

—Y ya es hora de dejar de intentarlo, ¿no crees? No era tu deber. Al fin y al cabo, tú eras la niña y ella, la madre.

Guardaron silencio un momento, tras el cual Teresa se apartó y miró a Christine.

—Voy a desatarte, lo que no significa que tengas que irte. Es sólo que... bueno, no importa. Ya te lo explicaré después. Pero voy a quitarte las cuerdas porque no estás loca y porque de veras quieres seguir viva y porque el dolor dejará de estar contigo. ¿De acuerdo?

Christine asintió con la cabeza, nada convencida. Teresa se puso en pie, pisó la pistola y la lanzó lejos de una patada; desató la complicada red de nudos, cada uno de los cuales había representado una bendición cuya intención consistía en atar todo aquello que pudiera herir a Christine. Cada nudo, un sortilegio para detener ese algo, mantenerlo apartado de su sobrina.

—Teresa, ¿lo decías en serio? —preguntó Christine—. ¿De verdad ibas a... a usar la pistola?

Teresa desató el último nudo y levantó la cara hacia su sobrina con expresión meditabunda.

—Es cierto que me sentía muy mal —dijo, escogiendo cuidadosamente las palabras—. Pero... no, no me suicidaría.

—¿Fue un truco?

—No. Sólo quería enseñarte lo que sentía, para que lo entendieras.

—Pero, no lo entiendo. ¿Qué te mantiene viva cuando todo se está derrumbando? ¿Por qué no...? —sus palabras acabaron en silencio.

—¿Por qué no me suicido? —Teresa se encogió de hombros—. Tengo judías verdes en el congelador.

Christine pensó unos instantes en lo que acababa de decirle su tía, pero no lo entendió, así que insistió:

—¿Judías verdes?

—Del jardín. No puedo suicidarme mientras haya judías en el congelador. Y cuando se me hayan acabado, será tiempo de plantar más. Quizá, cuando maduren, Donnie querrá comer judías verdes con menta y ajo. Y tal vez tenga a alguien más a quien alimentar. Así que me conviene seguir viva.

Teresa se levantó y dio un paso atrás.

—Voy a subir. Debería estar en la fiesta. Tú, tómate todo el tiempo que quieras.

Se detuvo donde estaba la pistola y no la recogió. Christine, sentada en el espacio impregnado por la luz grisácea, la miró salir, antes de levantarse y probar si las piernas le respondían.

La cocina de Teresa

Al salir del sótano, Teresa vio, detrás de la puerta, los rostros asustados de Delia y Amberlin, que nada más verla se pusieron a susurrarle algo de forma simultánea y con vehemencia.

—¿Qué? —preguntó ella, en un tono normal—. ¿Qué pasa ahora?

—La policía —dijo Amberlin—. La patrulla viene por la entrada de coches.

Oyeron que llamaban a la puerta trasera; las tres se volvieron en dirección al ruido y se quedaron muy quietas, como si fueran ciervos deslumbrados por los faros de un camión.

—Ya abro yo —se ofreció Teresa, al cabo de un momento. Aspiró profundamente y esbozó su sonrisa de anfitriona. Lo que vio fue a un hombre de piel aceitunada, ojos y cabello oscuros y que llevaba una placa en su uniforme que decía: «Agente López»—. Feliz Navidad, agente. ¿En qué puedo ayudarle?

—Ha habido una queja, señora. Una fiesta muy ruidosa.

La tensión abandonó a Teresa con la misma rapidez con que había llegado. ¿Eso era todo? Pero si no eran ruidosos. No más de lo que solían serlo y, además, cualquier vecino al que pudiera molestarle se encontraba sentado en la sala de estar, comiendo. Siguiendo la tradición italiana de aliarse con los posibles enemigos, los invitaba para que no llamaran a la policía quejándose.

—¿Es por la música? —inquirió en tono solícito Amberlin, que se había acercado a Teresa por detrás.

—No lo creo, señora —contestó el policía—. Según el informe, alguien estaba... mmm... armando un alboroto. La persona que llamó dijo que se temía que hubiera heridos.

—Qué extraño —comentó Delia—. Quizá se refiriera a uno de los niños, puede que uno de los míos —añadió.

—¡Oiga! —Amberlin señaló la placa—. Nos conocimos ayer. En el accidente. ¿Se acuerda? Usted nos ayudó a pasar por el lado; y Delia —cogió a Delia del codo y tiró de ella—, Delia conducía.

—¡Ay, sí! —Delia lo miró de arriba abajo—. Usted es el que no cree en la suerte.

—Sí, señora. —López frunció el ceño—. Fue un terrible accidente. Por la nieve. Me alegro de que llegaran bien.

Amberlin dejó escapar la risa.

—Muchísimas gracias. Mire, ¿por qué no viene a la sala de estar y echa un vistazo para comprobar que todo está bien?

Lo asió del brazo y lo guió a través de la cocina; el hombre levantó la cabeza y olfateó. Continuaron hasta la sala de estar; todo el mundo tenía buen aspecto bajo la luz del fuego y las bombillas navideñas color rosa pastel.

Los ojos del policía se abrieron como platos al ver a las personas, las flores y las fuentes con comida.

—Pruebe el filete de lenguado en salsa verde de Teresa —sugirió Amberlin—. A lo mejor le hace cambiar de opinión acerca de la suerte.

El agente López negó con la cabeza. Tenía la impresión de haberse adentrado en uno de los cuentos de hadas que su tía solía relatarle, en los que las mágicas protagonistas llevaban a un desprevenido a una habitación repleta de enormes mesas de banquete cubiertas de fantásticos platos, y que sólo después se daba cuenta de que lo habían hechizado y que lo que había vivido como una sola noche era en realidad el paso de cien años.

No obstante, pensó, mientras echaba un vistazo alrededor, no estaría mal pasar así la eternidad. Se quitó la gorra. Delia la retiró antes de que pudiera dejarla en una mesa, y fue a colgarla con los abrigos en la habitación de los invitados.

Cuando regresó a la cocina, Teresa la aguardaba con expresión angustiada.

Delia sonrió.

—Me fijé en que Amberlin no dijo que le iba a presentar a su novia.

—Puede que también haya encontrado a su mentirosa interior.

Teresa fue a cerrar la puerta de la cocina, y lo habría logrado de no ser por el pie de James.

Observó su zapato atentamente, subió la mirada por su pierna, hasta llegar a su rostro enfurecido.

—Teresa, ya estoy harto de todo esto. Si no…

—Estás buscando a Christine —lo interrumpió, y abrió del todo la puerta—. Pasa, pasa. Haz lo que quieras.

Los límites del amor

En el sótano, con la vista clavada en la pistola que yacía en el suelo, mientras esperaba a que sus piernas decidieran lo que harían a continuación, Christine pensó en su madre. Estaba muerta y gran parte del pesar de la joven se debía a que, habiendo pasado tantos años aprendiendo a quererla, todo ese amor había perdido su camino. Como dinero en el banco que no pudiera gastar. O un festín que no pudiera compartir.

Esto, sin embargo, no hacía que el sentimiento desapareciera, porque, al parecer, el amor en sí mismo constituía una energía. Una fuerza, como un huracán, que no se dejaba aplacar ni por la muerte, ni por la embriaguez, ni por la demencia, ni siquiera por la presencia de alas.

A Teresa le gustaba escuchar *La Bohème*, y Nan también la había escuchado muy a menudo. Ambas decían que era como visitar a la familia; sin embargo, a Delia y Amberlin les irritaba. Teresa se cubría la cara con un trapo de cocina y sollozaba cuando Rodolfo se daba cuenta de que la mano de Mimí estaba fría mientras él se confesaba poeta. ¿Para qué escuchar algo que te hace llorar tanto?, preguntaba Delia.

Teresa decía que era bellísimo. Christine añadía que eso mismo decía Nan. Delia no lo entendía. Según Teresa, había que conocer la historia. Lo bonito estaba en la historia de aquellos bohemios que intentaban vivir libres y amarse los unos a los otros, que además adoraban su arte y se querían tanto; personajes que experimentaban la vida tan a fondo que su corazón estallaba y morían. O al menos Mimí moría.

¿Y qué había de bonito en eso?, quería saber Amberlin, que lo consideraba confuso y poco inteligente.

Justamente en eso consistía su belleza, respondía Teresa, en que era confuso y poco inteligente. En su capacidad para dejarse arrastrar por el caos, en no ser muy listos, porque justamente esa libertad era lo que les hacía falta para la existencia que deseaban. Había un gran amor en ello, y ni siquiera la muerte podía anularlo. La belleza consistía en que habían puesto el amor en el mundo, un amor que tenía menos límites que la muerte.

«El amor no tiene límites», decía Teresa, y por eso era tan hermosa *La Bohème*.

Christine creía que esto era importante, y posiblemente cierto, de un modo fundamental que no acertaba a comprender. Teresa no decía que el amor fuera la única emoción, ni que el amor sirviera para reparar un carburador estropeado, porque, siendo demasiado pragmática, sabía que no bastaba. No. Al ser humano todavía le hacían falta los mecánicos, la rabia, el dolor, la humildad, el orgullo y toda la mezcla de acontecimientos y emociones. Un enorme y confuso embrollo que, quién sabe cómo, se convierte en el alimento que más éxtasis produce de entre todos los que has probado jamás.

Sin embargo, lo que sí decía Teresa era que el amor no tenía límites. Que abarcaba toda aquella mezcla caótica, que lo sostenía todo. Uno no se molestaba en arreglar el carburador si no sentía cariño por su vehículo. Y una no podía experimentar amor si no se permitía conocer el dolor, ni sentir rabia si no se consentía entender el amor.

El amor, esa energía situada desde un principio en el centro del universo, asimilaba todas las otras energías y las transformaba en algo semejante a la dicha. Algo así como la vida.

Era, diría Teresa, la base de la salsa.

Christine, sin embargo, no estaba segura de saber lo que era el amor. De qué estaba hecho. Cuáles eran sus delicados sabores, sus aromas y texturas. Cuáles eran sus matices dulces, penetrantes, picantes, sabrosos, salados y deliciosos. Quizás esta fuera la primera vez en mucho tiempo que sentía algo. Sabía que James era un hombre bueno, pero su corazón no lo percibía. Reconocía en él todas las señales importantes y los símbolos de un respetable, fiable y probablemente interesante compañero a largo plazo, pero su corazón no se henchía ni se alegraba cuando él entraba en una habitación.

Tal vez había escogido a James porque no le pedía sentimientos profundos. De hecho, sus emociones más potentes lo asustaban tanto como a ella misma. Parecía mucho más seguro dejar de sentir, sobre todo cuando no se sabía lo que podría escaparse si se abrían ciertos recovecos del corazón. Quizá, también, había intentado probar que no era como su madre, que era cuerda, que estaba sana, que controlaba su propia vida, y esto a expensas de James. El que un psiquiatra te escoja dice algo sobre la calidad de tu salud mental. Y ella se había esforzado sobremanera en demostrarle todo lo tranquila, fuerte y luminosa que era. El problema estaba en que ya no se veía capaz de soportar la fachada y, al seguir intentándolo, acababa rompiendo castillos.

Probablemente todo esto fuera cierto. En aquel momento no estaba segura. Lo que sí sabía era que se había sentido muy mal cuando murió su madre, y que todavía la echaba de menos. Sabía que no quería que Teresa se hiciera daño. Y sabía que los tulipanes estaban preciosos, aun a la tenue y grisácea luz del sótano. Puede que sobre todo en aquella penumbra gris del sótano.

A lo mejor todo eso era, a su manera, el amor, que no tiene límites y que abarca todas las otras emociones a fin de calmarlas, despertarlas, complementarlas o, simplemente, de recordarte que hace falta experimentarlas y ser humana, comer, reír y seguir adelante hasta morir a causa de la tisis, cantándole siempre al amor.

El amor no tiene límites. Es una energía mayor que el sol, y por eso nos asusta tanto a veces.

Delia también lo supo cuando vio a Michael entrar con su padre. Vio cómo lo agarraba del codo para guiarlo hacia un sillón, y también vio la suavidad de su tacto. Vio que no sentía ningún miedo a levantar a su hija muy alto y lanzarla hacia arriba, a sabiendas de que no la dejaría caer. Teresa lo supo cuando vio a Sherry entrar y acercarse, ligera como el agua de un río, hacia Amberlin, que en ese momento se mordía el pulgar; lo supo por las arrugas de preocupación que se profundizaron en torno a los labios de Amberlin; por el modo en que

Sherry no la tocó hasta que Amberlin le tendió la mano. Sherry lo supo por el modo en que el agente López se quitó la gorra y declaró que estaba fuera de servicio, por el modo en que se quedó y tradujo chistes subidos de tono del español para la directora de la revista.

Amberlin lo supo por el modo en que los ojos de Rowan seguían a Teresa por la estancia; por el modo en que, al percibir el más mínimo gesto de su hombro o el menor cambio de peso de una pierna a otra, cualquier indicio que le hiciera ver que lo necesitaba, se le acercaba para traerle cualquier detalle que pudiera desear, una copa, una servilleta, un trozo de melocotón en almíbar.

Y Christine lo supo por el modo en que los tomates decoraban la pared, por el modo en que los tulipanes estaban a gusto en el florero azul y absorbían la escasa luz, por el modo en que Teresa decidió permanecer viva porque en su congelador había judías verdes, por el modo en que las mujeres la atendieron, cada una a su manera.

A Teresa le gustaba contar una anécdota acerca de la diferencia entre el cielo y el infierno.

Si te dieras un paseo por el infierno, decía, verías a un montón de personas sentadas a una mesa repleta de los alimentos más sabrosos que te pudieras imaginar. Los olores y el espectáculo te provocarían alegría y despertarían tu apetito; la mesa estaría puesta a ambos lados, y en cada silla habría alguien; pero todos tendrían una mano atada a la espalda y el mango de sus cucharas mediría medio metro. A causa de la mano atada y los largos mangos, no lograrían meterse la comida en la boca. Así pues, lo que verías sería un montón de gente que asiste a un festín y lucha por alimentarse, aunque desafortunadamente fracasa por toda la eternidad.

Si fueras al cielo, decía Teresa, verías lo mismo: personas sentadas a la mesa con una mano atada a la espalda. La mejor comida y las cucharas de largos, larguísimos mangos. La diferencia sería que las personas no lucharían por alimentarse a sí mismas.

Se alimentarían las unas a las otras.

Christine meditó un buen rato al respecto. Al menos a ella le pareció un buen rato. Los pensamientos pueden viajar a la velocidad de la luz, pero si son buenos y pasan de la cabeza al corazón y se quedan allí, una tiene la impresión de que ha transcurrido mucho tiempo.

Acabado el momento de meditación, recogió la pistola y la contempló.

Unos pasos en la escalera le hicieron levantar la cabeza. Guiñó los ojos y vislumbró a James.

—Christine —exclamó este, caminando hacia ella, sin aliento y nervioso—. Estás aquí. Gracias a Dios. He estado tan preocupado. Dios mío, ¿qué ha ocurrido? —añadió echando un vistazo a los tomates y las frutas que decoraban las paredes.

—Amberlin sufrió un pequeño accidente —contestó Christine con una sonrisa, aunque no muy evidente, pues se recordó a sí misma que ya no estaba segura de lo que sentía por él; sin embargo, de lo que sí estaba segura era que no deseaba volver a construir aquel castillo.

—¿Estás bien? ¿Estás herida? ¿No te habrás... hecho nada? ¿Teresa no te ha hecho nada?

Christine contuvo la risa. No sabía cómo empezar a explicar el enfoque terapéutico de Teresa. Algo le decía que era un enfoque que no encontraría en ninguno de los libros de James.

—Estoy bien —manifestó.

—¿Estás segura? ¿Seguro?... Christine... —el tono de James cambió—, ¿eso es una... una pistola?

La joven se miró la mano. Sostenía la pistola.

—Sí, lo es. Era de mi madre.

James tendió una mano con la palma hacia arriba y dio un paso atrás.

—No te pongas... no hagas nada imprudente. Necesitas ayuda. Yo puedo conseguírtela. Puedo ayudarte, Christine. —James se esforzó por hablar con tono razonable y calmado, a la vez que daba otro paso hacia atrás.

—No necesito ayuda, James. En serio, estoy bien.

—Claro —aceptó él—. Claro.

Christine se dio cuenta de que le estaba siguiendo la corriente. Se preguntó cuánto tiempo llevaba haciéndolo y por qué.

—De verdad crees que estoy loca, ¿no?

—Vamos, Christine, sabes que no me gusta ese término —dijo él, aplacador—. Es peyorativo e impreciso.

Ella dio un paso hacia él. Él dio un paso atrás. Christine se percató de que le tenía miedo.

—Me pregunto qué pretendías realmente al salir con una loca —comentó en voz baja—. O quizá, cuando te diste cuenta ya te habías comprometido demasiado y no sabías cómo echarte atrás sin sentir vergüenza.

Él negó con la cabeza.

—Te amo, Christine, sólo quiero ayudarte.

Ella lo escrutó con la mirada, aguzó el oído, trató de que la palabra «amor» le hiciera sentir algo. Pero la palabra se negaba. Al menos no con la entonación que le ponía James. Ni con el significado que él le daba.

—¿Y si no necesitara ayuda? —inquirió—. ¿De todas maneras me amarías?

—Sí que necesitas ayuda, Christine —respondió él con calma deliberada—. Ya hemos hablado de esto muchas veces. Y de tu madre también. Sabes que los impulsos suicidas no son sino rabia contra uno mismo.

Christine se mordió el labio para no esbozar la maliciosa sonrisa que pugnaba por escapársele, pero no quiso disimularla más. La joven levantó la pistola y le ofreció una sonrisa auténtica.

—Ya no —afirmó.

Arriba en la cocina, Teresa se encontraba junto a la puerta del sótano, con Amberlin y Delia a su lado. Trataban de decidir qué harían a continuación cuando oyeron el disparo.

Teresa se puso lívida. Colocó una mano sobre el brazo de Amberlin y esta la sostuvo. Sin embargo, los acontecimientos se sucedieron con mucha rapidez. La puerta de la cocina se abrió de golpe y Rowan asomó la cabeza, con los ojos más abiertos que de costumbre. Fue directamente hacia Teresa y le habría formulado varias preguntas, de no ser porque otras personas se habían apiñado detrás de él. Sherry y Michael se abrieron paso entre la multitud. Entre el murmullo de voces inquisitivas y escandalizadas, oyeron pisadas que ascendían por la escalera a buen paso.

La puerta del sótano se abrió y James salió, con el rostro aún más pálido que el de Teresa.

—Está loca —jadeó—. Trató de... No tengo por qué aguantar que me sometan a esta clase de...

Delia se le acercó con su abrigo en la mano y él lo agarró.

—Está loca —insistió James con tono más autoritario—; vosotras también estáis locas y yo me marcho a mi casa. Feliz Navidad.

Dicho esto, se encaminó hecho una furia hacia la puerta trasera y salió.

Teresa se habría lanzado escaleras abajo de no ser porque otro par de pies subía rápidamente; un brazo apareció y, en su extremo, una pistola; los invitados que se habían reunido en la cocina ahogaron un grito al unísono y se echaron hacia atrás.

El agente López se abrió paso a codazos, con la mano en la funda de su pistola.

Entonces la propia Christine se encontraba ya en la cocina, entrecerrando los ojos para protegerse de la luz.

—Lo siento, amigos —declaró; sonrió y levantó el arma por el cañón para que se dieran cuenta de que no pretendía hacer daño a nadie—. Bajé a por unos pepinillos para mi tía y hallé esto. No sabía que estuviera cargada. —Se rió con ganas y los demás la imitaron.

Teresa miró a Rowan; este se unió a las risas y logró que todos volvieran a la sala de estar, a la chimenea, a la música y al baile.

El agente López dio un paso adelante y le tendió la mano.

—Déme eso, señora, por favor.

—Sí —Christine le entregó la pistola—. Claro.

Él la examinó, vio que tenía otra bala y la extrajo.

—¿Está registrada? —preguntó a Teresa—. ¿Tiene permiso para poseer armas?

—De hecho —lo interrumpió Christine—, creo que era de mi madre. Ella sí que tenía permiso. ¿Verdad que es de Nan, Teresa?

Esta asintió incapaz de pronunciar una palabra. Luego carraspeó y habló:

—Estaba ordenando los armarios y la encontré. No sabía qué hacer con ella, así que la dejé allí.

—Yo sé qué podríamos hacer con ella —sugirió Christine.

—¿Hacer algo? —inquirió con suspicacia el agente López.

—Por ejemplo, dársela a usted.

El policía arqueó las cejas. Miró primero a Teresa y, después a Christine. No parecían de la misma familia, a no ser por sus sonrisas. La de Teresa le hizo pensar en la de su tía.

—Voy a necesitar los documentos de registro, para mi informe.

—Encantada —respondió Christine—. Pero, ¿los quiere ahora mismo? Mi tía me necesita para la fiesta.

López volvió a mirar primero a la una, y después a la otra. Como policía debía fiarse de su instinto de vez en cuando; creía que todas eran, si no exactamente inofensivas, al menos bastante sensatas. Además, no le agradaba el tipo que se había quejado. Un hombre quejica y arrogante, lo que constituía una mala combinación.

—Tengo que hacer una llamada para informar. Le diré al sargento de turno que me voy a quedar para llevar a cabo un interrogatorio. Podemos ir a la comisaría cuando termine. —Sus labios se movieron ligeramente, pasando de una expresión neutral a una mínima sonrisa, que desapareció tan pronto como llegó—. Podría tardar un buen rato —apuntó afablemente.

Christine sonrió y él la saludó con un gesto de cabeza, antes de ponerse el abrigo y salir por la puerta trasera.

En cuanto se hubo marchado, Christine dedicó a Teresa una sonrisa pícara, otra a Amberlin y otra más a Delia.

—¿Hay algo de comer? —preguntó—. Estoy muerta de hambre.

Dolce

Evidentemente, Christine no se casó con James. Aquel fue sólo uno de los milagros de esa Navidad. James se casó muy poco después con una joven muy agradable a la que conoció en un encuentro de solteros y que nunca había deseado poseer alas.

Christine inició una terapia para vencer la tristeza y la pena con la psiquiatra que le había recomendado Amberlin, una mujer mayor y rechoncha que llevaba el cabello blanco recogido en un moño y que le ponía música de ópera para ayudarla a llorar. Christine continuó trabajando en Pan y Rosas y empezó a tomar clases de especialidades como metalistería, soldadura y artesanía en piedra. No pensaba salir con nadie hasta que pasara un año; no tenía prisa. Tampoco la tenía Frank López, que venía algunos domingos a cenar a casa de Teresa. Le gustaban sobre todo sus enchiladas, hechas con una receta de la tía del propio Frank.

En todo caso, Christine fue testigo de Teresa cuando esta se casó con Rowan el verano siguiente. Sherry fue la encargada de la música, y Donnie acompañó a su madre hasta el jardín donde tuvo lugar la ceremonia, por un pasillo de césped delimitado por los rosales que luego le ayudaría a plantar. A cada lado de Christine, tanto Amberlin como Delia se echaron a perder el maquillaje con las lágrimas que derramaron al presenciar el momento en que Rowan besó a Teresa debajo del emparrado; luego todas la besaron, mientras los invitados vitoreaban y arrojaban alpiste en lugar de arroz.

Se turnaron para vigilar la casa durante su luna de miel en Italia. Christine sabía que irían a poner flores en la tumba de la bisabuela

Emilia. Rosas de alguna variedad anticuada, que el propio Rowan escogería. Su perfume perduraría y sería una muestra del infinito agradecimiento que Teresa sentía por las recetas heredadas.

El suegro de Delia se mudó a casa de esta y murió menos de un año después, aunque mucho antes de la fiesta anual; gracias a Dios, dijo Delia. A sus hijos les impresionó mucho aquella pérdida; era su primera experiencia con la muerte. Delia les dejó tiempo para llorar, formular preguntas, ponerse de malhumor y sentirse confusos, y Teresa llevó al velatorio grandes cuencos de *ziti* y galletas *ceci*, que eran las favoritas de los pequeños.

Amberlin se fue a vivir con Sherry, aunque decidieron aplazar la cuestión de si debían tener hijos hasta que se sintieran preparadas para ser madres. Y más ahora que Sherry acababa de firmar un contrato con una de las principales discográficas de música *folk*, lo que significaba que tendría que ir a menudo de gira, al menos de momento. Era estupendo y difícil a la vez, y apenas si acertaba a entender sus propias emociones y a describírselas a sus amigas.

¿Y quién ha relatado todas estas historias? Nunca diríais que fue Nan, por el simple hecho de que estaba muerta cuando todo esto sucedió. ¿Cómo podría un fantasma, o si lo preferís, un ángel, susurrarte lo que has de decir sobre esta y sus sentimientos, o sobre aquel y sus actos? ¿Quién diría que esta y todas las historias, no son sino los susurros de unas alas ancestrales que os aletean junto a los oídos? Las historias que nos cuentan de noche cuando dormimos, cuando nos olvidamos de no prestar atención.

Pero si habéis dejado de creer en la posibilidad de que existan las alas, dejad que os contemos esto:

Un día Christine se encontraba en la cálida cocina de Teresa, con Delia y Amberlin, Michael, Rowan y Frank, y les pidió permiso para poner todo esto por escrito. Mientras daban cuenta de la pasta y las verduras, frescas y deliciosas, sin contar las varias porciones de *tiramisú* que Teresa había preparado mientras hablaban, le explicaron todo lo que habían sentido, hecho y sido en su ausencia, y ella también les contó todo lo que había sentido, sido y hecho.

Y todo lo que se relataron fue un alimento para el alma.

Y todo lo que comieron fue bueno.

La receta de la cocina de la vida

La idea de esta novela, *La cocina de la vida*, se concibió, como debe ser, en un restaurante mientras dábamos cuenta de croquetas de cangrejo y sopa de pescado, al final de un taller en el museo de las brujas, en Salem, Massachussets, al que asistimos los miembros de nuestro grupo de relatos, Las Indecorosas Brujas. Tres de nosotras, Lale Davidson, Cindy Parrish y yo, llevábamos casi cinco años escribiendo e interpretando juntas desde que estudiábamos el postgrado. SuEllen Hamkins hacía ya más de diez años que escribía y actuaba en compañía de Cindy. Hacía tiempo que nos atraía la idea de escribir y montar una obra de teatro compuesta de relatos que tuvieran que ver con los alimentos. Durante esa comida, Barbara dijo:

—Escribamos una obra de teatro sobre las mujeres y los alimentos.

—Necesitamos un acontecimiento en torno al cual organizar la trama, como por ejemplo la preparación de un banquete —sugirió Cindy.

—¿Y si una de las mujeres estuviera intentando matarse de hambre y las otras intentaran salvarla? —preguntó Lale.

—Y —añadió SuEllen— cada una de ellas anhela algo distinto.

Este fue el principio de una sucesión de ideas.

El trabajo, los hijos y nuestras vidas hicieron que archiváramos el proyecto de la obra de teatro. Sin embargo, yo ya había escrito algunos libros y decidí utilizar los relatos de las otras en una novela.

Nos reunimos para una intensiva sesión de escritura durante la cual intercambiamos anécdotas que en nuestras vidas se referían a la comida («Describe una vez en que tu padre te haya dado de comer; haz una lista de alimentos consoladores, de alimentos sensuales, etc.»). Los personajes adquirieron mayor realidad, con toda su gracia y su estupidez. Echamos a la olla las conversaciones y las colaboraciones escritas de las mujeres y yo les di vueltas y vueltas, mezclando sus sabores con el caldo. Entregamos el manuscrito a Laurie Liss, quien en la revisión añadió su toque personal e intransferible. Cuando Beverly Lewis, de la editorial Bantam, lo aceptó, lo celebramos con un festín, con *tiramisú* y todo.

En esta novela se pueden saborear las vidas de todas las mujeres que colaboraron en ella. Las anécdotas de Lale acerca de los regímenes, la conversación de Cindy sobre la desesperación, y las observaciones de SuEllen en cuanto a la cocina y la belleza, no son sino muestras de la escritura que condimentó el puchero. Como en las buenas comidas, para que se llevara a cabo hizo falta que muchas mujeres se reunieran, a fin de que un mundo de lectores pueda disfrutar de los resultados.

Como diría Teresa, *mangia è buona.*